STERN • WASSERMANN

MARIA STERN

Wassermann

Clara Cobans zweiter Fall

Thriller

Wieser *Verlag*

wtb 47

Wieser Verlag GmbH
Založba Wieser
Klagenfurt/Celovec · Wien · Ljubljana · Berlin

·

Wieser Verlag GmbH
A-9020 Klagenfurt/Celovec, 8.-Mai-Straße 12
Telefon: +43(0)463 37036 Fax: +43(0)463 37635
office@wieser-verlag.com
www.wieser-verlag.com

·

Wassermann
Clara Cobans zweiter Fall

»Lügen erscheinen dem Verstand häufig viel
einleuchtender und anziehender als die Wahrheit,
weil der Lügner den großen Vorteil hat,
im Voraus zu wissen, was das Publikum zu hören wünscht.«

Hannah Arendt, »Die Lüge in der Politik«

*

»Das mit der Todesstrafe ist wohl etwas übertrieben gewesen.«
Murmelte Marc Theissl und nahm einen tiefen Schluck Bourbon.

»Noch ist es nicht so weit. Österreich ist nicht Ungarn. Egal,
geschadet hat es mir nicht.« Der silberne Flügel der Boeing glänzte über dem tiefen Blau des Meeres, das sich am Horizont scharf
vom wolkenlosen Himmel abgrenzte. Kein Schiff weit und breit
und auch die Bohrinseln rund um Grönland waren momentan
nicht in seinem Sichtfeld. Herr Theissl dachte an die Millionen von
Dollars, die als Fischschwärme in den salzigen Tiefen unter ihm
schwammen, und an den steigenden Meeresspiegel, der in abstrak-
tem Zusammenhang mit dem Schwund des Trinkwassers stand,
änderte seine Sitzposition und vernahm das vertraute Knirschen
des schwarzen Ledersessels. Die Stewardess kam und stellte ihm die
Teller auf den Tisch.

»Heute wieder Gravadlax mit Senfsauce?«

»Ja, und der Lachs ist mit viel Dill zubereitet, so wie Sie es wünschen.« Er nickte der kleinen Wienerin zu, glitt mit seinem Blick
über ihren wohlgeformten Körper, nahm die Gabel und teilte das
zarte Filet.

Es lief alles nach seinen Vorstellungen und sein Handy ruhte
erstmals seit fünf Wochen ausgeschaltet in seinem Aktenkoffer.
Er hatte die Gelder radikal gekürzt und die Menschen hatten reagiert wie immer. Kopflos, als ob es etwas Persönliches wäre. Nur

der Klubobmann hatte gelächelt. Marc Theissl ahnte, dass dieser es langsam satthatte, aber er machte seine Sache gut, sehr gut sogar. Er konnte sich weiterhin auf ihn verlassen.

Aus den Lautsprechern schwebte das Seufzen von Carla Bruni über kristallklaren Gitarrenriffs. Ja, er konnte sich weiterhin auf ihn verlassen.

*

Aaliyah hatte Durst. Trotzdem schaute sie nach links und rechts. Die schwarzen Silhouetten brachen den rauchenden Himmel und ragten wie ein altes Gebiss in die Nacht. Es stank. Im Nachbarhof brannten Reifen. Noch hatten die Nachbarn nicht begonnen, ihre Möbel zu verheizen. Aaliyah schluckte den beißenden Geschmack hinunter, der in ihrer trockenen Kehle brannte, setzte vorsichtig einen Schritt vor den anderen und öffnete die Hoftüre. Es war niemand zu sehen. Aber sie wusste, dass das täuschte. In der Nacht hatten die Ruinen scharfe Augen.

»Du musst den Weg über die Bäckerei nehmen, Aaliyah.« Hatte ihr Kian eingeschärft, als er seiner Tochter die leeren Flaschen gegeben und ihr langes Haar hinter die Ohren gestrichen hatte. Sie hatte ihrem hoch fiebernden Vater zugenickt. Niemals würde sie wieder an der Bäckerei vorbeigehen, so lange sie lebte, niemals. Sie wollte sich nicht daran erinnern. Und ganz sicher nicht alleine, unter dem sternlosen Himmel.

Sie klemmte sich die Flaschen unter die Achseln, schaute wieder nach links und rechts und betrat die Straße. In der Seitengasse fiel ein schwerer Gegenstand krachend zu Boden. Vielleicht ein Dachfirst, der sein Gleichgewicht endgültig verloren hatte. Wenn sie nur Wasser hätten. Doch der Hahn war trocken und er blieb trocken und Aaliyah hatte, seit ihr Vater schwer erkrankt war, keine Wahl. Sie huschte über die Straße, ein schmaler Schatten, der sich an die Mauer drängte. Noch konnte sie über die Bäckerei laufen, noch konnte sie sich für den sicheren Weg entscheiden, aber da sah sie den kleinen Körper zwischen dem Schutt liegen, ganz weiß vom Staub, unnatürlich verrenkt und – nein, Aaliyah wollte sich jetzt nicht an ihren kleinen Freund erinnern.

Vorige Woche war ihre Tante zurückgekehrt. Sie war plötzlich in ihrem Hof gestanden, müde, aschfahl im Gesicht und nicht so hübsch wie auf dem Foto, das im Wohnzimmer ihrer Großeltern gestanden hatte, bevor es zerbombt worden war. Nein, sie war eine alte Frau geworden, mit tiefen Falten um den Mund und stechenden Augen, vor denen sich Aaliyah fürchtete.

Wenn sie nachts im Bett lag und nicht einschlafen konnte, hörte sie die Erwachsenen reden. In der Nacht redeten sie anders als am Tag. Manchmal versteckte sie sich unter der Decke, um die Nachtgespräche nicht zu hören, aber immer siegte ihre Neugierde. Man hatte ihrer Tante alles angetan. Alles. Es hatte gereicht, dass sie damals mit den falschen Menschen auf der falschen Demonstration gewesen war. Aber kannte man als Studentin nicht immer die falschen Menschen auf den falschen Demonstrationen? Und was waren das, falsche Menschen? Es waren doch die, die sie verteidigten, die, die es sich nicht gefallen ließen, dass Aaliyahs Familie kein Wasser und nichts mehr zu Essen hatte, sie, auf die sich Aaliyah verließ, obwohl das auch nichts half. Die Regierungstruppen waren überall, überall lauerten sie auf Menschen, die in der Deckung der Nacht aus ihren Häusern schlichen, obwohl es verboten war.

*

Clara hörte David in der Küche den großen Topf abwaschen. Sonst war es still. Ihr Blick wanderte über die Pflanzen, blieb kurz an einem Foto hängen, das sie lachend an einer Amsterdamer Gracht zeigte, und wanderte weiter zu Kiwi, der schwarzen Katze, die eingerollt am Teppich lag. Clara zog die Decke enger um sich und schloss die Augen, als David das Wohnzimmer betrat, zu ihr ging, sie küsste und sich an seinen Schreibtisch setzte. Sie hörte das leise Klicken der Tastatur und überlegte kurz, Musik einzuschalten.

»Willst du etwas trinken?«

»Ja.« Sie schlug die Decke weg.

»Bleib liegen, ich hab den Tee schon aufgesetzt.« David erhob sich wieder und ging in die Küche. Als er zurückkam, stellte er die heiße, dunkelgrüne Kanne auf den kleinen Tisch neben ihre japanische Lieblingstasse, deren Sprünge mit Gold ausgefüllt waren. Aus Respekt vor den Brüchen des Lebens.

»Hat die Teezeit also wieder begonnen?«, fragte Clara und bemühte sich um ein Lächeln.

»Sieht ganz so aus. Honig?«

»Nein, noch nicht.« Sie schaute David zu, wie er den Honig in seine Tasse träufelte und Zitronensaft hineinpresste. Er hatte noch mehr graue Haare am Kopf, seine sonst fröhlichen Augen waren konzentriert. Der schwarze Rollkragenpullover betonte sowohl seinen Geschmack als auch seinen wachsenden Bauch, der Clara beruhigte. Er rührte gedankenverloren in seiner Tasse, trank einen ersten vorsichtigen Schluck und stand wieder auf. Während er arbeitete, stand die Stille im Wohnzimmer.

»Stört es dich, wenn ich Musik auflege?«

»Nein.« Clara stand auf, ging zur Anlage und legte Bob Dylan ein. Jetzt war es nicht mehr ganz so leise.

*

Ihr Blick war auf den roten Teppich gerichtet, während sie saugte. Die ersten fünfunddreißig Meter hatte sie bereits hinter sich. Jetzt war der Gang vor dem linken Klub dran. Vom oberen Stockwerk waren die anderen Staubsauger zu hören, die durch die alten Gänge hallten. Sie liebte ihren Arbeitsplatz, besonders des Nachts, wenn das warme Licht vom Marmor eingefangen wurde. Doch heute war sie müde. Die Sommerpause war lange gewesen, sie musste sich erst wieder an ihren Arbeitsrhythmus gewöhnen. Da half es, zu wissen, dass es allen anderen auch so ging.

Sie bog um die Kurve und sah einen Sicherheitsmann, der sich an einer der Türen bückte, um einen Zettel durch den Spalt zu schieben. Das war seltsam. Er hatte ja einen Schlüssel. Als er wieder aufstand, blickte er um sich, sah sie, drehte ihr abrupt den Rücken zu und holte sein Handy aus der Tasche. Sie kannte ihn nicht, wahrscheinlich war er neu.

Sie saugte den linken Rand entlang, holte den Staubsauger ein wenig zurück und glitt mit ihm über den rechten Rand. Da machte sich ihr alter Schmerz in der unteren Lendengegend bemerkbar, den sie in den Sommerferien vergessen hatte. Sie würde ihre Tochter wieder bitten müssen, sie regelmäßig zu massieren, damit sie durchhalten konnte. Zwei Jahre noch, dann war all das hier vorbei. Sie wusste nicht, ob sie sich darüber freuen sollte. Sie schätzte ihren prestigeträchtigen Arbeitsplatz und war Teil eines guten Teams.

Der Sicherheitsmann kam näher. Er trug eine seltsame Schirmmütze, einen Schnauzer und eine dicke Hornbrille. Das Handy noch in seiner rechten Hand, sah er sie freundlich an. Da erkannte sie ihn. Sie stellte den Staubsauger ab und musste wohl verdutzter aussehen als es die Höflichkeit gebot.

»Guten Abend, Frau...«

»Romanova.«

»Frau Romanova, natürlich. Haben Sie heute noch viel zu tun?« Warum war er hier? Sein Klub lag im rechten Flügel des Parlaments.

»Ich bekam heute die neuesten Pläne für den Umbau. Haben Sie die schon gesehen?«

Frau Romanova schüttelte den Kopf. Sie wusste nicht, dass es neue Pläne gab, aber sie war auch nur die Putzfrau.

»Die Arbeiten werden am Dach beginnen, wenn es so weit ist. Das Dach ist das Wichtigste. Hoffentlich wird die Renovierung nicht viel teurer als geplant. 350 Millionen sollten doch reichen, oder?« Der Abgeordnete lachte und Frau Romanova lachte mit.

»Heute war der Architekt bei uns und zeigte mir die schlimmsten Stellen. Kennen Sie die?«

»Na ja, ein paar. Die Wasserschäden ... und die elektrischen Leitungen sollen ja auch...«

»Nein, ich meine die Schäden direkt am Dach. Die sind ein Skandal. Waren Sie schon einmal oben?«

»Nein, Herr Abgeordneter.«

»Und das, obwohl Sie zum Haus gehören? Das müssen wir aber ändern. Kommen Sie mit, dann erkläre ich Ihnen auch, was die Architekten planen. Es wird die kühne Fusion von historischem Kontext und moderner ästhetischer Wahrheit. Das architektonische Handeln erfährt seine Bedeutung ja gerade durch ihre Reibungsflächen, oder?« Frau Romanova nickte beeindruckt.

»Kommen Sie. Es wird Sie interessieren und es dauert auch nicht lange.« Frau Romanova legte den Staubsauger weg.

*

Nadja zog sich ihren beigefarbenen Poncho enger um den Leib, als sie den Club im Volksgarten verließ. Die Tage hatten immer noch sommerliche Temperaturen, aber die Nächte waren schon empfindlich kühl. Es war der schönste Herbst seit Langem, er entschädigte für den eher kühlen Sommer, der erst in den letzten Wochen gezeigt hatte, was er konnte. Bis jetzt hatte sie noch keinen Schnupfen, aber da war sie so ziemlich die Einzige in der Fraktion. Während sie sich entfernte, hörte sie noch die satten Bässe aus dem Tanzclub. Sie setzte einen letzten Tweet ab.

Als sie im Frühling den Praktikumsplatz bekommen hatte, war sie außer sich gewesen vor Freude, denn sie wusste, dass das die Eintrittskarte in jene Welt war, für die sie brannte. Seit heute Nacht war sie wieder einen bedeutenden Schritt weiter. Er hatte ihr beim Tanzen zugesehen. Nadja war froh, für die Partei zu arbeiten, die nur wenige Frauen in Machtpositionen hatte, da kam sie besser zur Geltung. Den Genderwahn, der in anderen Parteien üblich war, fand sie lächerlich. Sie hatte alle Voraussetzungen, ihm aufzufallen. Sie war schlank und blond und elegant, nicht zu elegant, sie war noch Praktikantin, aber es schadete nicht, wenn man ihr ansah, dass sie aus gutem Hause kam. Dass sie eine Sexbombe auf der Tanzfläche war, hatte sie bis jetzt verheimlicht. Das war nun Geschichte, denn Nadja hatte ein wenig mehr gegeben als ursprünglich beabsichtigt. Was er mit einem gemeinsamen Drink belohnt hatte. Es war ihr gleichgültig, dass er verheiratet war, das hatte sie noch nie gestört. Männer kamen und gingen, die Karriere blieb. Sie schluckte den bitteren Geschmack vom Koks hinunter, ging Richtung Parlament und beschloss, auf den Treppen noch eine Zigarette zu rauchen, um den Moment zu feiern, der ihr Leben in ein Vorher und ein Nachher teilen würde. Nadja lief über die verkehrsberuhigte Ringstraße, sah die bronzene Quadriga am Dach des klassizistischen Tempels, die auf ihrem Gespann über den nächtlichen Himmel stürmte, spürte seine Hände an ihrer nackten Schulter, roch seinen Atem, sah ... was war das? Auf der linken Rampe, die in einem mächtigen Schwung zum großen Eingangsportal des oberen Vestibüls führte, lag jemand am Boden. Ein Obdachloser? War es jetzt schon so weit, dass sich die ungepflegten Schweine vor das Hohe Haus legten, um Mitleid zu erregen, das sie von den linken Idioten auch noch bekamen? Oder war es ein Flüchtling, der einen auf politischen Protest machte? Nadja stöckelte selbstbewusst näher und sah sich schon mit ihrem ersten Statement in der Zeitung. Heute Nacht war ihr junges Leben wichtig geworden.

Der Obdachlose war eine ältere Frau und lag seltsam unnatürlich da. Das Blut, das aus ihrem Mund und ihren Ohren lief, hatte längst eine Lache gebildet, die in einem schmalen Rinnsal über den weißen Stein lief. Nadja war stehen geblieben, starrte auf das Bild wie auf eine überdimensionale Fotografie und schnappte hörbar nach Luft, ehe sie ihre leicht unterspritzten Lippen öffnete, um laut zu schreien.

*

Clara stand auf und schaltete die Musik ab. Dylan nervte. David saß vor seinem Artikel und die Geschwindigkeit, mit der er schrieb, ließ darauf schließen, dass er noch lange nicht fertig war. Sie ging zu ihm, strich ihm über den Kopf und las seinen Text über die Auswirkungen des US-Wahlkampfes auf die politische Rhetorik in Europa. Er schmiegte sich kurz an ihren Bauch, sie schob ihn sanft weg, öffnete ihre Bluse und ging ins Badezimmer.

Dann lag sie im Bett und konnte wieder nicht einschlafen. Dabei hatte sie alles richtig gemacht: warm geduscht, die langen Haare geföhnt, ihren Körper mit Lavendelöl massiert, einen tiefen Schluck Spätlese genommen, den sie noch vom vorigen Herbst hatten, entspannende Yogaübungen gemacht, gut gelüftet, das Handy im Wohnzimmer bei David gelassen und sich ins frisch überzogene Bett gelegt. Chicha, eine der beiden schwarzen Katzen, die mit dem Maine Coon Schwanz und der zarteren Schnauze, lag zusammengerollt bei ihren Beinen. Am Kommissariat war zwar momentan nichts los, aber Clara wusste, dass sich das schnell ändern konnte. Und jetzt lag sie da, in ihrem müden Körper, der sich ihr entfremdet hatte, und grübelte in der Stille. Sie hatte es so satt. Da kam David ins Schlafzimmer und reichte ihr das Handy. Clara setzte sich auf.

*

Die Polizei war gerade dabei, das rotweißrote Band zu spannen, das die Presse vom Fundort abhalten musste. Dass diese international sein würde, war vorauszusehen. Man befand sich noch immer im längsten Wahlkampf, den Österreich je erlebt hatte, da kam die Leiche gerade recht.

Clara ging zu ihrer Kollegin Susanne, die begonnen hatte, die Spuren zu sichern. Susannes rote Locken wurden von kaltem Scheinwerferlicht beleuchtet und ihr weißer Ganzkörperanzug schien vor dieser Kulisse beeindruckender als sonst. Clara schlüpfte unter dem Plastikband durch, ging zu ihr, küsste sie auf beide Wangen und näherte sich der alten Frau: »Weiß man schon, wer sie ist?«

»Ja, Anna Romanova. Sie arbeitete seit zwanzig Jahren als Putzfrau im Parlament, kommt aus der Ukraine und stand kurz vor ihrer Pensionierung.« Clara nickte und ging zu den Sicherheitsleuten des Parlaments, die etwas abseits standen.

»Guten Abend, Clara Coban, Kriminalpolizei.« Die Sicherheitskräfte sahen sie erschrocken an, dann nickte der Älteste von ihnen und streckte Clara seine Hand hin:

»Huber. Denken Sie, es war Mord?«

»Das können wir derzeit zumindest nicht ausschließen. Kannten Sie sie?«

»Jeder kannte sie.«

»Warum?« Clara nahm ihr Diktiergerät aus der Handtasche.

»Sie arbeitet schon so lange hier...« Herr Huber brach ab und schaute kurz auf den Boden: »Besser gesagt, sie arbeitete lange hier, sie war Teil des Hauses, immer höflich, erkundigte sich nach den Familien, schien sich wirklich für unsere Familien zu interessieren, sie...« Herr Huber seufzte: »Sie gehörte einfach zum Haus.«

»Kann sie sich umgebracht haben?« Er schüttelte den Kopf: »Ich glaube nicht. Sie hat fünf Enkelkinder, die sie abgöttisch liebt. Sie hat ihre Fotos immer bei sich und manchmal nimmt sie ein Kind zur Arbeit mit, ich meine natürlich, *nahm.* Sie war so stolz auf ihren Arbeitsplatz, kannte sich auch gut aus. Sie las viel über die Entstehungsgeschichte des Hauses und erzählte immer wieder Anekdoten...«

»Sie stand kurz vor ihrer Pensionierung.«

»Ja, genau.«

»Denken Sie, dass ihr das Kummer bereitete?«

»Ein wenig vielleicht. Was weiß ich? Wir können doch nicht in einen anderen Menschen hineinschauen, oder? Aber nein, ich denke nicht, dass Frau Romanova selbstmordgefährdet war, falls Sie das meinen.« Die Umstehenden nickten. Clara nahm seine Daten auf und schaltete das Diktiergerät aus. Dann trat sie ein paar Schritte zurück und betrachtete das Dach. Der Giebel, der auf den acht hellenistischen Säulen ruhte, endete genau über dem Stück der Rampe, auf dem Anna Romanova lag. Clara sah die Umrisse eines Fabelwesens, das Pfötchen gab. Von dort aus musste sie sich in die Tiefe gestürzt haben oder gestoßen worden sein, was Clara eher vermutete.

»Hallo Clara, auch noch wach?« Clara drehte sich zu Aca. Ihr Arbeitskollege kam mit raschen Schritten näher. Er trug Jeans und eine Lederjacke, die Clara nicht kannte. Dass er nicht ganz nüchtern war, deutete darauf hin, dass man ihn heute Nacht nicht aus dem Bett geholt hatte. Seine Haare waren etwas zerzaust und seine Augen leuchteten, was Clara ihm nicht verübeln konnte. Eine Leiche vor dem Hohen Haus hatten sie nicht alle Tage.

»Ja, ich bin noch wach, und die arme Frau dürfte von dort oben gefallen sein.« Sie zeigte aufs Dach.

»Das sind gute acht Meter.«

»Ja.« Clara erzählte Aca, was sie von Susanne und dem Sicherheitsdienst wusste, und sie näherten sich gemeinsam dem Fundort. Man hatte die Tote, die genau neben dem griechischen Gelehrten Herodot auf den Boden gefallen war, inzwischen zugedeckt. Clara blickte sich um. Eine blonde, junge Frau, die in eine goldene Wärmedecke gewickelt worden war, stand hinter dem Absperrband und redete aufgeregt in das Mikrofon der Reporterin von *Unser Land*. In diesem Augenblick kam der Chef der Rechten mit einigen Mitarbeitern angelaufen und die Reporterin nahm ihn augenblicklich in Empfang. Manche hatten Glück.

Aca schoss verstohlen ein Foto vom Politiker und fragte: »Warst du schon auf dem Dach?«

»Nein, aber genau das machen wir jetzt. Wie geht's deiner Höhenangst?«

»Ich weiß noch nicht, wie sie auf den Olymp reagiert. Komm.«

*

Am nächsten Morgen standen alle im Büro von Herrn Berger, dem Vorsitzenden von Claras Mordgruppe, der die Leute von der Presse in den großen Vorraum zurückgedrängt hatte. Die Vertröstung auf die Pressekonferenz am Nachmittag hatte kaum Wirkung gezeigt. Clara hatte sich durch Kameras und Tonangeln zwängen müssen, um zu ihrem Chef zu gelangen.

»Ah, Frau Coban...«, war das Einzige, was Herr Berger zu ihrer Begrüßung sagte, und Clara wusste, dass ihm mehr momentan auch nicht gestattet war. Nachdem er beim letzten großen Fall gänzlich versagt und sie unter seinen Augen beinahe hätte vergiften lassen, hatte seine Vorgesetzte, Frau Weinzierl, die die Verantwortung über alle drei Wiener Mordgruppen innehatte, durchgegriffen. Sie hatte ihn zwar nicht gefeuert, ihm aber sehr wohl nahegelegt, eine Zeit lang Abstand von Clara zu halten.

Die direkte Kommunikation lief jetzt über Gerald Kowalski, Herrn Bergers rechte Hand, dem Clara noch weniger über den Weg traute. Herr Kowalski hatte sich neben die Türe gestellt, die Hände über dem Bauch gefaltet, die Knie stramm durchgestreckt, das Kinn bedeutungsvoll in der Höhe. Die Augenringe bestätigten, dass er dem Nachtleben immer noch etwas abgewinnen konnte. Sein diesbezüglicher Ruf stand im krassen Gegensatz zu seiner Anziehungskraft auf Clara. Sie stellte sich neben Aca und hörte zu.

Man wusste nicht mehr als das, was sie gestern Nacht noch zu Protokoll gegeben hatte. Herr Berger, im neuen, dunkelblauen Anzug und erstmals mit Krawatte, teilte gerade seine Gruppe für das weitere Vorgehen ein, als sich Frau Moser mit einem großen Wasserkrug in den Raum zwängte.

Die kleine, runde Frau war ein wenig außer Atem und das war Clara neu. Frau Moser fiel nicht mit Gefühlsregungen, egal welcher Art, auf. Mit ihrem stets korrekten Auftreten war sie der Inbegriff von Ruhe und Diskretion, zwei Eigenschaften, die Herr Berger sehr an seiner persönlichen Sekretärin schätzte, die ihm stets den Rücken frei- und eine frische Tasse Kaffee bereithielt. Jetzt stellte sie den Krug neben die vorbereiteten Gläser, holte einen Zettel aus ihrer Jackentasche, holte Atem und sagte: »Es ist ein Drohbrief eingegangen.«

»Wo ist ein Drohbrief eingegangen, Frau Moser?«

»Bei den Linken. Er lag dort heute Morgen auf dem Boden beim Eingang zu ihrem Büro.«

»Im Parlament?«

»Ja.«

»Und, was stand darauf, Herrgott noch mal?« Es war das erste Mal, dass Herr Berger Frau Moser anherrschte, was sie ihm mit einem verstehenden Augenaufschlag verzieh.

»Hör auf, Sahra.«

»Hör auf, Sahra? Und was genau daran ist jetzt die Drohung?«

»Der Totenkopf mit der Clownsnase.« Frau Moser legte den Zettel sanft auf den Tisch und sah ihren Chef erwartungsvoll an. Auf dem gewöhnlichen Kopierpapier war mit einem schwarzen Kugelschreiber und ungelenker Hand ein Totenkopf ins rechte untere Eck gezeichnet worden. Die Augen waren schwarz ausgemalt und die rote Nase verzerrte die Skizze ins Groteske.

»Herrgott!« Herr Berger setzte sich an seinen Schreibtisch und vergrub sein Gesicht in den Händen: »Man wird uns zerreißen!« Er blickte auf, legte seinen rechten Zeigefinger auf seine fleischigen Lippen und zischte: »Kein Wort, kein verdammtes Wort an die Presse, verstanden?« Alle nickten. Herr Berger dachte nach: »Wer ist diese Sahra?«

Aca antwortete nach längerem Zögern: »Vielleicht Sahra Schneider, eine Nationalratsabgeordnete der Linken. Sie wird seit längerer Zeit im Netz angegriffen.« Herr Berger nickte. Das schien jetzt groß in Mode zu sein. Er nahm seine Maus, googelte die Abgeordnete und schwenkte den Bildschirm so, dass sie von allen gesehen wurde. Sahra Schneider musste um die vierzig sein. Ihr herzförmiges Gesicht wurde von dunkelbraunen, kleinen, unbändigen Locken umrahmt. Große, verschmitzte Augen, sinnliche Lippen. Ihr weißes Sakko gab ihr den eleganten Touch, der ihrer Position angemessen war. Herr Berger dachte nach. Dafür, dass sich vor dem Büro alle wichtigen Medienvertreter tummelten, war es um den Schreibtisch sehr still. Clara war kurz davor, sich eigenmächtig ins Parlament zu begeben, als ihr Chef laut seufzte: »Wie ist das jetzt mit den Parteien?« Clara schaute ihn kurz verwundert an: »Nun, die Regierung wird von der großen Koalition der Konservativen und Sozialdemokraten gebildet. In der Opposition befinden sich die stimmenstarken Rechten, die Grünen, die Linken, die Liberalen und der Plan A. Sie haben sich in den letzten Monaten…«

»Jaja, schon gut«, Herr Berger blickte auf seine Armbanduhr, erhob sich und deutete auf Aca: »Herr Petrovic, Sie kümmern sich um die ukrainische Putzfrau. Gehen Sie ins Parlament und reden Sie bitte mit allen, die gestern Nacht etwas gesehen haben könnten.«

»In Ordnung.«

»Du gehst zur Chefin der Linken, Gerald.« Herrn Kowalskis Gesicht hellte sich auf. Sofort griff er nach seiner Aktentasche. »Sie heißt Frau Berlakovic«, murmelte Clara, während sie ihr Handy aus der Handtasche nahm: »Soweit ich weiß, ist sie gestern aus Griechenland zurückgekommen, wo sie endlich...«

»Komm, Clara.« Aca zwinkerte ihr zu.

»Und Sie, Frau Coban, begleiten ihn in den Klub und reden mit dieser Sahra Schneider. Unsere nächste Besprechung ist um 13 Uhr. Rufen Sie Ihre Familien an, heute werden Sie erst spät nach Hause kommen. Ich bereite inzwischen die Pressekonferenz vor. Frau Moser, Sie organisieren mir einen Friseur.«

*

Der frühe Vormittag war sonnig und ungewöhnlich warm für die letzte Septemberwoche und lockte mehr Touristen als üblich auf die Straßen der Innenstadt. Die Cafés hatten schon geöffnet, mit leichten Decken auf den Stühlen, die im Freien standen. Herr Kowalski war mit Clara über die Zweierlinie bis zum hinteren Eingang des Parlaments gefahren, wo er den Dienstwagen parkte und von einem Mitarbeiter der Parlamentsdirektion empfangen wurde.

»Kann ich den Fundort sehen, bevor wir hineingehen?«

»Natürlich, Herr Kommissar.« Sie gingen um das Parlament herum und drängten sich durch die aufgekratzte Menschenmenge, die die Rampe hinauf drängte, um Selfies mit dem Tatort zu machen.

Während Herr Kowalski die Kreidestriche am Boden studierte, die von der ukrainischen Putzfrau übrig geblieben waren, ließ Clara ihren Blick schweifen. Unter ihr rollte der Vormittagsverkehr um das Stadtzentrum. Die Bäume, die den Ring säumten, waren noch ungewöhnlich grün für die Jahreszeit und gaben den Blick in die dahinterliegenden Parkanlagen und zur noch immer verwaisten Hofburg frei. Der Präsidentschaftswahlkampf war mittlerweile in der dritten Runde und drohte, die Nation endgültig zu spalten.

Das Parlament war in der Gründerzeit auf einem Kunsthügel angelegt worden und lag somit über der Hofburg, dem ehemaligen Arbeitsplatz des Kaisers Franz Joseph. Es symbolisierte, in kühner Voraussicht, die Erhabenheit der Demokratie über das Kaiserreich. Um die neue Zeit zu unterstreichen und gleichzeitig neutral zu bleiben, hatte Theophil Hansen die über fünf Meter hohe Pallas Athene vor das Haus der künftigen Republik gestellt. Ihre goldene Speerspitze leuchtete jetzt in der Vormittagssonne, ebenso wie Helm und Brustpanzer, die die Göttin zur strategischen Kriegsführung genauso brauchte wie ihre Weisheit zum Erhalt des Friedens. Clara betrachtete die kleine Nike, die Göttin des Sieges, in Athenes rechter Hand und hoffte, dass sich der Fall rasch aufklärte. Sie war beeindruckt vom Faltenwurf, der die Dynamik von Stand- und Spielbein nachzeichnete – und damit die würdevolle Ruhe, die die gute Athene wohl nötig hatte, um der wechselvollen Geschichte mit einem Augenzwinkern zu begegnen.

Clara schoss ein Handyfoto und schickte es an David, der beim *Tagesblatt* arbeitete. Sie musste sich wieder mehr um ihn bemühen.

*

Die Geschehnisse der letzten Nacht hatten den Prozess vorzeitig dynamisiert. Er blickte wütend auf sein Handy, das ihm gerade auch nicht weiterhalf. Es hatte alles geklappt. So verdammt gut geklappt, bis zu dem Zeitpunkt, an dem die Putzfrau aufgetaucht war und alles verkompliziert hatte. Wie hatte... Eine WhatsApp-Nachricht kam herein. Vereinskram. Das musste warten. Sie durften das Vertrauen der Abgeordneten nicht verlieren! Sie durfte auf keinen Fall abspringen. Dafür musste Thomas sorgen. Er hatte schließlich das größte persönliche Interesse an der Alten. Während der Laptop hochfuhr, betrachtete er die unzähligen Bücher, die sich bis unter die Decke türmten. Die dicken Einbände rochen nach dem vorigen Jahrhundert und sahen leicht abgegriffen aus. Das alles interessierte ihn nicht. Er ärgerte sich über die gedämpfte Unterhaltung des Pärchens, das vor ihm saß. Zumindest in der Bibliothek sollte man sich konzentrieren können, Herrgott! Wahrscheinlich war es klug, wenn sie rasch nachlegten. Er musste Thomas erreichen. Sofort.

*

Clara legte ihre Hand auf das steinerne Treppengeländer, dessen Ausläufer in gewundenen Schlangen endeten. Griechische Gottheiten wiesen ihr den Weg ins Innere des Hohen Hauses. Überall männliche

Gemächte und weibliche Brüste, die klarstellten, dass die Gründer Wert auf die weitgehende Trennung von Staat und Kirche gelegt hatten. Satte Rottöne und glatter Marmor dominierten in gelassener Größe, während die Fülle der verspielten Details eine Komplexität erahnen ließ, die den Menschenverstand herauszufordern vermochte. Eleganter Stein, inspiriert vom kollektiven Gedächtnis der europäischen Kultur.

Clara ging an Hera vorbei, deren Hand ins Leere griff, an Zeus, der mit mächtigem Bart voranschritt, und am leichtfüßigen Hermes, dessen Umhang einen schwungvollen Faltenwurf hinlegte. Über all dem lag eine feine Schicht von Gedanken und Geistesblitzen, die die Geschichte der Republik geprägt hatten und bis auf den heutigen Tag gestalteten. Es roch förmlich nach längst verklungenen Worten, persönlichen Siegen oder Niederlagen und kollektiven Zugeständnissen an den Zeitgeist.

Die parlamentarische Mitarbeiterin, die sie und Gerald Kowalski mit schlafwandlerischer Sicherheit durch das Treppenhaus führte, war sich der Bedeutung ihres Arbeitsplatzes sehr wohl bewusst und betrachtete Claras staunende Blicke mit höflich versteckter Verachtung.

Sie ging mit flotten Schritten über den roten Teppich, der sich schier endlos durch die Gänge wand, und öffnete schließlich die Türe zu den Klubräumen der Linken. Sie nickte einem Politiker zu, den Clara aus den Zeitungen kannte, an dessen Namen sie sich aber nicht erinnern konnte, und sah zum wiederholten Mal auf ihr Handy.

Während eine weitere Mitarbeiterin Kowalski abholte, ließ Clara ihren Blick über die Wände schweifen, die selbst in den Büroräumen ungewöhnlich hoch waren und in ihren Erdfarben eine Gemütlichkeit ausstrahlten, die sie nicht erwartet hatte.

»Frau Schneider wird sofort da sein. Wollen Sie einen Kaffee, Frau Kommissarin?«

»Ja, bitte. Und gerne auch ein Glas Wasser.«

»Natürlich.« Die junge Frau verließ das Arbeitszimmer der Abgeordneten, nachdem sie Clara bedeutet hatte, sich auf der Sitzgruppe niederzulassen. Die gepolsterten Sessel, mit grünen und silbernen Streifen, waren sehr bequem, der große Teppich weich, und Claras Blick wanderte zu den hohen Fenstern, durch die goldenes Licht fiel. Der massive Schreibtisch in der Mitte des Raumes war mit Unterlagen bedeckt, die Schubladen herausgezogen. Neben dem Computer stand ein Bild des Präsidentschaftskandidaten, hinter dem sich die Zivilgesellschaft parteiübergreifend versammelt hatte und der im Mai bereits gefeiert worden war. Clara sah verstimmt weg. Die Aufhebung der Stichwahl durch den Verfassungsgerichtshof verursachte noch immer einen unangenehmen Druck in ihrem Magen, hinter dem ein dunkles Frösteln lag.

Ein immer lauter werdendes Rauschen, das mit einem Plopp endete, riss sie aus ihren Gedanken. Sie schaute sich rasch um, konnte die Quelle der plötzlichen Geräusche jedoch nicht entdecken.

»Guten Morgen.« Die Türe öffnete sich und Clara stand auf: »Guten Morgen, Frau Schneider, danke, dass Sie mich so früh empfangen.«

Sahra Schneider lächelte sie an: »Natürlich, willst du einen Kaffee?« Während sich Clara noch über das Du-Wort wunderte, das ihr die Abgeordnete soeben angetragen hatte, betrachtete sie sie. Natürlich kannte sie Sahra Schneider aus der Zeitung, besser noch aus dem Internet, und sie fand es, wie immer, ein wenig seltsam, einer medialen Persönlichkeit in natura zu begegnen. Sahra war bedeutend kleiner als sie und wunderbar rundlich. Ihre Locken legten sich verspielt um ihr freundliches Gesicht. Sie war dezent geschminkt, trug einen hellblauen Hosenanzug und hohe Pumps.

»Danke, ich bekomme schon einen. Wie geht es dir?« Die Frage wäre Clara wesentlich leichter gefallen, wenn sie beim Siezen geblieben wären, aber gut.

»Es geht.« Sahra ging zu einem quadratischen Behälter aus grobem Metallgitter, der an der Wand hing, nahm eine durchsichtige, zylindrische Plastikkapsel heraus, öffnete eine der Gummimanschetten an den Rändern, entnahm eine dünne Mappe und legte beides auf ihren Schreibtisch: »Den hab ich heute noch nicht angerührt.« Clara erhob sich und machte Handyfotos.

»Fehlt etwas?«

»Das weiß ich noch nicht.«

»Hast du alle Unterlagen hier?«

»Nein, in der Parteizentrale in der Löwelstraße hab ich auch welche und zu Hause den Rest. Das ist manchmal ganz schön kompliziert.« Sahra Schneider verstummte und begann stehend in ihr Handy zu tippen: »Entschuldige bitte, die Mail muss ich sofort beantworten.«

»Natürlich.« Als die Abgeordnete das Handy in ihre Hosentasche zurückgeschoben hatte und sich wieder zu ihr wandte, fragte Clara mit Blick auf den Schreibtisch: »Was könnte gesucht worden sein?«

Sahra sah sie lange an und hob dann ihre Schultern: »Ich hab nicht die geringste Ahnung.«

Clara setzte sich wieder: »Bist du dir sicher?«

»Ja.«

»Wer hat Zugang zu diesem Raum?«

»Nun, unsere Abgeordneten, die Pamis, Klubis, Stabis…«

»Wie bitte?«

»Entschuldigung. Die parlamentarischen Mitarbeiter, Klubangestellten und unsere Social Media Leute. Aber auch Menschen von der Partei, den Bundesländern, der Akademie, Berater, Aktivistinnen, unser Steuerberater, Leute der Werbeagentur, die…«

»Das sind ziemlich viele Menschen. Kann ich eine Liste haben?«

»Meine Referentin Conny Weber wird sie dir geben.« Clara nickte. Sie hatte sich noch immer nicht an das Du-Wort gewöhnt und bedankte sich höflich für den Kaffee, der mit einem Teller Kekse auf den Tisch gestellt wurde.

»Hast du Feinde?« Sahra lachte laut auf, was Clara nicht wirklich verwunderte.

»Darf ich die Sachen auf meinem Schreibtisch berühren?«

»So wenig wie möglich.«

»Gut, aber ich muss dringend…« Sie ging zu einer geöffneten Schublade, nahm ein Skript heraus, rollte es zusammen, steckte es in den Plastikzylinder, schob diesen in ein Loch in der Wand und gab einen Zahlencode in ein kleines Kästchen ein. Mit einem Zischen verschwand die Kapsel.

»Unsere Rohrpost funktioniert hervorragend.«

»Bei euch gibt es eine funktionierende Rohrpost?«

»Ja, die Rohre sind über drei Kilometer lang. Wir haben mittlerweile fünf Linien.« Staunend öffnete Clara ihre Handtasche, nahm das Diktiergerät heraus und begutachtete die Kekse. Das würde ein längeres Gespräch werden.

*

»Ich hoffe, du tappst genauso im Dunkeln wie ich.« Aca hatte sich eine Kürbiscremesuppe bestellt und suchte in der Speisekarte noch nach der Hauptspeise. Der *Rote Bär* war, wie immer zur Mittagszeit, gut besucht. Clara hatte sich Käsespätzle bestellt und blätterte in einer Zeitung: »So dunkel wie bei mir kann's gar nicht sein.«

»Tjaja, die Politik.« Seine Suppe wurde gemeinsam mit ihren Kasspatzln auf den Tisch gestellt, auf denen eine duftende Schicht gerösteter Zwiebeln lag. Aca trank einen tiefen Schluck Wasser und rührte dann in der dampfenden Suppe, auf der das dunkelgrüne Kernöl Spuren um die gerösteten Kürbiskerne zog: »Also los. Anna Romanova war die Seele des Putz-Komitees, pünktlich, fleißig, seit Kurzem politisch völlig uninteressiert, was man sich durch ihren Sohn erklärt, der vor einem Jahr in Donezk erschossen wurde...«

»Könnte das sein?«

»Was?«

»Die Verlagerung des Ukrainekonfliktes...«

»Nach Wien?«

»Ja.«

Aca seufzte: »Ich hoffe nicht. Natürlich gehen wir der Sache nach.«

»Was zeigen die Kameras?«

»In den Gängen und Klubräumen gibt es keine Kameras.«

»Wie bitte?«

»Das Gebäude wird bald modernisiert...«

»Du willst mir allen Ernstes erklären, dass ich im öffentlichen Raum jederzeit verfolgt werden kann, während unsere Volksvertreter einander abmurksen können, ohne, dass das jemand sieht?«

»Exakt. Da fragt man sich direkt, warum sie es nur verbal tun. Beim Ausgang allerdings erfassten die Kameras einen Sicherheitsmann, den niemand kennt, mit einer tief ins Gesicht gezogenen Schirmmütze und großer Hornbrille. Er muss die Positionen der Kameras gekannt haben, von denen er sich immer wegdrehte.«

»Also jemand vom Haus.«

»Davon können wir ausgehen.«

»Und weiter?«

»Nichts weiter. Ich ließ mir alle Personallisten geben. Der völlige Wahnsinn. Das Parlament ist eine Kleinstadt. 1.500 Räume. Abgesehen von den einhundertdreiundachzig Nationalrats- und einundsechzig Bundesratsabgeordneten, den Regierungsmitgliedern, den drei Nationalratspräsidenten und der Direktion, gibt es Mitarbeitende der Sicherheitsabteilung, die die Personenkontrollen durchführen und regelmäßig elf Kilometer an Kontrollgängen absolvieren, Putzpersonal, Heerscharen von Elektrikern...«, er hob seinen Blick von der Kürbiscremesuppe: »und Elektrikerinnen, Heizungs- und Klimatechniker, Schlosser, Tischler und Hausarbeiter. Da im Sommer umgebaut wird, tummeln sich zusätzlich jede Menge Architekten, Statiker und Ingenieure im Haus.«

»Und jeder kann es gewesen sein.«

»Tja. Eine Kamera der Straßenbahnstation Volkstheater hat einen ziemlich großen Radius und zeigt Bewegungen von zwei Personen auf dem Dach. Zum fraglichen Zeitpunkt. Eindeutige Bewegungen.«

»Die Putzfrau wurde aufs Dach geführt?«

»Ja.«

»Und dann hinuntergestoßen?«

»So viel steht fest.«

»Aber der Sicherheitsmann muss doch jemandem bekannt vorkommen, wenn er vom Haus ist.«

»Das wird gerade überprüft. Du bist dran.«

Clara wischte sich den Mund mit der Serviette ab und trank einen Schluck Wasser.

»Sahra Schneider ist die Umweltbeauftragte ihrer Partei, mischt aber gerne auch in anderen Gebieten mit. Bisher hat sie fünf Bücher veröffentlicht. Zu unterschiedlichen Fachgebieten.«

»Neider?«

»Davon ist auszugehen. Außerdem ist sie eine Frau.«

»Ach was.«

»Nun, das spielt eine Rolle, da Politikerinnen im Netz heftiger angegriffen werden als ihre männlichen Kollegen.«

»Obwohl die mehr Scheiß bauen?«

»Sie ist diejenige bei den Linken, die am vehementesten für Frauenrechte eintritt.«

»Haben sie dafür nicht eine eigene Abgeordnete?«

»Ja, aber die hat es nicht so drauf. Desaströse Rednerin.«

»Also kann Neid definitiv eine Rolle spielen...« Aca legte sein Besteck über den Teller und lehnte sich zurück.

Clara nickte und fuhr fort: »Stichwort Abtreibung. Sie kann es kaum fassen, wie aktuell die Debatte wieder ist, und bezieht fast wöchentlich dazu Stellung.«

»Sind Abtreibungsgegner gut organisiert?«

»Darauf kannst du Gift nehmen. Sie erfahren weltweit Aufwind und haben mächtige Geldgeber im Hintergrund.«

»Die Kirche?«

»Davon können wir ausgehen.«

»Das wird langsam spannend.«

»Ja. Sie hat sich außerdem mit den Besitzern von Tierfabriken angelegt, die sie schließen möchte.«

»Autsch. Tierschützer leben in Österreich gefährlich.«

»Ihr Mann ist Kurde.«

»Ach du Scheiße.«

»Und ihre Schwester eine Lesbe.« Aca begann zu kichern und betrachtete die Kaffeetassen, die ihnen gebracht wurden.

»Und sie schreibt eindeutig zu viel. Teile von Sahras Recherchen zu illegalen Beschneidungen in Österreich wurden bereits vor der Veröffentlichung ins Netz gestellt und von der Islamischen Glaubensgemeinschaft heftig dementiert. Sie arbeitete außerdem beim jährlichen Bericht über die Neonazi-Szene in Österreich mit und ist dafür bekannt, den meisten vor laufender Kamera die Show zu stehlen, weil sie nicht nur immer exzellent vorbereitet, sondern auch mit einem selbstbewussten und humorvollen Mundwerk gesegnet ist.«

»Ich fasse zusammen: Frau Schneider legt sich mit den Schlächtern an, den Katholiken, den Muslimen, den Rechten und mindestens der Hälfte der eigenen Fraktion, weil sie sich zu Themen äußert, die nicht in ihr Resort fallen.«

»Genau. Besonders die Türken sind nicht gut auf ihren Mann zu sprechen, der vor Jahren aus Ankara geflohen ist und dessen Eltern die Gefängnisse von innen kennen.« Aca klopfte ihr auf die Schultern, während er vergnügt grinste: »Na dann, Clara, such dir das schönste Motiv aus!«

*

Er verließ die Toilette und wusch seine Hände. Das Gespräch mit Thomas war gut verlaufen. Das Wespennest war aufgescheucht, jetzt mussten sie Tempo machen. Speed kills. Das wusste niemand besser als er. Lächelnd drückte er die flüssige Seife in seine Handfläche und betrachtete den dicken Wasserstrahl, der aus dem Hahn schoss. Wassersparen war etwas für Weicheier. In Wien jedenfalls. Wasser gab es hier in rauen Mengen, und es gehörte zum Besten der Welt. Es speiste sich zum Großteil aus den Alpen der Steiermark, die es in einem jahrelangen Prozess ausschwemmte und sich so mit wertvollen Mineralien anreicherte. Die Aquädukte, die es ins Tal brachten, stammten noch aus der Römerzeit, und waren wichtiger als alle Autobahnen zusammen. Er spülte den Schaum weg und trocknete sich ab. Ein, zwei Stunden noch in der Bibliothek, dann war das Infonetz aufgebaut und sie konnten loslegen.

*

Als Clara das Kommissariat in der Berggasse verließ, hatte die Dämmerung bereits eingesetzt. Sie fuhr mit dem D-Wagen zum Franz-Josephs-Bahnhof und ging in den Supermarkt, stapelte Obst und Gemüse in den Einkaufswagen, nahm Brot von der Theke, Milch, Joghurt und Käse aus dem Kühlregal und ging zu den Corn

Flakes. Der Vorrat an Katzenfutter musste aufgefüllt werden, die Babynahrung ignorierte sie, während sie Schokolade in den Wagen legte und diesen müde zur Kassa rollte.

Als sie wieder auf den Platz hinaustrat, sah sie ihren Lieblingskabarettisten vorbeischlurfen. Da fiel ihr ein, dass sie heute die Bücher zurückbringen hatte wollen, die in ihrer Handtasche lagen. Seit die städtische Bücherei in ihrer Straße ein Lokal eröffnet hatte, gingen sie regelmäßig hin, um sich mit Literatur einzudecken. Auch sonst hatte sich die Gegend um den Bahnhof im letzten Jahr verändert. Ein paar Häuserblocks hinauf gab es jetzt einen veganen Eissalon, der Supermarkt gegenüber hatte auf die doppelte Verkaufsfläche und hervorragendes Sortiment erweitert, gleich daneben hatten sie einen zusätzlichen Biosupermarkt erhalten und im eigenen Haus, statt des versifften Wettlokals, das ihnen jahrelang die Betrunkenen vor die Haustüre gespült hatte, war das Erdgeschoß renoviert worden, um einem Irish-Pub Platz zu machen, in dem Tag und Nacht Fußballspiele und gute Musik liefen. Clara und David wunderten sich immer wieder über all die freundlichen Menschen, die plötzlich aufgetaucht waren. Vom Untergang der westlichen Zivilisation, die zunehmend propagiert wurde, war hier ganz genau gar nichts zu spüren.

*

Er sah sie. Das dünne Ding drückte sich zwar an der Hauswand entlang, aber seinen Augen entging nichts. Er schätzte sie auf zwölf oder dreizehn Jahre, so genau konnte er es unmöglich sagen, es war ihm auch egal. Lautlos nahm er sein SSG 08 in die Hand und legte das Zielfernrohr auf den Dachfirst. Der Nachtwind blies auf seine eisigen Fingerkuppen. Das Mädchen war stehengeblieben und schaute um die Hausecke. Dummes Ding, als ob die Sniper auf dem Boden lagen. Er wollte schon seinen Zeigefinger an den Lauf legen, da brummte sein Handy. Er fluchte leise und legte die Waffe weg, denn da musste er ran. Seiner Mutter ging es immer schlechter und er würde es sich nie verzeihen, auch nur ein Telefonat zu versäumen.

*

Clara stand unter der Dusche. Sie hatte das Radio laut aufgedreht und hörte Nachrichten, während sie sich einschäumte. Die tote Putzfrau war gleich am Beginn erwähnt worden. Herrn Bergers Stimme klärte die Bevölkerung darüber auf, dass die Polizei jede Spur verfolgte. Der Chef der Rechten witterte auch nach diesem Vorfall seine Chance und schimpfte über die Flut der Asylanten, die völlig unkontrolliert nach Österreich geströmt waren und mit ihren Gewalttaten jede Statistik sprengten – Statistiken übrigens, die keiner Überprüfung standhielten – während der Innenminister erneut die Aufstockung seines Budgets forderte.

»Will der jetzt mit Panzern das Parlament bewachen?«, ärgerte sich Clara und duschte den Schaum von ihrem Körper. Der Gasboiler hatte wieder begonnen, in regelmäßigen Abständen dumpfe Explosionen abzusondern, was, laut Installateur, gänzlich ungefährlich war.

Statt den Boiler endlich auszutauschen, wurden sie und David seit einem Jahr von der Hausverwaltung beruhigt. Der russische Hausbesitzer, dem über 200 Objekte in Wien gehörten, zeigte keinerlei Interesse an einer desolaten Gastherme, was Clara rasend machte. Sie drehte das warme Wasser ab und griff nach dem Handtuch. Morgen würde sie wieder eine Mail schreiben und noch eine und noch eine, so lange, bis sie ein neues Gerät hatten.

Sie setzte sich im fliederfarbenen Morgenmantel aufs Sofa und blätterte noch einmal die Namen durch, die ihr Sahras Referentin, Conny Weber, gegeben hatte. Die Liste der Menschen, die Zugang zu den Klubräumen im Parlament hatten, war lang, die Kommentare von Conny Weber hingegen waren nur mäßig aufschlussreich gewesen. Sie hatte versichert, dass Sahra sehr beliebt war. Eine unersetzliche und unerschütterliche Stütze der Partei. Doch Clara war nicht entgangen, dass sie etwas verschwieg.

*

Da war sie wieder. Die Flaschen wogen sicher schwer in ihrem Arm, denn sie lief leicht gebückt. Vielleicht war ihr inzwischen auch nur kalt. Aber sie musste sich sicherer fühlen auf dem Weg nach Hause, vielleicht freute sie sich schon auf das fensterlose Wohnzimmer im Trümmerfeld, das sie wahrscheinlich mit zwanzig anderen Terroristen teilte, denn sie lief schneller als auf dem Hinweg. Er nahm wieder seine österreichische Waffe, lud sie mit leisem Knacken, richtete sie ein, nahm die Straße kurz vor der Kleinen ins Visier und legte seinen beinahe steif gefrorenen Zeigefinger an den Abzug. Jetzt musste sie nur noch hineinlaufen, hinein in sein Fadenkreuz, und das machte sie auch. Er drückte ab.

*

Die Besprechung fand im Büro von Gerald Kowalski statt. Während sich Aca Notizen machte, musterte Clara ihren Vorgesetzten, der im letzten Jahr merklich gealtert war. Als unangefochtenem Spezialisten fürs Rotlichtmilieu kam ihm sein natürlicher Hang zum Chauvinismus entgegen. Er war kein Denker, dafür hart im Nehmen. Herr Berger schätzte ihn auch wegen seiner exzellenten Kontakte zum Innenministerium.

»Eines steht fest: die Schneider ist nicht sehr beliebt.«

»Weil sie zu gut ist?«

»Weil sie ihre Nase überall hineinsteckt, eingebildet ist und ihre Klappe nicht halten kann, sobald sich ihr eine Kamera nähert.«

Aca betrachtete ihn verwundert: »Und das haben Sie von der Chefin der Linken erfahren?«

»So ungefähr.«

»Fürchtet sie um ihren Sitz?«

»Nein, denn die Schneider ist zu schlampig für das große Ganze und scheint sich auch nicht dafür zu interessieren.«

»Und wen hat sie im Verdacht?«

»Nun, da wurde sie sehr unbestimmt. Frau Schneider dürfte wegen ihrer Art sehr isoliert sein und hat, so die Chefin, keine wirklichen Verbündeten mehr. Was alle kaschieren, weil sie wohl Schiss vor ihrer scharfen Zunge haben.«

»Und warum bemüht sie sich nicht um eine bessere Zusammenarbeit?« Warf Clara ein und dachte an die Mail, die Sahra schnell getippt hatte, obwohl sie gerade vernommen worden war.

»Die Chefin meint, dass Frau Schneider das alles gar nicht richtig mitbekommt, weil sie so mit ihrer Arbeit beschäftigt ist.« Gerald Kowalski stützte seine behaarten Unterarme am Schreibtisch ab und betrachtete Aca: »Und, was haben Sie herausgefunden?«

»Ich denke, dass die beiden Fälle zusammenhängen.« Herr Kowalski hob seine Augenbrauen:

»Ach ja?«

»Ja.« Aca hatte die Beine übereinandergeschlagen.

»Frau Romanova saugte immer den Flügel des Parlaments, in dem die Linken, die Grünen und die Liberalen ihre Büros haben. Die Spuren auf dem Teppich weisen eindeutig darauf hin, dass sie das Saugen vor den Klubräumen der Linken unterbrochen hatte.«

»Das ist interessant. Könnte sie keine Pause gemacht und sich kurz entfernt haben?«

»Das ist unwahrscheinlich, weil sie wie ein Uhrwerk arbeitete. Der Zeitpunkt, zu dem sie vom Dach gestoßen wurde, deckt sich mit ihrer Arbeitszeit vor den linken Büros.«

»Und das Motiv?«

»Keine Ahnung. Frau Romanova hatte so großen Respekt vor den Parlamentariern, dass sie keine wirklichen Kontakte geknüpft hatte. Alle schätzten sie und ihre Warmherzigkeit, aber zu Gesprächen dürfte es eher selten gekommen sein.«

»Vielleicht hat sie denjenigen gesehen, der den Brief unter den Türspalt schob«, meinte Clara nachdenklich.

»Ja, das hab ich mir auch schon gedacht«, nickte Aca. »Das macht Sinn.«

»Und wer war das, verdammt noch einmal?«, machte Herr Kowalski Druck, »Die Presse wird langsam lästig.«

»An den Türklinken zum Dach fand man nur *ihre* Fingerabdrücke.«

»Nur von der Putzfrau?«

»Ja.«

»Dann ist der Sicherheitsmann also nicht nur skrupellos, sondern auch gerissen.«

»Wahrscheinlich ein Politiker«, lachte Aca.

»Der war gut«, grinste Gerald Kowalski und wollte sich erheben.

»Nun, da wäre noch Sahra Schneider selbst«, mischte sich Clara in die allgemeine Heiterkeit.

»Stimmt, Frau Coban. Was meint sie zu dem Ganzen?«

»Nicht viel. Sie hat auch in der Außenwelt viele Feinde.« Sie wiederholte die Liste der verdächtigen Personengruppen und blickte in das zusehends ratlose Gesicht ihres Vorgesetzten: »Ich denke, dass wir eine weitere Mordgruppe hinzuziehen sollten.«

Herr Kowalski dachte kurz nach, und meinte schließlich gönnerhaft: »Sie werden die Fährte schon finden, Frau Coban. Machen Sie sich einfach an die Arbeit.«

*

So, meine Fragen sind notiert«, meinte Clara, während sie den Zucker in ihren Cappuccino rührte: »Es trifft sich gut, dass heute Plenarsitzung ist, da sind die meisten im Haus.«

Aca spielte mit seinem Wasserglas: »Und du meinst wirklich, dass ich im Dezember anders wählen soll?« Seit der Aufhebung der Stichwahl stritt das Land über die Verhältnismäßigkeit von Entscheidungen. Worte wie Wahlbetrug, gestohlener Sieg und Zweifel an der Gerichtsbarkeit füllten die Abendnachrichten und Kolumnen, als wäre das Ende der Zweiten Republik zum Greifen nahe.

»Natürlich.«

»Aber Tatjana...«

Clara lächelte: »Ehepaare dürfen unterschiedlich wählen, Aca.«

Er rollte verstimmt seine Augen, während Clara aufgeräumt fortfuhr: »Tatjanas Kandidat ist der Erste, der sich gegen Ausländer ins Zeug legen wird.« Aca dachte nach. Dass er und seine Frau aus Serbien kamen, hatten Clara und er selten thematisiert. »Seine Partei unterstützt uns...«

»Weil sie eure Stimmen braucht.«

»Es ist mehr als das...«

»Aca, wach auf, das Programm seiner Partei reduziert sich aufs Schimpfen.«

»Sie deckt Missstände auf.«

»Und die Erde ist eine Scheibe. Es ist die Partei mit den meisten gerichtlich verurteilten Akteuren, mein Lieber.«

Aca griff verstimmt nach seinem Geld: »Wir sollten gehen.«

*

Die alte Glocke schnarrte durch das Parlament und rief die Abgeordneten zur Abstimmung in den Plenarsaal. Clara betrachtete Sahra, die keine Anstalten machte, sich von ihrem gepolsterten Drehstuhl zu erheben, und stattdessen einen Text in ihr Handy tippte: »Ich muss meine Rede erst in drei Stunden halten und hab jetzt andere Sorgen.« Das stimmte. Auf ihrem Schreibtisch lag der zweite Drohbrief.

»Ist das echtes Blut?«

»Ich denke schon«, antwortete Clara vorsichtig. »Die Spurensicherung müsste längst da sein.« Zwischen dem Schriftzug »Hör auf, lesbische PKK-Hure!« und dem Clownstotenkopf zog sich eine geschwungene, rostrote Linie.

»Was könnte mit dem Satz gemeint sein?«

Sahra zuckte mit den Schultern, die in einem hellgrauen Blazer steckten: »Das Übliche. Ich hab keine Ahnung, wer das geschrieben hat.«

Clara betrachtete die blasse Politikerin: »Hast du gestern Nacht geschlafen?«

»Kaum.«

»Hast du schon an Personenschutz gedacht?« Sahra seufzte: »Ja, das hab ich. Natürlich. Aber es ist so unangenehm und ich will nicht wieder...«

»Hattest du schon einmal Personenschutz?« Clara ärgerte sich, dass sie das nicht recherchiert hatte.

»Ja, im letzten Jahr.«

»Was ist da vorgefallen?«

»Da hab ich begonnen, in der Öffentlichkeit über die Grauen Wölfe zu sprechen.«

»Die Grauen Wölfe?« Sahra schaute auf ihr vibrierendes Handy und legte es weg. Dann stand sie auf und ging zu ihrer Handtasche, die am Sofa lag. Sie öffnete sie, nahm ihre Geldtasche, zog ein Foto heraus und gab es Clara. Auf dem Foto war ein Mann mittleren Alters zu sehen, der in die Kamera lächelte. Er hatte schwarze, kurze Haare und das Lächeln eines Menschen, der sich nur im vertrauten Kreis öffnet.

»Ist das dein Mann?«

»Ja, das ist Ercan. Ein türkischer Kurde mit armenischen Wurzeln.«

»Das ist ein bisschen viel auf einmal.«

Sahra lächelte: »Ja, er bezeichnet sich selbst als Menschen.« Sie setzte sich wieder und betrachtete das Foto: »Natürlich wurde er früh politisiert. Seine Eltern waren beide im Gefängnis. Sie, weil sie eine Kurdin war, er, weil er mit den Kurden in der Öffentlichkeit gegen seine Regierung protestierte. Das schweißte sie zusammen. Und Ercan... Ercan setzte ihre Arbeit hier in Österreich fort, nachdem es auf der Universität in Ankara für ihn zu gefährlich geworden war.«

»Wuchs er dort auf?«

Sahra nickte: »Er war seither nicht mehr dort.« Ihr Handy vibrierte wieder. Sahra entschuldigte sich, stand kurz auf und unterhielt sich leise, ehe sie zu Clara zurückkam.

»Fühlt er sich in Wien sicher?«

»Bis vor Kurzem schon. Seit der militärischen Eskalation in kurdisch besiedelten Gebieten im Osten der Türkei und dem niedergeschlagenen Putschversuch im Sommer nicht mehr.« Clara nickte. Die Türkei war längst von der Liste der beliebtesten Urlaubsziele gestrichen worden.

»Die nationalistischen Anhänger der AKP, die sich beispielsweise im Verein ATIB versammeln, werden von Erdoğan angehalten, auf den Straßen und im Netz sichtbar zu sein, um seine Macht zu demonstrieren.« Clara erinnerte sich an die Mariahilfer Straße, über die kürzlich hunderte Menschen mit ihren roten Fahnen gezogen waren. Ein kurdisches Gassenlokal war angegriffen worden, was ein großes Medienecho hervorgerufen hatte.

»Im Netz laufen Hetzkampagnen, auch gegen mich und meinen Mann. Die gespannte Situation bietet auch den Grauen Wölfen den Windschatten für ihre Taten.«

»Die Grauen Wölfe?«

»Rechtsextreme und antisemitische Nationalisten. Sie greifen in Österreich linke türkische Vereine an, kurdische sowieso. Die Menschen dort werden obendrein von den österreichischen Rechten bedroht und vom türkischen Geheimdienst überwacht.«

»Sind viele Türken auf der Seite der nationalistischen Extremisten?«

»Nein, natürlich nicht. Die meisten wollen einfach nur in Ruhe hier leben und sind froh, wenn sie nicht viel Aufmerksamkeit auf sich ziehen.«

»Und der Verfassungsschutz?«

»Na ja...«

»Die Regierung?«

»Die schaut weg. Das gibt wiederum den Rechten Aufwind, die im erstarkenden politischen Islam einen Gegner gefunden haben, der ihnen ironischerweise sehr ähnlich ist. Die geilen sich aneinander auf. Das ist gefährlich.« Sahra sah mit einem Mal sehr müde aus. Clara betrachtete die rote Spur am zweiten Drohbrief und wünschte sich, dass das Blut nichts mit all dem zu tun hatte, von dem sie gerade gehört hatte.

»Wie viele Graue Wölfe gibt es hier?«

»Das weiß man nicht, da sie verboten sind. Es dürften in Österreich aber nicht allzu viele sein, doch das internationale Netzwerk ist groß. Es gibt sie seit über 50 Jahren. Sie hassen alle, die links, westlich oder andersgläubig sind.«

»Das sind in Wien aber ziemlich viele.«

»Ja.«

»Und was wollen sie?«

»Die Großtürkei. Dafür morden sie.«

Das Gespräch wurde von Sahras Mitarbeiterin unterbrochen: »Die Spurensicherung ist gekommen. Kann ich sie hereinbitten?« Sahra nickte und Susanne kam herein, grüßte Frau Schneider mit einem Händedruck und Clara mit einem vertrauten Nicken, während sie ihren Koffer auf den massiven Schreibtisch stellte: »Ist das der Brief?«

»Ja.«

Susanne zog weiße Handschuhe an: »Wer hat ihn berührt?«

»Nur mein Kollege, der ihn in der Früh vom Boden aufhob und mit seinen Fingerspitzen auf meinen Tisch legte«, antwortete Sahra ernst. Clara verstand mit einem Mal, warum sie keine Zeit für parteiinterne Querelen hatte.

»Ich werde bald wissen, ob es sich um Blut handelt.« Susanne gab den Brief vorsichtig in eine Plastikhülle und legte ihn in ihren Koffer.

Sahra nickte beiden zu und nahm ihre Maus: »Gut. Kann ich inzwischen weiterarbeiten?«

*

Mike verließ gut gelaunt das Plenum. Sein ehemaliger Mitarbeiter, der erst in eine stabilere Partei gewechselt hatte und sich jetzt fraktionslos um Statements bemühte, verkündete gerade seine Meinung zum Bericht des Verfassungsausschusses über den Antrag 1814/A zur Änderung des Bundespräsidenten-Wahlgesetzes aus dem Jahr 1971. Sein bislang politisch relevantester Sager in all den Jahren hatte sich mit der Beschaffenheit des Hinterteiles seiner Frau beschäftigt.

Während er nach links und rechts grüßte, ging Mike in Richtung Cafeteria. Er hatte nach dem Besuch in der Therme gut geschlafen, wo seine strapazierten Oberschenkel gelockert worden waren. Jetzt freute er sich auf das Mittagessen und sein Gläschen Weißwein danach, bei einer guten Zigarette. Das Handy war ausgeschaltet. Das stand ihm in der Mittagspause zu.

Seine blankgeputzten schwarzen Schuhe liefen lautlos über den roten Teppich, was ihn zusehends störte. Der rote Teppich machte etwas mit ihm, natürlich machte er etwas mit ihm, dazu war er ja da, und Mike fragte sich, warum die Sozialämter nicht auch mit roten Teppichen ausgelegt waren. Alle Menschen gleich wertzuschätzen würde zu einer besseren Stimmung im Land beitragen, da war er sich sicher.

Trotz der Wucht des Gebäudes fühlte Mike sich hier geborgen. Das lag wahrscheinlich daran, dass der Baumeister griechische

Maße zur Norm erhoben hatte und diese waren die des menschlichen Körpers. Alles passte zusammen und wirkte harmonisierend auf das Affentheater, das sich hier täglich abspielte. Zumindest in der Theorie. Wenn Mike an all die Menschen dachte, die in den vergangenen Jahrzehnten an den zeitlosen Götterstatuen vorbeigegangen waren, tröstete ihn der Gedanke, dass Menschen sterblich waren. Ihr Wirken war nicht von Dauer. Keine noch so drastische Fehlentscheidung war ewig.

Er öffnete die Türe zur Cafeteria, schlenderte an der Theke vorbei und sah, dass seine Lieblings-Eissorte von *Good&Food* in der Tiefkühltruhe lag. Auch der neue Pächter legte keinen Wert auf Bio.

Er setzte sich an den freien Fensterplatz zu seinen Leuten. Von hier aus hatte er den länglichen Saal gut im Blick. Wie immer in der Mittagspause nutzten Abgeordnete ihre spärliche Zeit, um sich auch hier strategisch zu platzieren. An einem Nebentisch saßen die Frauensprecherinnen aller Fraktionen, einige Kollegen hatten die Wirtschaft, andere die Zivilgesellschaft zu Tisch gebeten. Über all dem lag die unsichtbare Patina von längst verklungenem Dorftratsch, gelungenen oder missglückten Intrigen, Aufständen, beklagten Bauernopfern und Erbstreitigkeiten. Hier wurden seit dem letzten Jahrhundert Volksbegehren sanftmütig ignoriert und überstürzte Gesetzesvorlagen aufgesetzt, hier wuchs das beruhigende Vertrauen in die väterliche Autorität genauso wie der provokante Wortwitz, verstohlene Liebeleien und permanentes Egoboosting. Mike warf einen Blick in die Speisekarte, entschied sich für Knödel mit Ei und beteiligte sich an der Konversation seiner Untergebenen, die die Partei noch nicht verlassen hatten.

»Deine Rede heute war gut«, lobte er Frau Wallner, die neben ihm saß und sich sichtlich über seine Worte freute. Sie war nicht nur die einzige Abgeordnete des Hauses, die in ihrer Jugend im Showbusiness für Furore gesorgt hatte, er wusste auch immer noch nicht, warum sie eigentlich kandidiert hatte. Falls es ihr Plan gewesen war, die mediale Aufmerksamkeit von ihrer äußeren Schönheit auf ihre innere Kompetenz zu lenken, war das Konzept missglückt. Mike kannte keinen einzigen erwähnenswerten Artikel zu seiner Kollegin. Doch bei den Klubsitzungen vor einem Plenartag sorgte sie immer für den inhaltlichen Überblick, der in den Debatten bisweilen zu verschwinden drohte, kommentierte mit großer Sorgfalt die zu erwartende Tagesordnung und lag mit ihren Abstimmungsempfehlungen meist richtig.

Sein Teller kam und während er sich in sein Mittagessen vertiefte, sah er eine Gruppe Menschen den Saal betreten, die von Sahra Schneider angeführt wurde. Eine Frau mit roten Haaren löste sich aus der Traube und erhob ihre Stimme:

»Ich darf alle Anwesenden bitten, sich nach dem Essen einer Blutspendenaktion anzuschließen.«

Mike glaubte, sich verhört zu haben: »Die hatten wir doch vor zwei Wochen!«

»Genau!«, kam ihm ein liberaler Abgeordneter zu Hilfe. Die rothaarige Frau wandte sich verwirrt an Sahra Schneider. Diese nickte betreten. Die zwei Frauen begannen zu flüstern, wobei die Politikerin immer nervöser wurde. Da betrat der Arzt des Hauses den Saal, stellte sich zu den Frauen und folgte ihrem Gespräch. Dann wiegte er bedächtig den Kopf, lächelte Sahra Schneider aufmunternd zu, wandte sich an die Anwesenden und sprach mit fester Stimme: »Der Bedarf ist gerade sehr hoch. Da der Dienst am Menschen Ihrer aller vornehmste Aufgabe ist, bitte ich Sie nach dem Essen zu mir.« Dann drehte er sich um und die Gruppe verließ energisch den Saal.

»Sagt doch gleich, dass ihr unsere DNA untersuchen wollt!« Polterte ihnen ein Minister hinterher.

»Wir sind doch keine Mörder!«

»So ein Saustall im Parlament! Das kann uns doch niemand befehlen!«

»Und wenn es wirklich etwas mit dem Mord zu tun hat?«, fiel ihm eine Abgeordnete ins Wort. Die Menschen am Nebentisch begannen laut zu lachen: »Dann könnte man uns das mitteilen, statt einen auf Nächstenliebe zu machen, oder?«

Die erste Nationalratspräsidentin erhob sich: »Meine Damen und Herren. Da an einem Sitzungstag Journalisten im Haus sind, bitte ich Sie um mehr Diskretion.« Sie senkte ihre Stimme und artikulierte so präzise, dass selbst ihr Flüstern zu vernehmen gewesen wäre: »Wir werden jetzt fertig essen und unser Blut spenden. Natürlich kann ich niemanden dazu zwingen, aber...« Sie senkte ihre Stimme erneut: »Im Gedenken an Frau Romanova bitte ich Sie um Ihre Zusammenarbeit. Und informieren Sie alle, die im Haus sind. Bringen wir das mit Anstand über die Bühne.«

Jetzt war es still. Alle Fraktionen beugten sich über ihre Teller und nur aus dem Nebenraum hörte man das Personal, das weiter mit dem Geschirr klapperte.

*

Clara saß in der Säulenhalle auf einer der roten Lederbänke, die von zwei goldenen Chimären gehalten wurden, und wartete auf die Abgeordneten. Susanne hatte schnell herausgefunden, dass die eilig hingeworfene Linie auf dem zweiten Drohbrief tatsächlich eine Blutspur war, und Clara war heilfroh gewesen, als die Direktion ihr mitgeteilt hatte, dass die Blutspendenaktion stattfinden konnte. Sie würde bald wissen, wer von den hier Arbeitenden welche Blutgruppe und gegebenenfalls DNA hatte. Angespannt schaute sie sich um. Architekt Theophil Hansen hatte die Akropolis zur Inspiration für das Bauwerk gewählt, und beschlossen, dieses zu einem Gesamtkunstwerk zu machen. Jedes Detail war von ihm entworfen worden, auch die Möbel, Luster und Türgriffe. Einzig seinem Wunsch nach farbigen Außenwänden war nicht nachgekommen worden. Die leicht überforderte Finanzverwaltung des Kaisers Franz Joseph hatte die monochrome Fassade des ersten Hauses am Ring durchgesetzt.

Clara fiel es schwer, sich vorzustellen, dass das noch nicht lange zurücklag. Die Idee, Österreich zumindest teilweise demokratisch zu regieren, war im Vormärz 1815 erfolgreich unterbunden worden. Mehr als zwanzig Jahre, nachdem man sich anlässlich der Französischen Revolution erstmals konkrete Gedanken über Gerechtigkeit und Solidarität gemacht hatte. Da die Machthabenden keineswegs an Bürgerbeteiligung oder der Umverteilung der Güter interessiert gewesen waren, investierten sie in gleichgeschaltete Medien und Überwachung. Doch der Same war im Volk gesät worden und entlud sich im Frühling 1848. Clara fragte sich, wie sich Österreichs Geschichte entwickelt hätte, wären die Aufstände kurz vor Franz Josephs Krönung nicht blutig niedergeschlagen worden, und stand auf.

Durch den früheren Haupteingang des Parlaments hindurch sah sie die Hofburg. Dem achtzehnjährigen Kaiser Franz Joseph war der Reichstag ein Dorn im Auge gewesen. Die Verfassung, auf die sich die kulturell so unterschiedlichen Kronländer geeinigt hatten, empfand er als Majestätsbeleidigung. Nein, es war nicht die Demokratie gewesen, von der er in seiner Kinderuniform geträumt hatte. Also legte er kurz entschlossen seine eigene Verfassung vor, in der er die Völker von jeder Mitbestimmung ausschloss, deren Wut er geschickt auf Nebenschauplätze lenkte. Er beschenkte sich selbst mit dem absoluten Vetorecht und verlegte seinen politischen Schwerpunkt auf die Außenpolitik.

Der junge Monarch verlor die zahlreichen Schlachten, in die er sich mit anderen Königshäusern verstrickte, allerdings bombastisch und war innerhalb weniger Jahre pleite. Seine Berater machten ihn vorsichtig auf das mittlerweile zu Geld gekommene Bürgertum aufmerksam, das den Schritt in die Moderne längst vollzogen hatte. Dieses war durchaus bereit, dem Kaiser finanzkräftig aus der Patsche zu helfen, verlangte aber, dass er dem Reichsrat an Wiens erster Adresse ein Haus baute.

Gesagt, getan. Im Dezember 1883 öffnete das erste multinationale Parlament der Welt seine Tore, musste aber weitgehend ohne die Präsenz des schweigenden Kaisers auskommen, der nur zwei Mal zu Gast war und seine Untertanen kerzengerade in den Ersten Weltkrieg führte.

Die Türe der Cafeteria öffnete sich und die ersten Abgeordneten kamen in die Säulenhalle, dem Ort der heute unfreiwilligen Begegnung. Die, die Clara kannte, gaben sich betont entspannt. Sie waren es gewöhnt, jeden von ihnen gewünschten Zirkus mitzumachen, selbst wenn es um ihre Körperflüssigkeiten ging. Andere versteckten ihre Nervosität mit Blicken aufs Handy und gedämpfter Konversation. Clara hatte sich wieder hingesetzt und versuchte an den Interaktionen abzulesen, wer sich verdächtig benahm. Da entdeckte sie Aca, der in großen Schritten über den blank gelaufenen und quadratisch unterteilten Marmor lief.

»Es ist echt cool hier, findest du nicht?« Clara lachte leise, und ja, das fand sie auch.

»Schau, ich hab mir grad erklären lassen, dass die zwei Säulen dort bei der Bombardierung von Wien komplett zerstört wurden.«

»Aha.«

»Man hat zwar im gleichen Steinbruch nach Folgeexemplaren gesucht, aber einen kleinen farblichen Unterschied bei den Sockeln merkt man bis heute.« Er deutete auf die etwas helleren Sockel der zwei Kolosse, die meterhoch zur Decke ragten.

»Die Säulen sind Monolithe aus Salzburg. Jede einzelne wiegt sechzehn Tonnen. Dreißig Pferde zogen sie drei Wochen lang nach Wien, unglaublich, oder?« Durch das milchige Glas in der Decke fiel Sonnenlicht und brachte die goldenen korinthischen Kapitelle darunter zum Leuchten.

»Ist das nicht der Obmann vom Plan A?«

Clara schaute wieder auf die Menschenschlange und nickte.

»Was tut der eigentlich den ganzen Tag?«

»Soweit ich es weiß, freute sich seine Fraktion im Sommer über Kinder, die im Freien spielen, und sprach sich gegen die Bankomat-Gebühren aus.«

»Dann ist ja gut, dass es ihn gibt. Und die, ist das nicht die ehemalige Frauenministerin?«

»Ja, das ist sie. Die neue liegt leider wieder im Krankenhaus.«

»Schau, und da ist er.«

»Wer?«

»Na, er.« Aca zeigte auf den Chef der Rechten, der sich mit unüberhörbarem Organ anstellte.

»Der hat sicher Asyl negativ«, ätzte Clara und stand auf, um sich aus dem Wasserspender zu bedienen.

»Er tut viel für die hier lebenden Serben.«

»Aca! Er unterhält Kontakte zu den serbischen Ultranationalisten und man weiß, dass er ihnen versprochen hat, die Republika Srpska mit Serbien zu vereinen, wenn er von deinen Leuten hier gewählt wird.«

»Seit wann darf ein Politiker keine Außenpolitik machen?«

»Darf ich dich daran erinnern, dass deine Eltern nach Wien geflohen sind, nachdem der Nationalismus sie aus ihrer Stadt gebombt hat?«

*

Mike war fast an der Reihe und betrachtete das vergoldete Fresko über ihm, als sein Handy klingelte.

»Ja?«

»Was ist denn bei euch in Wien los?« Mike genoss den vertrauten amerikanischen Akzent.

»Nur eine tote Putzfrau.«

»Stimmt es, dass sie ermordet wurde?«

»Ja.«

»Und wer war das, verdammt noch mal?«

»Woher soll denn ich das wissen?«

»Sei vorsichtig, Mann!«

»Komm, das hat doch nichts mit uns zu tun.«

»Sagt wer?« Nadja stand plötzlich neben ihm und strich sich ihr langes Haar hinter die Ohren, an denen kleine Perlen glänzten. Mike lächelte sie überrascht an, roch ihr frisches Parfum und wollte sich auf der Stelle in ihrem adretten Busen vergraben. Er rückte von ihr ab. Erstens war sie Praktikantin bei den Rechten, was seine ohnehin komplexe Lage erheblich verkompliziert hätte, zweitens durfte er sich nicht ablenken lassen. Alkohol war okay, Frauen momentan zu gefährlich.

»Hast du den Haböck im Griff?«

»Ich schick Ihnen alle Unterlagen, sobald ich hier fertig bin.«

»Welche Unterlagen?«

»Ja natürlich, die dringliche Anfrage haben wir auch schon vorbereitet.«

»Du hast einen Vogel, Mike.« Mike hielt sich noch eine Weile das Freizeichen ans Ohr und sah Nadja unschuldig an.

*

Als Clara und Aca aus dem Parlament traten, atmeten sie erst einmal die frische Luft ein, setzten ihre Sonnenbrillen auf und schlenderten Richtung Straßenbahn.

Clara hängte sich die Jacke über ihre Schultern: »Komm, wir gehen durch den Volksgarten.«

Der gepflegte Rasen war wie immer kurz geschnitten und noch saftig grün. Die Rosen blühten auf den ihnen zugewiesenen Plätzen und wurden von den Touristen bewundert, die auf Klappstühlen oder Bänken saßen. Auf der Wasseroberfläche des großen Brunnens schwamm eine letzte Seerose zwischen dem Schilf.

»Was weißt du über die Grauen Wölfe?«

»Dass der Wolfsgruß ihr Handzeichen ist.« Aca legte den Mittel- und den Ringfinger über seinen Daumen und formte mit dem Zeigefinger und dem kleinen Finger die dazugehörenden Ohren.

»Das sieht aus, als würdest du Kindern ein Schattentheater vorspielen.«

»Kinder lernen den Wolfsgruß ja auch schon in den Koranschulen.«

»In Österreich?«

»Klar.«

»Aha.«

»Sie waren für Pogrome in den 70er Jahren verantwortlich, bei denen in der Türkei hunderte Aleviten starben. Das Attentat auf Papst Johannes Paul II. wurde, glaub ich, auch von ihnen verübt und auf liberale Journalisten haben sie es besonders abgesehen, wie dein Mann vielleicht bestätigen kann.«

»Weißt du etwas über ihre Aktivitäten in Österreich?«

»Zu wenig. Der österreichische Ableger der Grauen Wölfe heißt Türkische Föderation und kümmert sich in Sport- und Kulturvereinen rührend um die Erziehung von hier lebenden Kindern. Man sieht immer öfter ihr Zeichen auf Hauswänden, drei Halbmonde, die wie Cs aussehen, manchmal mit dem Kürzel Ü.G., was in etwa ›Idealistische Jugend‹ bedeutet.«

»Idealistische Jugend?«

»Jugendliche, die man paramilitärisch ausbildet und einer Gehirnwäsche unterzieht.«

»Mal ganz was Neues.« Clara erzählte Aca von ihrem Gespräch mit Sahra, während sie die Stare betrachtete, die in den Bäumen auf ihren Flug in den Süden warteten.

»Beobachten wir die?«

»Sie sind bei uns nicht so auffällig wie andere Vereine, darum konzentrieren wir uns nicht in erster Linie auf diese Untergruppe der rechtsextremen Partei MHP.«

»Und in der Türkei?«

»Da sind sie gut organisiert. Vor allem gegen Kurden und Armenier.«

»Wenn tatsächlich die Grauen Wölfe hinter den Briefen stecken, muss sich unsere Abgeordnete warm anziehen«, meinte Clara nachdenklich.

»Und unter Personenschutz gestellt werden.« Er kickte einen Kieselstein weg, bevor sie durch das schmiedeeiserne Parktor traten und zum D-Wagen liefen, der gerade einfuhr: »Scheiß Türken.«

»Aca, ich weiß, dass du Serbe bist und deine historischen Vorbehalte hast. Kannst du dich bitte trotzdem auf deine Arbeit konzentrieren?«

*

Mike entspannte seine Oberschenkel und sein Stuhl drehte sich sofort um 90 Grad nach rechts. Er stand auf, ging die Treppen hinunter, nahm seinen Blick vom Marmorboden, blickte kurz auf den eisernen Staatsadler, der das einzige Schmuckstück des Saales war, fixierte das hölzerne Pult und sprach innerlich den ersten Satz. Der erste Satz war der wichtigste. Wenn ihm der flüssig über die Lippen kam, war der Rest geschenkt. Er hörte, wie seine Schuhe den dunkelgrünen Marmor betraten und atmete tief durch. Dann legte er seine rechte Hand auf die polierte Fläche, erhöhte das Rednerpult per Knopfdruck und ignorierte das leichte Zittern seiner Hände. Er hob den Blick, schaute herausfordernd in den Saal und sprach. Mike sprach für die drei Kameras, die hinten in der Mitte des Saales hingen, der sich wie ein Amphitheater vor ihm öffnete. Die dunkelbraunen Lederstühle waren kaum besetzt, aber die drei wichtigsten Kameras Österreichs liefen und trugen seine Worte in die Nation.

Natürlich wusste Mike, dass sich die Wenigsten vor den Fernseher setzten, um der Politik zu lauschen, aber die Presseleute auf der Tribüne hinter dem Glas nahmen von jedem Wort Notiz, hingen an den Lippen der Redenden und warteten auf Stichworte, die sie dankbar in Schlagzeilen verwandeln konnten, je kürzer und schriller, desto besser. Manchmal wurden ganze Reden legendär und auch noch Jahre später auf YouTube abgerufen wie wiederaufgebackene Semmeln. All das spornte ihn an. Es war leicht, sich vor den drei Kameras einen Namen zu machen. Auf seine Stimme konnte er sich verlassen. Sie trug seine Worte mühelos in den Saal. Auf sein Äußeres übrigens auch und er nahm die Regierung, die hinter ihm saß, in Geiselhaft. Wissend, dass diese seine wütenden Phrasen genauso nicht mehr hören konnte wie er die ihren. Er setzte seine Worte langsam genug für die Übersetzerin der Gebärdensprache und schnell genug, damit er überraschend blieb. Sein Timbre saß, sein Sakko auch, und mit der Hand, die er lässig in eine Hosentasche gesteckt hatte, um sich besser zu spüren, machte er vergnügt eine Faust. Ja, er war genau dort, wo er sein wollte, und hieb sich mit jedem Satz seinen Platz in die politische Zukunft. Verdammt noch mal, er war wieder richtig gut.

*

Conny Weber stand zwischen den Glastüren des Plenarsaales und hörte Mike Grossmann zu. Der Idiot verausgabte sich wieder in selbstverliebten Sätzen und dramatischen Pausen, die seine mickrige Partei auch nicht mehr retten konnten. Seit sich der Parteigründer in die Staaten zurückgezogen hatte, blieb dem Grossmann nichts anderes übrig, als schrille Plattitüden von sich zu geben, um die Presse bei Laune zu halten.

Sie blickte auf ihr Handy und zögerte. Sollte sie Nadja anrufen? Sie musste mit ihr endlich über den Vertrag sprechen. Langsam ließ sie ihr Handy sinken, denn sie spürte instinktiv, dass dies das Letzte war, das sie tun durfte. Sahra Schneider hatte ihr den Job im Parlament verschafft und sie arbeiteten gut zusammen. Was die Abgeordnete an inhaltlichem Wissen einbrachte, übersetzte Conny mühelos in juristische

Formeln. Es wäre also unklug, wenn... nein, das konnte sie nicht riskieren... auf der anderen Seite war das vielleicht *die* Gelegenheit, allen zu zeigen, was wirklich in ihr steckte. Hatte sie Jus studiert, um als Referentin zu enden? Bei dem Gehalt? Wenn sie wenigstens wüsste, um was es bei dem Vertrag genau ging. Sie musste Nadja fragen, warum er so wichtig war. Aber hätte sie es ihr nicht längst erzählt, wenn sie es wirklich wusste? Andeutungen wurden ständig gemacht, das war die Währung, die hier alle bei Laune hielt. Und wenn sie Nadja danach fragte, wäre Conny dann stark genug, ihr nicht zu erzählen, dass sie wusste, wo er war? Conny steckte ihr Handy in die Hosentasche. Sie hatte sich so gefreut, ihre Studienkollegin im Parlament zu treffen. Dass Nadja bei den Rechten angeheuert hatte, war so abstoßend wie logisch. Politisch waren sie nie einer Meinung gewesen. Das hatte beim Vögeln aber nicht gestört. Nadja war die schönste Frau gewesen, mit der sie je im Bett gelandet war. Unerträglich war nur die Arroganz der Geliebten gewesen und Conny hatte ihre Beziehung bald wieder auf eine lockere Bekanntschaft reduziert. Die Arroganz war geblieben, versteckt unter geschäftiger Anmut, mit der Nadja jetzt durchs Hohe Haus schwebte. Conny blickte auf. Der Grossmann redete noch immer. Politiker wie er machten keinen Spaß. Sie beleidigten ihre Intelligenz. Warum spülte es die Dummen zusehends nach oben? Sie dachte daran, wie sich Sahra abrackerte, wie sie täglich tiefer und immer noch tiefer bohrte, um am Ende einen Slogan aus der Tasche zu ziehen, der auch die komplexeste Materie geistreich auf den Punkt brachte. Um damit keine Schlagzeilen zu machen. Natürlich war Sahra oft in den Medien, sie nutzte jede Gelegenheit, aber Breitenwirkung hatte sie keine. Die Medien waren auch am Verblöden. Conny überlegte, sich ein Mineralwasser zu holen. Eine zukünftige Politikerin stand nicht rum.

Da sah Conny, dass Nadja den Saal betrat, die Treppen hinuntertrippelte und dem Chef der Rechten eine Mappe auf den Tisch legte. Dieser blickte kurz auf, doch da war Nadja schon wieder entschwunden. Conny tat sich plötzlich selber leid. Nadja schaute nicht nach Überstunden aus, so viel stand fest. Sie machte mittlerweile sicher Aschtanga Yoga. Und Brazilian Jiu-Jitsu. Mindestens. Ob sie selbst wieder schwimmen gehen sollte? Oder joggen? Nein, joggen hasste sie und zum Schwimmen hatte sie keine Zeit. Bei ihren breiter werdenden Hüften schwor sich Conny, Nadja auf Abstand zu halten und ihrer Abgeordneten treu zu bleiben. Das mit dem Vertrag behielt sie besser für sich. Vorerst. Bis zum richtigen Augenblick.

*

Nachdem der Schuss verhallt war, war es still. Er nahm seine Waffe vom First und legte sie neben sich. So wie es aussah, hatte er getroffen. Natürlich hatte er getroffen, sonst säße er nicht Nacht für Nacht hier. Auf ihn war Verlass. Das wusste auch der Präsident. Sein Orden der Polizeispezialeinheit baumelte im Wohnzimmer und manchmal, wenn er besonders gut aufgelegt war, durften seine Söhne mit ihm spielen. Das dunkle Bündel lag auf der Straße und rührte sich nicht. Er ging auf den Dachboden zurück und entsperrte sein Handy. Sein Bruder hatte eine WhatsApp-Nachricht geschickt. Er klickte sie an und hätte beinahe laut gejubelt. Er war tatsächlich Schriftführer geworden! Die jahrelange Vereinsarbeit in Wien und seine europaweiten Vorträge über türkische Märtyrer hatten sich also gelohnt. Es würde nicht lange dauern, bis auch hier alle von der Beförderung seines Bruders wussten, zumindest die, auf die es ankam. Langsam hatte er die Kälte der ewigen Außendienste nämlich satt. Es war an der Zeit, dass er zeigen konnte, dass er auch einen scharfen Geist hatte. Der beim Geheimdienst gesucht wurde. Wenn er Glück hatte, im Ausland. Wo ein besseres Gehalt auf ihn wartete.

*

Sahra stieg aus dem Auto und ging, von ihrem Bodyguard Abdullah bewacht, über die Straße. Wie im letzten Jahr. Sie erinnerte sich an die zahllosen Abende, an denen er sie überall hin begleitet hatte, auch zu den seltenen Partys, bei denen sie Dampf abließ. Dort hatte sie festgestellt, dass Abdullah nicht nur ausgezeichnet tanzte, sondern auch gern ein Gläschen trank. Sie hatte ihn nicht verraten, weil sie ihren Schatten inzwischen zu schätzen gelernt hatte. Er war niemand, mit dem man diskutieren musste. Er war einfach da gewesen und hatte auf sie aufgepasst. Sahra sah Licht in ihrer Wohnung brennen und musste an Jo Cox denken, die vor wenigen Wochen, mitten auf den Straßen Londons, ermordet worden war. Sie hatte keinen Abdullah gehabt. Die britische Abgeordnete des Unterhauses war gegen den Austritt Großbritanniens aus der Europäischen Union gewesen und hatte den höchsten Preis dafür bezahlt. Und die aufgeheizte, nationalistische Stimmung, die ihr Gift vor allem über die sozialen Netzwerke verbreitete, hatte ihr erstes prominentes

Todesopfer gehabt. Sahra ging schneller, wollte die Gefahr abschütteln, wollte Abdullah abschütteln, wollte die Stimmung abschütteln,
die sich rund um sie aufbaute wie eine kalte Mauer. Mauern waren in Europa wieder in und wurden von immer mehr Menschen
gefordert, deren Vertreter in den Parlamenten eine Wahl nach der
anderen gewannen. Die Eskalation der Sprache begleitete die sich
neu bildenden Kräfteverhältnisse und spornte Menschen an, nach
unten zu treten, um den eigenen Fall nicht zu spüren. Sahra hatte
nur Angst vor den Grauen Wölfen, einem der vielen langen Arme
des türkischen Präsidenten. Mit zitternden Händen kramte sie nach
dem Schlüssel, läutete ungeduldig, als sie ihn nicht fand, verabschiedete sich von Abdullah, der nicht aufgehört hatte, alle Richtungen
zu kontrollieren, und lief die Treppen hinauf, durch die geöffnete
Türe in ihre Wohnung, wo Ercan schon stand, sie umarmte, mit
einem Arm die Türe schloss und sie stumm wiegte, als sie zu weinen
begann.

*

Als Clara zu Hause war, ging sie auf YouTube und schaute sich die
heutigen Reden der Abgeordneten an. Besonders hellhörig war sie
bei den Beiträgen der Rechten und der Politiker vom Plan A, einer
Kleinpartei, die nach der nächsten Nationalratswahl sicher nicht
mehr existieren würde.

Als sie das Thumbnail von Herrn Grossmann sah, dem Klubobmann von Plan A, hielt sie inne. Sie erinnerte sich an die

Menschenschlange in der Säulenhalle, wo er sich auch für den Bluttest angestellt hatte, und klickte auf Start.

Herr Grossmann sah gut aus, war der geborene Rhetoriker und wetterte gegen die Mindestsicherung für Flüchtlinge mit positivem Asylbescheid. Mit grober Klinge stichelte er gegen die Willkommenskultur der Linken und erntete Beifall aus seinen Reihen. Er schlug vor, auch den Ausländern, die schon lange in Österreich lebten und sich scheinbar gut integriert hatten, die Sozialleistungen zu halbieren: »Es muss auch für die Regierung endlich der Tag gekommen sein, an dem sie begreift, wen sie sich ins Land holt: Terroristen, die sich ins Fäustchen lachen und von der sozialen Hängematte aus die Unterwanderung unserer schönen Heimat planen. Und nicht nur planen: die Extremisten haben längst ihr Netz über Österreich geworfen und warten nur darauf, dass ihre Saat aufgeht! Da hilft nur eins: wir müssen unsere Wähler ernst nehmen und schützen, sonst riskieren wir früher oder später einen Bürgerkrieg – und der wird blutig sein!« Clara klickte auf *Stop*, scheuchte Kiwi von ihrem Schoß, stand auf und drehte eine Runde im Wohnzimmer. Was sollte der Schwachsinn, einen auf Bürgerkrieg zu machen? Das waren gefährliche Worte. Sie ging wieder zu ihrem PC und hörte sich die Rede des Kanzlers an, der den Abgeordneten, ohne seinen Namen zu nennen, elegant in seine Schranken verwies: »Wir wissen aus der Geschichte, dass der Gewalt des Wortes sehr rasch die Gewalt selbst folgen kann.« Aber es war geschehen, das Wort war ausgesprochen und würde sich in Windeseile verbreiten. Nicht nur in Österreich, denn die internationale Presse ließ das kleine Land seit einem halben Jahr nicht mehr aus den Augen.

Clara googelte den Grossmann und klickte sich durch seine beachtliche Bilderreihe. Wie konnte so ein gut aussehender Mann so einen Scheiß verzapfen? Sie las seinen Lebenslauf, der eine klare Linie zu seinem momentanen Erfolg zeichnete, und gab »Grossmann und Schneider« ein. Auch hier wurde sie fündig. Die beiden waren auf unzähligen Fotos gemeinsam abgebildet, die ein Muster zeigten: Während Sahra meist in die Kamera lachte oder in ein Mikro sprach, war der Blick Grossmanns oft auf sie gerichtet. Sie griff zu ihrem Handy, doch Sahra hob nicht mehr ab.

*

Am nächsten Tag kam Susanne in die Berggasse. Dass sie nicht angerufen hatte, sondern gleich im Kommissariat vorbeischaute, beunruhigte Clara, die sie gleich zu Herrn Berger führte.

Das Testergebnis stand fest. Unter den Parlamentariern, die die Blutgruppe B positiv besaßen, war auch Sahra Schneider gewesen, deren DNA mit jener auf dem zweiten Drohbrief ident war.

»Und daran besteht kein Zweifel?«

»Jeder Zweifel ist ausgeschlossen.« Susanne sah ruhig von Herrn Berger zu Herrn Kowalski, dann zu Aca und Clara und schwieg. Frau Moser brachte Kaffee und Kuchen, was beides nicht angerührt wurde.

»Und was bedeutet das?«, dachte Herr Kowalski laut nach.

»Das werdet ihr herausfinden, Gerald«, meinte Herr Berger, der sich mit einem Kopfnicken bei Frau Moser bedankte.

Clara wandte sich an Susanne: »Hast du schon mit Frau Schneider gesprochen?«

»Nein, ich dachte, dass es klüger ist, euch zuerst Bescheid zu geben.«

»Braves Mädchen.« Brummte Herr Berger und sah gedankenverloren aus dem Fenster.

»Nun, ich denke zwar eher, dass ich mittlerweile eine Frau bin, aber danke.« Susanne erhob sich.

»Aber Frau Wimberger, Sie werden doch noch ein wenig Spaß verstehen«, versuchte Herr Kowalski einzulenken und schüttelte seinen Kopf, als Susanne ernst blieb und sich verabschiedete.

Clara ging in ihr Büro, um Sahra anzurufen. Die Abgeordnete hob nicht ab. Während Clara darüber nachdachte, wer an Sahras Blut gelangen konnte, sah sie sich in ihrem bescheidenen Büro um. Die Pflanzen wuchsen so vor sich hin, der Tisch war klein und praktisch. Ihr Blick fiel auf den Plan des alten Parlaments, den sie an die kahle, weiße Wand hinter ihrem Schreibtisch gehängt hatte. Sie hatte ihn vor Jahren in der Innenstadt gekauft und in einem ihrer Kästen zu Hause wiedergefunden. Die Skizze, die in Grau und zartem Orange gehalten war, zeigte einen Schnitt durch die vordere Zimmerreihe, die Haupttreppe und das Vestibül des Reichsrathsgebäudes, wie es im 19. Jahrhundert genannt worden war. Clara zeichnete mit einem Bleistift die Rampe in die Skizze und markierte die Stelle, an der die ukrainische Putzfrau aufgefunden worden war. Dann drehte sie sich auf ihrem Stuhl hin und her und stellte sich vor, wie es war, einen Drohbrief mit einer Spur des eigenen Blutes zu bekommen.

Clara rief Sahra an, die sofort abhob.

»Clara?«

»Ja, guten Morgen.« Am anderen Ende war es still.

»Geht es dir gut?«

»Ich hab kaum geschlafen und in einer halben Stunde einen

Pressetermin, aber sonst geht es mir gut, danke. Habt ihr das Testergebnis schon?«

»Ja.«

»Und?«

»Es ist dein Blut.«

»Mein was?«

»Dein Blut.«

»Aber woher, ich meine, warum...?«

»Ja, genau das wollte ich dich fragen.«

»Komm um 11 Uhr zu mir in die Löwelstraße.«

»In Ordnung. Und viel Kraft bei dem Presse...« Sahra hatte bereits aufgelegt.

*

Als Clara Acas Büro betrat, hängte er gerade neues Papier auf das Flipchart, nahm einen schwarzen Stift und schrieb in großen Blockbuchstaben »Graue Wölfe«. Clara erzählte ihm, was gerade vorgefallen war, und setzte sich.

»Gut, Clara, jetzt kommt wirklich Schwung in die Sache. Du bist dran.«

»Womit?«

»Nenne mir alle Arbeitsfelder von Sahra Schneider, die sie gefährden können.«

»Schlachthäuser.«

»Ja.«

»Abtreibung.«

»Gut.«

»Präsidentschaftswahlen.«

»Im Ernst?«

»Ich fürchte, ja.« Aca schrieb »Rechtsextreme«.

»Beschneidungen.«

»Das ist echt grauslich.«

»Und Alltag.« Aca drehte sich zum Plakat.

»Klimawandel.«

»Okay.«

»Ich denke, das wars.«

»Und du meinst im Ernst, dass wir das schaffen?«

»Natürlich nicht. Ich rede noch einmal mit ihm.«

»Bist du sicher?« Clara dachte an Sahras Stimme und nickte: »Ja, das bin ich.«

*

»Das ist ja überaus passend«, meinte Gunda Ritter mit tiefer Stimme, nahm ihre Brille ab und verschränkte die Arme vor ihrem dunkelblauen Sakko: »Sind Sie sich da ganz sicher?«

»Ja, es besteht kein Zweifel.« Ihre persönliche Assistentin rührte in der Teetasse. Die Mittagssonne leuchtete in das Zimmer der Abgeordneten, deren Besprechungstisch mit einer selbstgehäkelten Decke und getrockneten Kornblumen in einer Kristallvase geschmückt war. Sie fuhr sich ruhig durchs graue Haar, wischte eine Fluse von ihrem Faltenrock und fixierte ihr Gegenüber: »Und es ist tatsächlich ihr eigenes Blut?«

»So sind die Gerüchte.«

»Gerüchte!« Die Politikerin lachte trocken und wusste genau, dass es keine waren. Doch das brauchte hier niemand zu wissen.

»Sie passen mir aber gerade ausgezeichnet ins Konzept.«

»Wegen Ihrer Diskussion heute Abend?«

»Genau.« Das Timing konnte nicht perfekter sein.

»Ist das nicht ein wenig unappetitlich?«

»Seit wann ist das Ermorden von ungeborenen Kindern appetitlich?«

Die junge Frau senkte verschwörerisch den Blick: »Wer kann das gewesen sein?«

»Das wird die Polizei herausfinden.« Gunda Ritter erhob sich, trat zur Kommode, nahm das gerahmte Hundefoto und blies den Staub ab. Dann stellte sie es wieder zu den Familienbildern und drehte sich schwungvoll um: »Wer immer es auch war, er wird seinen Grund haben.«

»Ja.« Die junge Frau stand auf, als sie sah, dass ihre Chefin sich an den Schreibtisch setzte, auf dem das gerahmte Portrait des Präsidentschaftskandidaten stand, der auch einer der Taufpaten der Familie war. Bevor sie das Zimmer verließ, drehte sie sich um:

»Glauben Sie, dass das jemand aus ihrer Partei war?« Die Abgeordnete sah auf, kräuselte ihre dünnen Lippen und meinte lakonisch: »Die Zeit zum Rätselraten ist vorbei. Ich muss arbeiten.«

*

Als Clara zehn Minuten später wieder in Acas Büro saß, hatte sich ihre Stimmung merklich verdüstert: »Eine Aufstockung des Personals kommt nicht infrage.«

»Sagt wer?«

»Manfred Berger.«

»Na, der muss es ja wissen. Und was machen wir jetzt?«

»Na, du klemmst dich hinter die Grauen Wölfe, die Rechtsextremen und die Schlachthöfe. Ich übernehme die islamischen Beschneidungen und die katholische Kirche.«

»Das schaffen wir nicht.« Aca sah sie mürrisch an. Clara warf einen Blick auf das Flipchart: »Wollen wir Herrn Kowalski nicht auch noch Arbeit überlassen?«

»Der ist längst außer Haus.«

»Um noch einmal was zu tun?«

»Er trifft sich mit den Parteispitzen.«

»Das ist ja mal ein guter Plan.« Clara erhob sich fluchend: »Zu dumm, dass Frau Weinzierl noch immer in Den Haag ist.«

Aca hatte sich scheinbar mit der Situation abgefunden und wechselte in den Arbeitsmodus: »Es muss jemand gewesen sein, der Zutritt zum Parlament hat.«

»Und Nähe zu den vorhin erwähnten Kreisen pflegt.«

»Das bringt uns nicht weiter, denn das können wir kaum überprüfen.«

»Die Richtung zeigt aber eindeutig in konservative Kreise.«

»Das Blut… wer kann an Sahras Blut gekommen sein?«

»Der Arzt des Hauses. Mir fällt bei ihm aber kein Motiv ein.«

»Warte, war da nicht die Rede von einer Blutspendenaktion, die vor dem Mord stattgefunden hat?« Aca griff nach seinem Handy: »Ich fahre zum Roten Kreuz. Und du gehst zu Sahra und sprichst Klartext. Wenn sie einen Feind im Parlament hat, muss sie doch ahnen, wer das ist, verdammt.«

*

»Entschuldige bitte, dass ich dich so lange warten ließ.« Sahra hatte ihre Bürotür schwungvoll geöffnet, nahm ihr Handy vom Ohr und stellte ihre Handtasche auf einen Stuhl neben Clara, die bereits in ihrem Büro Platz genommen und die Notizen an ihrer Wand studiert hatte.

»Kein Problem. Was ist das?« Sie zeigte auf das zerknüllte Schriftstück im Papierkorb. Die Politikerin winkte ab: »Ein Vorwort, das ich vor einem halben Jahr geschrieben habe.«

»Worum ging es?«

»Eine Firma hat mich gebeten, zu einem Bericht über die Nutzung des Wassers aus dem Hochschwab Stellung zu beziehen.«

»Können die Drohbriefe etwas damit zu tun haben?«

Sahra schüttelte den Kopf. Clara beobachtete die feinen Lachfalten um ihren Mund, den sie jetzt streng geschlossen hielt. Mit einem Ruck löste sich die Abgeordnete aus ihren Gedanken.

»Warum klebt mein Blut auf dem Drohbrief?«

»Vielleicht, weil du Blut gespendet hast.« Sahra sah sie überrascht an: »Du glaubst, dass jemand vom Roten Kreuz... nein, Clara, das macht doch keinen Sinn.«

»Beim Roten Kreuz arbeiten Freiwillige und Zivildiener. Wir überprüfen sie gerade.«

»Und wonach sucht ihr?«

»Nach gemeinsamen Interessen mit einem Parlamentarier, der dich loswerden will.« Sahra nickte. Das machte Sinn.

»Sahra, wir glauben dir langsam nicht mehr, dass du keine Ahnung hast, wer dir Böses will.«

Die Angesprochene erschrak: »Das sagte ich doch schon. Ercan kommt aus der Türkei...«

»Die Türkei sitzt nicht im österreichischen Parlament!«

»Du hast ja keine Ahnung.« Sahra sah sie mitleidig an.

»Wie meinst du das?«

Sarah öffnete eine Schublade, nahm eine Mappe heraus und zeigte ihr ein Foto. Buben lagen bedeckt von türkischen Flaggen auf dem Boden, während Mädchen daneben knieten und beteten: »Das wird in Österreich geübt und niemand löst die Vereine auf. Willst du einen Kaffee?«

»Ja, gerne. Und ein Glas Wasser.«

»Komm mit.« Die Abgeordnete führte sie in eine kleine Küche, die hell und freundlich eingerichtet war. Der Blick hinaus zeigte vier Stockwerke abwärts in einen kleinen Innenhof, in dem geraucht wurde. Auf dem Regal standen Tassen und auf dem kleinen Tisch frische Blumen. Während sie einen Krug mit Wasser füllte, hielt sie kurz inne: »Ercan sagt immer, dass ich die Hände von den türkischen Vereinen lassen und mich mehr um meine Feinde in der Nähe kümmern sollte, um Kariere zu machen.«

»Die da wären?«

»Siehst du, das ist mir immer egal. Natürlich weiß ich, dass der Aufbau von Netzwerken in der Politik die halbe Miete ist, aber in meinen Augen ist es trotzdem Zeitverschwendung.« Sie bediente die Espressomaschine. »Eine Legislaturperiode ist so schnell vorbei.«

Als sie zurück in ihr Büro gingen, läutete Claras Handy: »Aca?«

»Bist du noch bei ihr?«

»Ja.«

»Frag sie über den Grossmann aus. Der Arzt des Parlaments hat mich gerade angerufen, er hat da eine unschöne Szene beobachtet.«

»Eine unschöne Szene?«

»Sahra dürfte einmal ziemlich laut geworden sein.« Clara legte ihr Handy auf den Tisch: »Wie ist dein Verhältnis zu Herrn Grossmann?«

»Der Grossmann?« Sahra schaute überrascht auf: »Der nervt.«

»Warum?«

»Er sucht, seit er Vorsitzender von Plan A ist, meine Nähe, und ich hab nicht die geringste Ahnung, warum.«

»Inhaltlich habt ihr eher wenig gemeinsam.«

»Er ist ein widerlicher Schönling.«

Clara schwieg eine Weile und fragte dann: »Was will er mit dir besprechen?«

»Keine Ahnung. Er sucht nur meine Nähe, will sich ständig mit mir treffen. Du hast ja keine Ahnung, wie oft ich ihm *zufällig* begegne. Seit ein paar Monaten bombardiert er mich mit Mails.«

»Und in denen steht?«

»Weiß ich nicht. Ich lösche sie sofort.«

»Ist er dir einmal zu nahegetreten?«

»Das kannst du laut sagen!«

»Aha. Wann?« Clara lauschte geduldig der eingetretenen Stille.

»Nach einem gemeinsamen TV-Auftritt. Ich war neu in der Politik und glaubte noch an das Brückenschlagen zwischen den Fraktionen. Also ging ich mit ihm in eine Bar. Seine Hand auf meinem Oberschenkel war wohl *seine* Vorstellung von parteiübergreifender Zusammenarbeit. Arschloch, blödes.«

»Hast du ihn zur Rede gestellt?«

»Nein, aber ab dieser Nacht war er für mich Luft. Ich für ihn offensichtlich nicht. Als er einmal sogar vor meinem Büro stand, hab ich mit einer Stalking-Klage gedroht.«

»Das ist eine wichtige Information. Hast du sonst noch jemandem mit einer Klage gedroht in den letzten Jahren?«

»Nein, aber ich maile dir gerne eine Liste der Redaktionen, die ich in den letzten Jahren tatsächlich geklagt habe.«

»Welche Redaktionen?«

»Ach, nur von Zeitungen, die genauso entbehrlich sind wie der Grossmann.«

»Und warum erzählst du mir das alles erst jetzt?« Sahra stellte ihre Kaffeetasse ab: »Weil ich den Typen in dem Moment wieder vergesse, in dem ich mich von ihm abwende.«

»Um die Ermittlungen zu beschleunigen, triffst du dich bitte mit ihm. Ich will wissen, was er von dir will.«

*

Als Clara ihr Büro betrat, fand sie die lange Liste auf ihrem Schreibtisch, die Aca vom Roten Kreuz mitgebracht hatte. Neben den Namen waren die Fotos der Menschen angeheftet, die Zugang zum Blut der ersten Spendenaktion gehabt hatten. Motiviert startete Clara ihren Rechner und durchforstete das Internet nach Abtreibungsgegnern. Diese erfuhren gerade einen Hype, waren in unzähligen Splittergruppen versammelt und hatten eine schier unüberschaubare Anzahl von Anhängern. Es war ihr neu, dass es in manchen Bundesländern noch immer nicht möglich war, offiziell einen Abbruch durchzuführen. Sie dachte an ihren Bauch und versuchte zu begreifen, dass dieser eine gesetzlich erfasste und ideologisch umkämpfte Zone war. Als ihr das nicht gelang, griff sie nach dem Handy und kontaktierte die Sprecherin einer Plattform, die sich seit Jahren dafür einsetzte, dass der Abtreibungsparagraf aus dem Strafgesetzbuch gestrichen wurde. Vielleicht konnte sie jemanden von der Liste erkennen.

Aca glich inzwischen die Liste mit seiner Recherche über die Grauen Wölfe ab, was nicht sehr ergiebig war. Danach knöpfte er sich die Identitären vor. Diese waren um eine breite Öffentlichkeit bemüht, also fand er neben Artikeln unzählige Facebook-Einträge. Er rief seine Frau an, um ihr mitzuteilen, dass es spät werden würde. Dann zog er sich einen Kaffee, ging ins Netz und gab einen Namen nach dem anderen in den Computer ein.

*

Sahra zahlte die Suppe an der Theke der Burgtheaterkantine und setzte sich auf eine der Holzbänke. Sie hatte keinen Blick für all die Schauspielerinnen und Bühnenbildner und vermied jeden Kontakt. Vor nicht allzu langer Zeit hatte sie der Gedanke belustigt, hier auf Menschen zu treffen, die in einem ähnlichen Metier arbeiteten wie sie selbst. Die Inszenierung war in der Politik ebenso wichtig wie die Maske, das Timing ebenso wie das Rollenfach. Der Unterschied war lediglich, dass die Studioverhältnisse der Fernsehsender nur eine bescheidene Wahl der Kostüme zuließen und der politische Auftritt nicht dazu gedacht war, Worte, die einmal geschrieben wurden, mit Leben zu füllen. Stattdessen sorgten Verrückte wie sie dafür, mit ihren eigenen Worten zu bewirken, dass etwas niedergeschrieben wurde, dass das Leben möglichst vieler erfüllte.

Sahra blies in ihre Suppe. Die Sache mit dem Entschließungsantrag nervte. Sie brauchten die Unterschrift der Grünen und der Sozialdemokraten, damit er mehr Gewicht bekam. Darum mussten sich die anderen kümmern. *Sie musste sich mit Mike treffen, um die Ermittlungen zu beschleunigen.* Niemals. Der Kerl war einfach zu doof, um ihr gefährlich zu werden. Er spielte nicht in ihrer Liga.

Sie schob den Gedanken beiseite und warf einen Blick in die Zeitung. Entdeckte die elegante Werbung von *Good&Food.* Wurde nachdenklich. War es denkbar, dass ihre Entdeckung über den Konzern doch nicht so unbedeutend gewesen war? Schließlich hatte sie die Unterschrift des Geschäftsführers sofort stutzig gemacht. Der Vertrag. Wo, zum Teufel, war der Vertrag? Sie erinnerte sich an das Briefpapier der Briefkastenfirma »Schwarzer Development«, unter dessen Vereinbarung sie die Unterschrift des Geschäftsführers von *Good&Food* und die des konservativen Abgeordneten gefunden hatte, dessen ebenmäßiges Gesicht immer häufiger auf den Titelblättern erschien und der hinter vorgehaltener Hand als neuer Parteiobmann gehandelt wurde. Sahra ignorierte die hereinkommenden Kurznachrichten auf ihrem Handy, blies auf den Suppenlöffel und fragte sich, wann Iclal endlich die Türkei verlassen durfte.

*

Währenddessen kaute Mike Grossmann in der Cafeteria des Parlaments sein Putengeschnetzeltes und betrachtete den Saal. Vor den vier großzügigen Fenstern hing weißer, durchsichtiger Stoff, der von lachsfarbenen Vorhängen bauschig umrahmt wurde. Die drei Kronleuchter unterstrichen das hoheitliche Ambiente, das von den eher nüchternen Tischen und schlichten Lederstühlen gebrochen wurde, die daran erinnerten, dass sie schon den Parlamentariern der Fünfzigerjahre gedient hatten.

Die Sache gefiel ihm nicht. Dass die Putzfrau ermordet worden war, war die eine Sache, dass die Polizei auch hinter Sahra Schneider her war, die andere. Es fiel ihm immer schwerer, den Schein zu wahren. Es musste bald etwas geschehen.

Sein Blick blieb am runden Relief an der Wand gegenüber hängen, das ein Gewehr und zwei tote Vögel zeigte, was er nicht sonderlich appetitlich fand.

Nach dem Essen ging er in den Raucherhof, wo er auf Franz traf.

*

»Die Verdächtigungen sind unerträglich«, schimpfte Mike, lockerte seine Schultern und zog an seiner Zigarette.

»Reg dich nicht auf, die Exekutive tut nur ihre Pflicht.« Franz zündete sich auch eine an und paffte einen Rauchring in die Luft. Franz Haböck war rundlich, mit kurz geschnittenem, dunklem Haar, das sein unauffälliges Gesicht umrahmte. Er trug einen perfekt sitzenden Anzug und reichte Mike bis zum Kinn. Die nackten Statuen, denen er auf dem Weg in den Hof begegnet war, hatten ihn auf angenehme Weise an das Wesentliche im Leben erinnert.

»Warum hat man die Putzfrau nicht in ihrer eigenen Wohnung um die Ecke bringen können?«

Franz dachte nach: »Vielleicht, um vom Wesentlichen abzulenken.«

»Und das wäre?«

»Keine Ahnung.« Franz lächelte Mike kurz an, schloss dann die Augen und drehte sein Gesicht in die frühe Nachmittagssonne.

»Was mich am meisten ärgert, ist, dass dein Termin im Ministerium wegen der bescheuerten Blutspendensache geplatzt ist.«

»Das lässt sich nachholen, Mike.«

»Ich dachte, der Ausschuss tagt bald.« Er beugte sich zu seinem Kollegen hinunter und dämpfte die Stimme: »Eine Privatisierung erledigt sich nicht in ein paar Monaten.«

»Sie läuft uns aber nicht davon. Deine Rede gestern war übrigens gut«, lenkte Franz ab, »du hast mir aus der Seele gesprochen.« Er zog an seiner Zigarette: »Mir sind als Koalitionspartner einfach zu oft die Hände gebunden.« Mike unterdrückte seinen Ärger, der ihn jedes Mal überkam, wenn Franz seine Regierungsbeteiligung raushängen ließ: »Ich weiß. Und ich möchte jetzt nicht in der Haut der Linken stecken.«

»Ich auch nicht«, grinste Franz. »Es ist gut, dass sie mit sich selbst beschäftigt sind. Das begünstigt unseren Prozess.«

Mike zuckte mit den Schultern: »Das mit der Mindestsicherung wird deine Regierung bald sprengen.«

Franz lachte: »Bevor es euch nach der vorgezogenen Wahl nicht mehr gibt, kommst du eh zu uns, oder?«

Mike zog zufrieden an seinem Stummel und dämpfte ihn aus. Er liebte Freunde mit Vorausblick.

*

Clara folgte der parlamentarischen Mitarbeiterin über die Eingangstreppen. Die Unbeweglichkeit der steinernen Gottheiten war heute genauso lästig wie die Tatsache, dass sie kaum vom Fleck kamen. Wütend schaute sie auf Hermes, dessen Flüchtigkeit sich mit dem Gegner verbündet haben musste. Sie zeigte ihm heimlich die Zunge, eilte durch die Säulenhalle, in der der Bundeskanzler gerade ein Interview gab, und wurde in einen Trakt geführt, der ihr fremd war.

Die niedrige Decke wirkte beim nicht vorhandenen Tageslicht und der schwachen Beleuchtung schwer und massiv. Türe reihte sich an Türe. Clara las die Schilder und wunderte sich darüber, wie viele Namen der Volksvertreter sie nicht kannte. Plötzlich blieb die Mitarbeiterin stehen, klopfte an eine der Türen und öffnete sie: »Ich werde hier draußen auf Sie warten.«

»Danke. Alleine finde ich aus diesem Labyrinth nämlich nicht mehr heraus.«

*

Der Sprecher der Identitären strich sich sein hellblaues Hemd glatt und öffnete die Türe. Der Polizist, der ihm gegenüberstand, war in Zivil, sportlich, und schien von slawischer Abstammung zu sein. Er reichte ihm reserviert die Hand: »Thomas Singer. Kommen Sie herein.« Das fing ja toll an.

»Kennen Sie Sahra Schneider?«, fragte der Bulle, der sich ihm als Aca Petrovic vorgestellt und ihm gegenüber Platz genommen hatte, während er ihm ein Foto der Politikerin hinhielt. Und ob er sie kannte.

»Warum?«

»Vielleicht können Sie es mir sagen.« Thomas Singer kniff die Augen zusammen und fixierte das Plakat, das an der gegenüberliegenden Wand hing. Das gelbe Lambda-Zeichen auf schwarzem Grund machte sich gut. Herr Petrovic verschwendete hier seine Zeit.

»Und was ist das?« Der Polizist deutete auf einen Stapel Zeitungen, der geordnet auf seinem Schreibtisch lag. Thomas war gerade dabei gewesen, seine neuen Artikel auszuschneiden und in seine Pressemappe zu ordnen, die beachtlich anschwoll.

»Das nennt sich Zeitung.« Thomas griff zur »Blauen Narzisse« und blätterte darin. Er lächelte. Vor Kurzem hatte er noch mit regelmäßigen Facebook-Einträgen auf sich aufmerksam gemacht, heute schrieb er Leitartikel.

»Kann ich sie bitte sehen?«

»Selbstverständlich. Wir haben nichts zu verbergen.« Er sah den Bullen blättern und wusste schon, was kommen würde. Er hatte alle Antworten parat.

»Meinen Sie das mit der Umvolkung oder dem großen Austausch ernst?«

»Der große Austausch ist ernst.«

»Ach ja?« Herr Petrovic verzog seinen Mund zu einem spöttischen Lächeln: »So einer wie ich trägt also die Schuld an allem Unglück dieser Welt?« Beamte wie er verteidigten das Wiederbetätigungsgesetz. Es war an der Zeit, ein wenig aufzudrehen:

»Warum sind Sie plötzlich so nervös?«

»Ich bin nicht nervös.« Der Bulle begann sich also zu ärgern. Dass es auch immer so leicht war, die Leute aus der Reserve zu locken.

»Jetzt einmal ernsthaft, Bürschchen...« Der Balkanese wagte sich auf gefährliches Terrain.

»Kennen Sie Sahra Schneider?«

»Ein wenig.«

»Und woher?«

»Von ihren bescheidenen Auftritten in den Medien.«

»Da gibt es inhaltlich wenige Gemeinsamkeiten, oder?«

»Da gibt es inhaltlich gar keine Gemeinsamkeiten.«

»Teilen Sie die Ansicht, dass Frau Schneider eine Hure der PKK ist?« Thomas lächelte. Der Typ redete nicht lange um den heißen Brei herum und das gefiel ihm. Er fixierte ihn und antwortete eine Spur leiser. »Das haben die ATIB-Leute gesagt.«

»Und Sie haben es auf Twitter verbreitet.« Thomas zuckte mit den Achseln.

»Sie wissen, dass das Rufmord ist, oder?« Er begann sich zu langweilen. Natürlich war das Rufmord, aber die Gesetzgebung hinkte den Plattformen um Generationen hinterher. Was er teilte und nicht teilte, spielte letztendlich keine Rolle. Er teilte so viel. Und Geld für Gerichtskosten hatte er.

»Ich hab Ihnen eine Frage gestellt.«

»Ja, mir werden viele Fragen gestellt.« Grinste Thomas und griff zu seinem Glas: »Oh, wie unhöflich von mir. Wollen Sie auch etwas trinken?«

»Nein. Sind Sie Frau Schneider schon einmal persönlich begegnet?«

»Ist das wichtig?«

»Ja, allerdings.«

»Und warum?«

»Sind Sie ihr oder ihrem Mann schon einmal persönlich begegnet?« Ihr Mann. Der kleine Kurdenarsch hatte sich mit seiner Hochzeit bereichert und nützte die Position seiner Frau für islamische Propaganda. Ja, er war ihm begegnet, aber das ging niemanden etwas an: »Nein, ich bin Herrn Schneider noch nicht begegnet.«

Dass er sogar ihren Namen angenommen hatte, zeigte nur, wie dekadent die Linke geworden war. Und das war gut. Seine Bewegung hingegen war im Aufwind. Natürlich ärgerte es ihn, dass man seinen Freunden in den Staatsblättern vorwarf, mit ihrem Aktionismus die früheren linken Proteste zu kopieren. Ihre Wirkung aber verfehlten sie nicht, nein, die Identitären waren sexy geworden und das war das Einzige, das zählte.

Aca wusste, dass er nicht die Geduld verlieren durfte, und steuerte in aller Ruhe auf das Wesentliche zu. Thomas Singer hatte Medizin studiert. Das abgebrochene Studium hatte ihm, dank guter Verbindungen, einen mittelprächtigen Arbeitsplatz in dem Labor beschafft, das mit dem Roten Kreuz kooperierte.

»Wo waren Sie in der Nacht...«

»Als die Putze umgebracht wurde?«

»Frau Romanova, ja.«

»Ich hab keine Ahnung, von welcher Nacht Sie sprechen.«

»Kannten Sie sie?«

»Das meinen Sie jetzt nicht im Ernst, oder?«

»Kannten Sie sie?«

»Natürlich nicht.« Der Bursche begann sich zu winden. Seine Augen waren jetzt bewegungslos auf ihn gerichtet.

»Sie interessieren sich für Politik...«

»Ach was!«

»Welche Politiker haben Sie schon persönlich kennengelernt?«, wagte sich Aca vor. Man musste die Menschen bei der Eitelkeit packen.

»Das geht Sie nichts an.« Thomas dachte an den Chef der Rechten. Der konnte sagen, was auch immer gesagt werden musste, ohne eine Miene zu verziehen. Dabei hatte der es mit schlimmeren Feinden zu tun als mit so einem Tschuschen.

»Wo waren Sie in der Nacht, als Frau Romanova vom Dach des Parlaments gestoßen wurde?«

Thomas zuckte lächelnd mit den Schultern: »Hier im Büro.«

»Kann das jemand bezeugen?« Nun, es würde sich jemand finden.

*

Als Clara sein Büro betrat, stand Herr Grossmann vom Schreibtisch auf und ging auf sie zu. Sie begrüßten einander mit festem Händedruck.

»Bitte, Frau Coban, setzen Sie sich.« Clara ließ sich auf dem weißen Sofa nieder und holte ihre Unterlagen heraus.

»Womit kann ich dienen?«

»Was fällt Ihnen zu Sahra Schneider ein?« Der Klubchef griff zu dem Krug, der zwischen ihnen stand, und füllte zwei Gläser: »Warum?«

»Weil sie zwei Drohbriefe erhalten hat.« Er stellte den Krug wieder auf den glänzenden Tisch aus Chrom und Glas.

»Tja, die Drohbriefe... was stand da eigentlich drinnen?«

»Das tut nichts zur Sache. Sie suchen Frau Schneiders Nähe. Warum?«

»Ich... ich suche die Nähe zu allen Abgeordneten.« Ein einnehmendes Lächeln legte sich auf sein Gesicht.

»Was wollen Sie von Frau Schneider?«

»Ich finde sie sympathisch.«

»Sympathisch. Was finden Sie an ihr sympathisch? Ihre Oberschenkel? Die politische Arbeit kann es ja nicht sein.« Sein Lächeln erstarb.

»Sie haben Blutgruppe B positiv.«

»Ja. Und?«

»Wo waren Sie vorgestern Abend?« Das Schweigen dauerte etwas zu lange.

»Hat meine Blutgruppe etwas mit dem Mord an Frau Romanova zu tun?«

»Das zu beurteilen ist Sache der Polizei.«

»Natürlich.«

»Also, wo waren Sie?« Herr Grossmann sah sie prüfend an, ließ sich Zeit, schlug seine Hände hinter dem Kopf zusammen, legte ein Bein über das andere und lehnte sich in seinem Stuhl zurück: »Sie haben mich erwischt, Frau Kommissar. Ich war zu Hause. Erst in der Therme und dann zu Hause.« Clara begann, sich Notizen zu machen: »In welcher Therme?«

»Nur Oberlaa.«

»Wann waren Sie zu Hause?«

»So gegen 20 Uhr.« Clara schrieb.

»Und dann?«

»Was tun Sie, nachdem Sie sich in der Therme entspannen?«

»Schlafen.«

»Eben.«

»Sie gingen in besagter Nacht also früh schlafen?«

»Ja.«

»Kann jemand bezeugen, dass Sie in der Therme Oberlaa waren?«

»Die Masseuse.« Natürlich. Menschen wie Herr Grossmann hatten eine Masseuse.

»Wie heißt sie?«

»Entschuldigung, aber das weiß ich wirklich nicht«, log der Abgeordnete und nahm noch einen Schluck: »Wünschen Sie eigentlich Kaffee?«

»Nein, danke.«

»Und? Wer kann bezeugen, dass Sie nach Ihrer Entspannung auch tatsächlich geschlafen haben?«

»Niemand.«

»Sie haben also keine Frau?«

»Leider nein.« Herr Grossmann lächelte charismatisch: »Was umso bedauerlicher ist, da ich jetzt wohl Ihr Hauptverdächtiger bin.«

»Woran arbeiten Sie gerade?« Sein Lächeln erstarb so schnell, wie es gekommen war. Er fuhr sich geschäftig durch sein braunes Haar, das ihm ein wenig in die Stirn fiel. Ohne Sakko hatte er etwas Verwegenes, das durch die Eleganz seines Büros nur unterstrichen wurde.

»An der Kürzung der Mindestsicherung für Asylanten...«

»Ja, die Wortspende hab ich gesehen.«

»Tatsächlich? Das schmeichelt mir aber.«

Clara wurde patzig: »Sollte es nicht. Und weiter?«

»Nun, ich beschäftige mich auch mit der Modernisierung des Mietgesetzes. Den Vermietern sind mittlerweile alle Hände gebunden.« Clara richtete sich innerlich auf und betrachtete den Mann, der alles daran setzte, von ihr als Kotzbrocken eingestuft zu werden.

»Außerdem pflege ich Kontakt zu Menschen, die sich ins Thema Abtreibung eingearbeitet haben...«

»Haben Sie deswegen den Kontakt zu Frau Schneider gesucht?«

Herr Grossman hielt kurz inne: »Ja. Deswegen.«

»Und, auf welcher Seite stehen Sie?« Der Klubobmann zuckte spitzbübisch mit den Schultern und auf seinen Wangen entstanden kleine Grübchen: »Nun, ich fürchte, nicht auf der Seite von Frau Schneider.«

»Wie sind Sie an ihr Blut gekommen, Herr Grossmann?«

Er wurde ein wenig blass: »Ihr Blut?«

Clara stand auf, streckte ihm die Hand hin und bedankte sich für das Gespräch. Vorläufig wusste sie genug.

*

Sahra saß in ihrem Parlamentsbüro und kämpfte sich durch den Ministerratsbeschluss und die Mails des Tages. Diese Flut war eine Zumutung. Abdullah saß am runden Tisch und blätterte in einer Illustrierten.

»Wie geht es deiner Familie?«

Abdullah sah erfreut auf: »Gut. Meine Geschwister haben wieder Arbeit gefunden und die Kinder werden so schnell groß.«

»Das ist gut. Wo arbeiten sie jetzt?«

»Bei *Good&Food*. Die haben eine neue Niederlassung in Pretoria.«

»Ja, davon hab ich gehört«, murmelte Sahra und sah, dass im Posteingang eine Mail von Grossmann eintraf. Sie überlegte kurz, sie zu öffnen, entschied sich aber anders, ignorierte das Rufzeichen und den Anhang und löschte sie. Sie hatte jetzt wirklich andere Probleme.

Nach Schmeicheleien war sie am Beginn ihrer Karriere süchtig gewesen, jetzt ging es nur noch ums politische Überleben. Und um Inhalte. Bei beidem konnte er ihr nicht helfen.

»Mein Vater hat bald Geburtstag.«

»Du kannst hinfahren, Abdullah. Ich weiß, wie alt er ist, und werde für eine Vertretung sorgen.«

Sahra stützte ihr Kinn in ihre Hände und schaute auf den Bildschirm. Das Foto, das am letzten Parteitag aufgenommen worden war, zeigte sie am linken Rand in der dritten Reihe. Das war vor zwei Jahren anders gewesen. Da hatte es noch gezählt, wie viele Stimmen sie bei der letzten Wahl eingebracht hatte und wie gut ihre Umfragewerte in der Basis waren. Sie ertappte sich dabei, eine Ausrede zu suchen, um den nächsten Parteitag zu schwänzen. Sahra fiel es zusehends schwer, die Blicke der Menschen ihrer Fraktion zu deuten. Hatten sie Mitleid? Waren sie stolz, dass es eine der Ihren getroffen hatte, was die Wichtigkeit der Partei unterstrich? Oder war man es langsam leid, dass sie schon wieder so viel Kraft in die persönliche Abwehr stecken musste? Sahra lehnte sich zurück und schloss die Augen. Sie konnte sich noch so gut daran erinnern, mit welchem Idealismus sie in die Politik eingestiegen war. Der Idealismus war der Knochenarbeit gewichen und sie war nur froh, dass die Menschen, die ihr eine Vorzugsstimme gegeben hatten, nicht wussten, wie machtlos sie in Wirklichkeit war.

»Thomas Singer von den Identitären steckt ziemlich sicher in der Sache drin. Mitsamt seinem Schmiss.« Aca tauchte die Semmel in sein Gulasch: »Er ist ziemlich extrem drauf.«

»Und sein Alibi?«

»So wie ich die Typen einschätze, decken sie einander.«

»Das hilft uns aber nicht weiter. Zu wem hat er direkten Kontakt?«

»Im Netz sind zahlreiche Fotos von Parteiveranstaltungen der Rechten, bei denen er auch war. Ein direkter Kontakt zu Politikern ist nicht zu finden.«

»Können wir seinen PC haben?«

»Dazu ist die Suppe zu dünn. Er arbeitet im Labor an der Blutgruppenbestimmung, das ist aber auch schon alles. Wegen seiner politischen Gesinnung seinen Computer zu beschlagnahmen, geht gar nicht. Dazu brauchen wir mehr.«

»Du behältst ihn aber im Auge?«

»Klar. Und bei dir?«

»Mike Grossmann hat kein Alibi, kann Frau Schneider politisch nicht ausstehen, stellt ihr nach und wurde sehr nervös, als ich auf ihr Blut zu sprechen kam.«

Aca nickte: »Was wirst du jetzt tun?«

»Ihn in die Enge treiben und mich mit einer ehemaligen Verfassungsrichterin treffen, die sich für das Recht auf Abtreibung einsetzt. Vielleicht erkennt sie Menschen von unserer Liste.«

*

Clara ging über den Kanal nach Hause. Unter der Friedensbrücke lagen, wie jeden Herbst, zwei Matratzen, und das Laub begann sich hier und da zu färben.

Eine Familie radelte vorbei. Der Vater fuhr vorne und drehte sich gerade nach hinten, um zu sehen, ob seine drei noch recht kleinen Kinder das Überholmanöver schafften. Die Mutter lächelte Clara an, die sich wegdrehte und zum Wasser ging. Da läutete ihr Telefon.

»Mama?«

»Hallo Clara. Wie geht es dir?« Die besorgte Stimme trieb ihr die Tränen in die Augen.

»Es geht so.« Sie schwiegen beide.

»Habt ihr schon versucht...«

»Nein, Mama, wir sind noch nicht so weit.«

»Das wird schon.«

»Ich ruf dich an.«

»Natürlich.« Clara steckte ihr Handy in die Tasche, starrte auf das schnell fließende Wasser und ging hinauf auf die Straße. Als sie sich ihrer Haustüre näherte, hörte sie schon von Weitem ein eindringliches Summen, das auch anhielt, als sie die Türe aufgesperrte und hinter sich wieder geschlossen hatte. Es kam aus der Gegensprechanlage, die kaputt war, seit sie vor sieben Jahren hier eingezogen waren. Das Echo des Stiegenhauses verstärkte den brummenden Sinuston noch. Clara erinnerte sich daran, dass auch die Abenddusche neben dem explodierenden Boiler keine wirkliche Entspannung bringen würde.

»Modernisierung des Mietgesetzes«, äffte Clara den massierten Herrn Grossmann nach. Blieb zu hoffen, dass er bei der nächsten Nationalratswahl aus dem Parlament flog.

David war schon zu Hause und wusch den Salat. »Hallo, du.« Sie küssten sich und Clara ging ins Bad.

»Willst du Spaghetti?«

»Ja.« Sie zog sich aus, duschte rasch, zog sich einen frischen Slip an und schlüpfte in ihren fliederfarbenen Morgenmantel. Als sie die Küche betrat, hielt ihr David ein Weinglas hin. Sie nahm es und setzte sich zur Zeitung an den Tisch. Während er die Nudeln ins heiße Wasser legte, erzählte er von seinem Job, aber Clara hörte nur mit halbem Ohr hin. Sie wusste, was das Weinglas bedeutete, und suchte in ihrem Körper nach einem Quäntchen Lust, aber alles was sie fand, war ein Nein über einem Haufen Traurigkeit.

»...entscheidend wird sein, welcher der Kandidaten besser mobilisieren kann.«

»Ja.« Clara wusste nicht, ob er gerade vom US-Wahlkampf sprach oder von der Bundespräsidentenwahl. Beide waren mittlerweile unerträglich.

»Prost.« Er hielt ihr sein Rotweinglas hin und sie stießen an. Dann küsste er sie auf den Nacken und widmete sich der Pfanne, in der die Pasta asciutta brodelte. Clara stellte ihr Weinglas hin, stand auf, zog sich den Morgenmantel noch einmal zu und deckte den Tisch.

*

Kian hielt es nicht mehr aus. Aaliyah war jetzt schon seit über einer Stunde auf der Straße. Sie musste längst zurück sein. Er öffnete noch einmal leise die Türe zum Kinderzimmer, aber seine Tochter lag nicht da, wo sie liegen sollte. Sein Blut sackte schwer in seine Kniekehlen. Er hielt sich am Türstock fest und wünschte, nicht mehr denken zu können. Dann schleppte er sich schwitzend in die Küche und zog sich seine Turnschuhe an, die mit den weichen Sohlen, die langsam porös wurden. Er blickte auf das Bild seiner schönen, toten Frau, die lachend neben seinem Bruder saß. Sein Bruder. Seit Monaten wurde er von ihm bekniet, endlich zu ihm nach Wien zu kommen, seine Frau war Politikerin, das Geld würde schon für alle reichen. Kian wollte niemandem zur Last fallen, er wollte das Haus nicht verlassen, das er mit seinen eigenen Händen gebaut hatte. Ihm dämmerte, dass das ein großer Fehler gewesen war, er öffnete geräuschlos die Türe und bezähmte den Ruf, der sich in seiner Kehle staute, denn jetzt musste er Aaliyah finden.

*

Während Aca am nächsten Vormittag alle Menschen ins Visier genommen hatte, die aufgrund der geplanten Bauarbeiten Zugang zum Dach hatten, und begonnen hatte, eine Liste aller Vereine zu erstellen, die dem türkischen Rechtsextremismus zuzuordnen waren, um deren Mitglieder nach und nach zu erfassen, hatte Clara Kollegen aus Sahras Fraktion interviewt und die Ausschussprotokolle aller Sitzungen überflogen, an denen Sahra im letzten Jahr teilgenommen hatte. Sie waren auch kurz der Spur in die Ukraine gefolgt, die sich im Uferlosen verlor. Dass der Mord bereits eine Woche zurücklag, war auch der Presse nicht entgangen. Der Innenminister versuchte, die Öffentlichkeit abzulenken, indem er die Grenzschließung Österreichs bei gleichzeitiger, totaler Kameraüberwachung propagierte.

Mit einem Ausdruck von Sahras Mail betrat sie Acas Büro:

»Friedrich Becker. Sagt dir der Name etwas?«

»Noch nicht.« Er googelte den Namen und stieß auf einschlägige Homepages und Artikel: »Dieser Friedrich hat ein echtes Problem.«

Er begann laut zu lesen: »...mit dem linksgrünen Genderwahn, der schon Kindergartenkinder in die ekelerregende Vergenusszwergel-Ecke treiben möchte... statt das ungezwungene Spiel und eine natürliche Entwicklung zu fördern.« Clara lehnte sich zurück: »Tja, so kann man das mit der Aufklärung, die Abtreibungen von vornherein verhindern könnte, natürlich auch sehen.«

»Dafür freut sich Friedrich darüber, dass das Asylantenheim für diskriminierte Homo- und Transgenderflüchtlinge doch nicht eröffnet wird.«

»Ein seltenes Lob für die Regierung.«

»Vielleicht hat Tatjana ja recht, wenn sie nicht will, dass ein kommunistischer Pädophiler in der Hofburg...«

»Aca!«

»'Tschuldigung.«

Clara verschränkte ihre Arme vehement vor ihrer Brust und funkelte Aca an: »Wo ist auch nur ein einziger Beweis für diese untergriffige und erlogene Anschuldigung gegen den Präsidentschaftskandidaten, die mit nichts zu rechtfertigen ist? Mit herzlichen Grüßen an deine Frau! Gern geschehen.«

»Und wo bitte ist der Beweis, dass Tatjanas Kandidat ein Neonazi ist?« Clara legte ihre Stirn in Falten: »Es gibt Artikel und Bilder, die eindeutig... kannst du bitte wieder ungültig wählen und dich auf unseren Fall konzentrieren?«

»Gerne.« Aca klang erleichtert: »Warum ist Friedrich Becker interessant für uns?«

»Sahra Schneider sagt, dass er sie seit über zwei Jahren im Netz belästigt.«

»Warum?«

»Das Übliche: Frauenfeindlichkeit, Homophobie, Abtreibungsgegner, rechte Hetze...«

»Hat er Verbindungen zur Politik?«

»Er ist ein fleißiger Troll, biedert sich den Stimmungsmachern an und ist der Neffe des parlamentarischen Arztes Kunasek. Übernimmst du ihn?«

*

Sahra rührte Milch in ihren Kaffee: »Friedrich Becker? Sehr gebildet. Sehr lästig.«

»Weißt du, dass er der Neffe von Herrn Kunasek ist?«

»Tatsächlich?« Sahra runzelte die Stirn: »Und was bedeutet das?«

»Vorerst einmal gar nichts. Wir kennen jetzt aber schon zwei Menschen, die eine Nähe zu den Blutreserven haben. Thomas Singer, den Sprecher der Identitären, und Friedrich Becker, der Zugang zum Hohen Haus hat.«

»Kennen sich die beiden?«

»Laut Facebook, ja.«

Sahra schaute müde aus dem Fenster: »Ich schau mir meine Timeline schon lange nicht mehr an. Das erledigt unser Social Media Team für mich, das auch Anzeige erstattet, wenn die Rechtsstaatlichkeit überschritten wird. Natürlich bekomme ich Hasspostings von Männern, die aus dem Umfeld der Grauen Wölfe kommen können. Doch das beweist nichts, oder?«

»Das Social Media Team soll mir bitte eine Namensliste erstellen und die Kommentare ausdrucken. Außerdem will ich mit jemandem aus dem Team sprechen.« Sahra gab ihr eine Handynummer, griff zu einem der Äpfel in der Glasschüssel und biss gedankenverloren ab. Clara fand, dass Sahra heute Morgen noch blasser aussah, obwohl sie sich verhältnismäßig stark geschminkt hatte. Der schwarze Kajalstrich verpasste ihr eine Strenge, die sie wohl zusammenhielt.

»Was sagen eigentlich die Menschen in deiner Partei zu der ganzen Sache?« Sahra fuhr auf: »Warum fragst du?«

»Na ja, das ist ja alles nicht nichts.«

»Nichts ist mehr nichts.«

»Morddrohungen sind also an der Tagesordnung?«

»Im Netz ja.«

»Blutige Briefe sind aber nicht im Netz.« Sahra faltete ihre Hände und schloss kurz ihre Augen: »Ich weiß es nicht. Man tröstet mich, gibt mir Kraft, aber...«

»Was aber?«

»Irgendwie zieht man sich von mir zurück.«

»Wirst du wieder kandidieren?«

»Nun, das ist der Plan.« Clara beschloss, Frau Weinzierl eine Mail zu schicken. Sie brauchten mehr Ermittelnde in diesem Fall. Sie beugte sich vor und fragte leise: »Wer im Parlament profitiert persönlich am stärksten von deinem politischen Aus?« Sahra lachte gequält, dachte kurz nach, nahm ihre Maus und googelte eine Abgeordnete, die Clara seit Jahren kannte: »Gunda Ritter hasst mich. Sie ist definitiv gegen Abtreibung.«

*

»Oh, ich liebe das gestrenge Fräulein Ritter«, flötete Aca und ließ sich neben Clara nieder. Die aufrechte Gestalt der Abgeordneten nahm den ganzen Bildschirm ein. Über ihrer dunklen Bluse und dem schwarzen Jackett baumelte ein silbernes Kreuz.

»Denkst du, dass sie nach der Bundespräsidentenwahl noch ein Kreuz tragen darf?«

»Aca!«

»Ich frag ja nur. Tatjana macht sich Sorgen, dass...«

»Richte deiner Frau die besten Grüße aus. Ihre Ängste kann sie sich in den… entschuldige bitte.«

»Kein Wort mehr über die Wahl?«

»Kein Wort mehr über die Wahl.«

Reden konnte sie, die Kraft der Gestik beherrschte Frau Ritter auch und unterstrich so das Donnerwetter gegen den Feminismus: »Wie überheblich und hybrid muss man eigentlich sein, den Menschen nur als Individuum zu sehen und nicht in den großen Zusammenhang der Schöpfung zu stellen?« Genervte Abgeordnete winkten ab.

»Ich muss Ihnen leider sagen, dass Sie eine Utopie leben, eine Utopie, die der Sozialismus erst salonfähig machte und die mittlerweile unsere Kultur zu zersetzen droht. Es ist die Utopie des grenzenlos Machbaren, ohne Respekt vor der Schöpfung, wie auf der Bischofskonferenz in der Slowakei im letzten Monat wieder betont wurde.«

»Schön, dass die reaktionären Ansichten der Visegrád-Staaten immer öfter auch bei uns zitiert werden«, murrte Clara, unterbrach die Aufzeichnung und sah Aca an: »Ist mir so rausgerutscht. Wir werden unsere Debatte über die Wahl jetzt nicht fortsetzen, okay?«

»Ich hab nichts gehört.«

Clara fuhr fort: »Frau Ritter bricht das Problem der ungewollten Schwangerschaften ausschließlich auf den Zynismus von Machbarkeit und Verfügbarkeit herunter. Für sie ist Sahra Schneider, die das Selbstbestimmungsrecht der Frau über ihren eigenen Körper in den Vordergrund stellt, definitiv eine natürliche Feindin.«

»Verdächtigst du sie?« Clara nickte und warf einen Blick auf ihr Handy. Die Abgeordnete war dafür bekannt, am rechtsrechten Rand zu stehen und speziell gegen linke Frauen massiv auszuteilen.

»Verflixt, ich muss los!«

*

Es war einer der ersten kühlen Tage des Herbstes. Das satte Grün der Blätter glänzte unter dem grauen Himmel und Clara bedauerte erstmals in diesem Jahr, keinen Schal mitgenommen zu haben. Als sie über die Brücke des Wienflusses ging, vorsichtig, damit sie am klammen Holz nicht ausrutschte, sah sie schon von Weitem die schwarz gekleideten Menschen, die sich zu einer Kundgebung gegen das neue Abtreibungsgesetz in Polen versammelt hatten. Clara googelte auf ihrem Handy das Bild der ehemaligen Verfassungsrichterin. Dann suchte sie die Umstehenden ab, die sich für ein Foto vor das Denkmal von Johann Strauß gestellt hatten. Die ehemalige Verfassungsrichterin stand neben Sahra Schneider. Die beiden schienen sich gut zu kennen. Wien war ein Dorf. Clara blickte sich um und beobachtete die Spaziergänger, die kurz stehengeblieben waren, um die Demonstrierenden zu fotografieren. Clara fotografierte zurück und hoffte auf die Gesichtserkennung im Präsidium, denn es war durchaus üblich, dass Täter ihre Opfer umkreisten.

Die Reden, die auf Polnisch gehalten wurden, verstand sie nicht, aber die Sorge und Wut war den Anwesenden ins Gesicht geschrieben. Ein Mann hatte das Mikrofon an sich genommen und streckte aufgebracht einen Kleiderbügel in die Luft. Aus dem Augenwinkel sah sie Sahra Schneider, die mit energischen Schritten auf sie zukam: »Clara, was machst du denn hier?«

»Ich recherchiere.« Sie reichten sich die Hände.

»Das ist gut.«

»Kannst du mir bitte die Verfassungsrichterin vorstellen?«

»Ja, natürlich. Komm mit.« Sie bahnten sich ihren Weg zur Gesuchten, die gerade ein Interview mit einem Privatsender abschloss und sich ihnen fröhlich zuwandte. Hinter der Brille sah Clara eine Frau, die ihr Thema gefunden zu haben schien: »Schön, dass Sie gekommen sind. Was wollen Sie von mir wissen?« Sie entfernten sich von der Gruppe.

»Sehen Sie sich bitte diese Liste durch. Erkennen Sie jemanden?« Die ehemalige Verfassungsrichterin rückte ihre Brille zurecht und überflog die Namen: »Nein. Warum?«

»Wie lange kennen Sie Frau Schneider schon?«

»Mindestens fünf Jahre.«

»So lange sind Sie schon aktiv?«

»Seit meiner Pensionierung.«

»Kennen Sie jemanden, der besonders wütend auf Frau Schneider ist?« Die Angesprochene lachte und schüttelte den Kopf: »Alle, aber niemand im Speziellen. Warum?«

»Wenn Ihnen jemand einfällt, melden Sie sich bitte.« Clara reichte ihr ihre Karte, aber die Pensionistin war mit ihren Gedanken schon längst woanders: »In den USA erleben die Abtreibungsgegner derzeit einen ungeahnten Aufwind. Praktizierende Ärzte bangen dort mitunter um ihr Leben, besonders in republikanischen Gebieten natürlich.« Sie nannte Namen von österreichischen Organisationen, zähen Aktivistinnen und Politikern, die sich die Verschärfung des Abtreibungsverbotes auf die Fahnen geschrieben hatten. Clara tippte alles in ihr Handy und wusste, dass sie auch das keinen Schritt weiterbrachte. Sie hatten immer noch nichts, außer einem Parlamentsvideo, das einen männlichen Schirmmützenträger zeigte, ein Straßenbahnstationsvideo, auf dem zwei menschliche Schemen am

Parlamentsdach zu erraten waren, eine Leiche, zwei Drohbriefe und unzählige Verdächtige, die Aca und sie vernehmen mussten. Der Kowalski war ein Idiot.

*

Thomas Singer ging in seinem Büro auf und ab. Der Besuch des Polizisten ging ihm nicht aus dem Kopf. Welche Informationen hatte er? Er blieb stehen, betrachtete das Plakat seines Kandidaten und musste grinsen: nicht einmal Wahlen konnten die Eliten schlagen. Die sprichwörtliche österreichische Schlamperei stand momentan auf ihrer Seite – und nicht nur das. Thomas strich sich sein weißes Hemd glatt und setzte sich an seinen Schreibtisch. Er öffnete seinen Mailaccount, gab die Adresse ein und schrieb *PKK-Tussi* in den Betreff. Sein Artikel war fast fertig, seine Rede für die Wochenendtagung vorbereitet, jetzt musste er nur noch dafür sorgen, dass er am Samstag auf die richtigen Leute traf. Dass der Polizist bei ihm gewesen war, war sein Wissensvorsprung. Dass er ihn abserviert hatte, ein Etappensieg. Den Gunda Ritter belohnen würde. Ein, zwei Aktionen noch und er war reif für die Partei.

*

Franz Haböck ging zu seinem Büro. Er ließ den Blick über die Parlamentsdecke schweifen und stellte sich vor, dass die jungen Grazien, die nur mit durchscheinenden Schleiern bedeckt waren, für ihn tanzten. Widerwillig gab er sich einen Ruck und dachte über seine Zusammenarbeit mit Mike Grossmann nach. Dieser hatte seit dem gemeinsam eingebrachten Entschließungsantrag ordentlich angebissen, hinkte ihm aber inhaltlich hinterher. Was er ihn spüren ließ, um ihn hungrig zu halten. Für die zweite Lesung des Gesetzesvorschlages waren die Stimmen von Plan A und den Rechten unentbehrlich und fix. Das würde also klappen und war nur der Vorgeschmack auf die kommende Legislaturperiode. Die schneller kommen würde, als offiziell geplant.

Der konservative Kanzlerkandidat hatte sich längst in Stellung gebracht und ließ fremdenfeindliche Allgemeinplätze vom Stapel, die gerade skandalös genug waren, dass sie vom Boulevard gespielt wurden, aber auch gefällig genug, um der breiten Masse zu schmeicheln. Im Hintergrund wurde längst an der vorgezogenen Nationalratswahl gebastelt. Dass die Hälfte Österreichs bereit war, sich hinter einen Präsidentschaftskandidaten zu stellen, der einen elastischen Umgang mit der Szene hatte, die bis vor Kurzem ins Schmuddel-Eck der Republik gestellt worden war, gab Hoffnung. Egal, wie die Wahl um das höchste und unwichtigste Amt im Land ausging. Es war sogar begrüßenswert, dass der linke Opa gewann. Dann war endlich Zeit für das Wesentliche.

Franz Haböck warf einen Blick auf sein Handy. Seine Mutter hatte drei Mal versucht, ihn zu erreichen. Er öffnete die schwere Türe und betrat sein Büro.

Wo war der verfluchte Vertrag? Die Erinnerung an den Moment, als er bemerkt hatte, dass ihm dieser abhandengekommen war, verursachte noch immer einen flauen Druck in seiner Magengegend. Er verschränkte seine Finger und ließ sie knacksen. Holte tief Luft. Es war nicht auszudenken, was passieren würde, wenn das Ganze aufflog. Er fing an, im Kreis zu gehen, um sich selbst zu beruhigen, und zwang sich, an die Sitzung zu denken, in der alles nach Plan gelaufen war. Er hatte sein Thema, die Schlankheitskur der Sozialpartner, gut platziert, wissend, dass der Koalitionspartner da niemals mitziehen würde. Die Sprengung der Regierung war nur noch eine Frage der Zeit. Seine Verbündeten hatte er nach wie vor hinter sich versammelt. Das war ihm schon vor Monaten mit Aussichten auf gute Jobs nach der Politik gelungen. Das war sein Meisterstück. Sein Ticket nach Afrika.

Er ging zum Schrank, nahm die Schokolade heraus und brach ein Stück ab. Heute Abend würde er in den Keller des Parlaments gehen und seine wöchentliche Sport-Ration absolvieren.

Er biss ab und betrachtete sich im großen Spiegel, der neben der Türe hing. Das frisch gebügelte Hemd, das ihm seine Assistentin vor einer Stunde gebracht hatte, spannte zwar ein wenig, aber er sah nicht wie ein Milchbauer aus. Er lächelte. Nein, er sah definitiv nicht wie ein Milchbauer aus und das hatte er einer Karriere zu verdanken, die ihn in Windeseile zuerst in den oberösterreichischen Landtag und dann ins Hohe Haus gebracht hatte. Er dachte an seine Zeit im Lagerhaus zurück. Dort hatte er seine ersten Kontakte zur ländlichen Bank geknüpft, nachdem er begriffen hatte, dass die politische Gesinnung seiner Großeltern ihm den Bürgermeister von vornherein verunmöglichen würde. In der Ortschaft bevorzugte man leider keinen Nachfolger bekannter Nazis für das höchste Amt der Gemeinde. Behutsam strich er sich über seinen Schmiss. Er war nie wirklich bereit gewesen, sein Blut für das deutsche Vaterland zu opfern, deswegen war er ganz froh gewesen, dass ihn die Klinge nur oberflächlich gestreift hatte.

Er lächelte. Der Weg in die Hauptstadt war für einen wie ihn ein weiter gewesen. Dass er das Studium wegen Geldmangel nicht hatte abschließen können, war der Stachel in seinem Fleisch. Diese Scham hatte sich mit jedem Erfolgserlebnis in noch mehr Fleiß und eine unerschütterliche Loyalität mit den Mächtigen verwandelt. Die Zeit spielte für ihn.

*

Um sich die Beine zu vertreten, gingen Clara und Aca die Berggasse hinauf.

»Sehe ich das richtig, dass wir die Fährte in die Ukraine fallen gelassen haben?«, erkundigte sich Aca.

»Ist dir langweilig?«

»Ich meine ja nur.«

»Sahra Schneider hat nichts mit der Ukraine zu tun. Nein, ich glaube, die Ukraine können wir ignorieren – obwohl da noch immer geschossen wird«, setzte Clara murmelnd hinzu. Sie waren vor dem Sigmund-Freud-Museum angekommen und betrachteten die Auslage.

»Ich sag nur einen Satz zur Wahl, okay?« Unterbrach Clara die Stille.

»Nur zu.«

»Ist sich Tatjana darüber im Klaren, dass es Menschen in der Politik gibt, die abtreibende Frauen für fünf Jahre hinter Gittern sehen wollen, und dass es ein großes Glück ist, dass sie glücklich verheiratet ist, einen Job hat und im Jahr 2016 in Österreich lebt?«

»Kein Kommentar.«

*

Sahra war gut gelaunt. Die kleine Demonstration im Stadtpark hatte sie belebt. Es waren immer Visionen gewesen, die einzelne Menschen veranlasst hatten, in die Politik zu gehen. Egal, ob große Würfe das Ergebnis gewesen waren oder Randthemen, die plötzlich in den Fokus der Aufmerksamkeit gerückt werden konnten. Der Wille zur Veränderung war eine Triebfeder, die einen auch die lästigen Rückschläge ertragen ließ. Sie sah sich im historischen Strom ihrer Vorgängerinnen, auf deren mutigen Schultern sie stand. Motiviert öffnete sie ein File und schrieb eine Presseaussendung zu den Bauflächen, die alleine neueröffnete Supermärkte im letzten Jahr in Österreich verschlungen hatten, schickte sie an die Pressesprecherin und bekam ein anerkennendes Okay. Wenige Augenblicke später war ihr Text über die APA abrufbar. Wer weiß, vielleicht meldete sich bald eine Zeitung, um das Thema in einem Interview zu vertiefen. Was schon länger nicht mehr der Fall gewesen war.

*

Er saß im Büro von Franz Haböck und wartete, dass dieser aus der Sitzung kam. Er wusste, dass es gefährlich war, sich hier blicken zu lassen, aber die Sache mit der Putzfrau musste aus der Welt. Sie hätte nicht sterben dürfen. Nervös griff er nach der Zeitung, als sich Schritte näherten. Ein Praktikant klopfte an die Türe, betrat nach seinem aufmunternden Nicken das Büro und legte Unterlagen auf den großen Schreibtisch.

»Geh, sei doch so gut, und bring mir ein paar Blatt Kopierpapier? Meine Hüften...«

»Natürlich.« Der Praktikant ging zum Drucker, nahm einen Stapel aus der Lade, brachte ihn und verließ den Raum. Dass der junge Mann ein Syrer war, der den Job nur bekommen hatte, weil sich die Gesundheitsministerin persönlich für ihn eingesetzt hatte, störte ihn nicht mehr. Jetzt hatte er seinen Fingerabdruck und alles war gut. Er stand auf, verließ das Büro, griff zum Handy und rief in der Schweiz an. Dass sich die Sache mittlerweile über vier Parteien erstreckte, beunruhigte seinen Chef. Doch das würde bald geklärt sein. Nach drei Mal Läuten nahm sein Vorgesetzter ab. Sie waren wieder im Spiel.

*

Als Sahra am nächsten Morgen ihre Wohnungstüre öffnete, um die Tageszeitung vom Fußabstreifer aufzuheben, baumelte ein blutiger Brief vom Türstock. Sie warf die Türe zu und rief nach Ercan, der nackt aus dem Bad kam und sie fragend ansah.

»Zieh dir etwas an«, war das Einzige, das Sahra hervorbrachte, während sie zur Türe deutete. Ercan lief ins Schlafzimmer, kam in seinem grünen Bademantel zurück und drückte die Klinke hinunter. Dann blieb er einen Augenblick stehen, nahm den Brief mit spitzen Fingern herunter, schaute sich kurz im Stiegenhaus um, schloss ab und schob den Riegel vor. Dann lief er an der zitternden Sahra vorbei ins Wohnzimmer, legte den Brief auf den Tisch, aktivierte sein Handy und rief die Polizei. Energisch drehte er sich zu Sahra um: »Pack deine Sachen!«

»Was?«

»Pack deine Sachen, verdammt, sie wissen, wo wir wohnen!« Sahra rührte sich nicht von der Stelle und sah ihrem Mann zu, der die großen Koffer aus dem Kasten zog und anfing, ihre Wäsche hineinzuwerfen. Sie ließ sich am Türstock entlang auf den Boden gleiten, lehnte sich an das weiß lackierte Holz und beschloss, aus der Politik auszusteigen. Das hier war es nicht wert. Ercan war inzwischen im Badezimmer und warf ihre Toilettesachen wahllos in einen Stoffsack.

Hör auf, Sahra. Ja, genau das wollten die Schlächter. Sie wollten, dass sie aufhörte, ihren Schweif einzog, den Mund hielt und so tat, als hätte es die Abgeordnete Schneider nie gegeben. Sahra stand auf.

»Wir bleiben.«

»Was?«

»Wir bleiben. Finden tun sie uns doch überall.« Ercan kam näher, nahm ihr Gesicht zwischen seine Hände, sah sie lange nachdenklich an und nickte. Es war vielleicht wirklich nicht der richtige Zeitpunkt, eine so weitreichende Entscheidung zu treffen.

*

Der Friseursalon war in Claras Häuserblock und sperrte bereits um sieben Uhr in der Früh auf. Er war vor einem halben Jahr von Syrern übernommen worden. Seither gingen keine Türken mehr ein und aus, die Musik und der Morgenkaffee waren aber ähnlich geblieben. Clara wartete schläfrig vor dem Spiegel und schickte Friedrich Becker eine Freundschaftsanfrage. Man musste den Feind in seiner Nähe halten.

Hinter ihr tauchte eine junge Frau auf, deren dunkelblaues Kopftuch den zartblauen Lidstrich ihrer großen Augen betonte. Sie begrüßten sich und Clara zeigte ihr, was an ihrem langen Haar zu ändern war. Die Friseurin nickte und meinte mit freundlicher Stimme: »Ich nicht Deutsch.« Sie drehte sich zum Hinterzimmer, in dem einige Menschen schreibend um einen Tisch saßen, und winkte einen jungen Mann zu sich, der Clara fragend ansah, als ihr Handy läutete: »Ja?«

»Friedrich ist ein Arschloch.«

»Und warum weißt du das erst jetzt?«

»Weil ich ihn gestern Nacht getroffen hab. Er twitterte, wo er auf seinen ersten Drink wartete.«

»Und?«

»Wohlhabendes Anwaltssöhnchen. Fesch. Gut gebildet. Wird die Kanzlei des Vaters übernehmen, der sich auf große Versicherungsfälle spezialisiert.«

»Durchaus sympathisch.«

»Nicht, wenn du seine Klientenliste kennst.«

Clara blickte in die Gesichter der zwei Wartenden und bat Aca um einen Moment.

»Sohn. Englisch.« Clara wiederholte ihre Wünsche auf Englisch, sah das ratlose Gesicht ihres blutjungen Gegenübers und fragte sich, ob es wirklich so eine gute Idee war, in einem Friseursalon zu sitzen, wo man sie so gar nicht verstand.

»Friedrich ist schwul und weiß es nicht.«

»Und warum weißt du es?«

»Sein Blick.« Clara kicherte und sah, wie die Syrerin noch einmal ins Hinterzimmer winkte. Eine ältere, groß gebaute Frau erhob sich, gab kurze Anweisungen und näherte sich mit energischen Schritten: »Shirin macht Fortschritte, aber...«

»Stirnfransen!«, sagte die junge Frau und strahlte übers ganze Gesicht.

»Nein! Ich will keine Stirnfransen!«, machte Clara deutlich und hielt sich ein Ohr zu, als Aca weitersprach: »Er kann es nicht gewesen sein.«

Die große Frau beruhigte Clara: »Schon gut, das ist nur das erste Wort, das Shirin lernte.« Clara atmete erleichtert aus: »Sind Sie ihre Lehrerin?«

»Ja. Ich gebe hier täglich Unterricht.« Clara nickte der Frau zu.

Menschen wie sie hielten die Republik zusammen: »Und warum kann es Friedrich nicht gewesen sein?«

»Weil er in der Mordnacht in Frankreich war.« Clara nickte und blickte in den Spiegel. Zwei der Gespiegelten konnten von einem solchen Trip nur träumen: »Augenblick, Aca. Seit wann ist Shirin hier?«

»Seit einem Monat. Ihre Tochter hat es nicht über die türkische Grenze geschafft und ihre Eltern sind noch in Aleppo.« Clara dachte an Sahra, die in den letzten Monaten immer wieder in Flüchtlingslagern der Türkei gewesen war, und beschloss, Shirins Händen zu vertrauen: »Und du denkst, dass das reicht, um Friedrich von der Liste zu streichen?«

»Ja. Er ist noch zu sehr mit sich selbst beschäftigt, um verdeckt zu agieren.«

Nachdem geklärt war, was Clara wollte, griff die Friseurin in ihre Haare und verpackte mit kundigen Händen Strähne um Strähne in Alufolie, während Clara auf dem Handy recherchierte und bald bei Sahras Facebook-Postings im Frühling angekommen war. Da fand sie Bilder, die die Politikerin nicht am Podium oder bei einem Arbeitstreffen zeigten, sondern in den Alpen.

»Politik ist auch entspannend.« Hatte sie unter ein Foto gepostet, das sie in Jeans und warmer Jacke zeigte, mit Pferdeschwanz und einem Rucksack. Clara likte den Beitrag, um ihn wiederzufinden. Shirin bat sie zum Haarewaschen und sie steckte ihr Handy seufzend in ihre Tasche, setzte sich und schloss die Augen. Als die junge Frau ihre Haare im warmen Wasser wusch und ihre Kopfhaut so sanft massierte, dass Clara fast einschlief, läutete es erneut.

*

»Sie müssen Frau Schneider davon überzeugen, dass der Personenschutz verstärkt werden muss!« Herr Kowalski saß Clara gegenüber und sah sie ernst an.

»Ja, das ist mir klar. Sie weigert sich aber.«

»Und warum?«

»Sie meint, dass sie damit Schwäche zeigt, was ihren Gegner nur stärken würde.«

»Und wer ist das, ihr Gegner?«

»Das wissen wir noch nicht.«

»Sie arbeiten ja auch erst seit zwei Wochen an dem Fall, Frau Coban!«

»Seit dreizehn Tagen.«

»Richtig. Seit dreizehn Tagen und wir haben noch nicht den geringsten Hinweis!«

»Herr Petrovic und ich verfolgen alle Fährten und könnten schneller arbeiten, wenn wir mehr Personal hätten.«

»Jetzt ist es also meine Schuld, oder wie?« Clara blickte zu Boden. Solange Frau Weinzierl in Holland war, machte es keinen Sinn, sich um die internen Strukturen zu kümmern.

»Heute Nachmittag ist wieder eine Pressekonferenz. Irgendwer hat Wind davon bekommen, dass Frau Schneider heute ihren dritten Drohbrief erhalten hat, auf dem ihr eigenes Blut klebt!« Clara blickte auf. Dass das öffentlich war, war definitiv eine schlechte

Nachricht. Jetzt hatte Frau Schneider auch noch die Presse am Hals und der Verfasser des Briefes sein erstes großes Erfolgserlebnis, Verstärkung des Personenschutzes hin oder her.

»Haben Sie überhaupt eine Ahnung, wie schlecht Herr Berger in der Öffentlichkeit dasteht, wenn wir bis heute Nachmittag nicht zumindest eine heiße Spur vorweisen können?«

»Wir haben mindestens sechs heiße Spuren.«

»Wollen Sie mich verarschen?« Herr Kowalski schlug mit seiner Faust auf den Schreibtisch: »Ich will eine heiße Spur bis zur Pressekonferenz. Deadline: Fünfzehn Uhr! Eine einzige, verdammte, heiße Spur!«

*

Aca und Clara glichen ihre Daten ab und sahen einander an. Sie wussten nichts. Da die Stimmung in der Berggasse zum Schneiden war, hatten sich ins *Café Landtmann* gesetzt. Herr Berger konnte sich alleine ohnehin besser auf die Pressekonferenz konzentrieren und vor Frau Moser die passende Einleitung üben.

»Schöne Frisur.«

»Danke, Aca. Anständige Haare können am politischen Parkett nicht schaden.« Sie stach in den Apfelstrudel, der hier ein Vermögen kostete.

Aca dachte laut nach: »Also noch einmal von vorne. Thomas Singer von den Identitären will das politische Aus von Sahra Schneider und könnte der Handlanger eines Parlamentariers sein. Vielleicht von Frau Ritter?«

»Ja. Gehst du zu ihr?«

»Mit größtem Vergnügen.«

»Sahra Schneider weigert sich weiterhin, sich mit dem Grossman zu treffen, obwohl ich denke, dass er wichtig ist.« Clara fuhr fort: »Außerdem bin ich auf ihrer Facebook-Seite auf eine Aktivistin aufmerksam geworden, die anscheinend viele Frauen kennt, die in Österreich nach den Geburten ihrer Kinder wieder ordentlich zugenäht worden sind. Ich hab sie sofort kontaktiert. Sobald ich nach konkreten Namen frage, weicht sie aus. Aus Rücksichtnahme auf ihre Freundinnen, wie sie sagt.«

»Ich vermute da eher Angst vor der mächtigen islamistischen Lobby. Um wie viele Ärzte kann es sich handeln?«

»Keine Ahnung.«

»Und in welchen Bundesländern?«

»Ernsthaft jetzt?« Clara kümmerte sich wieder um ihren Apfelstrudel und zog die Decke enger um sich. Die frühe Nachmittagssonne wärmte zwar, aber über den Ring fegte ein kühler Wind. Es war sicher einer der letzten Tage, an denen sie im Freien sitzen konnten. Da läutete ihr Handy: »Susanne?«

»Hör zu. Auf dem dritten Drohbrief war nicht nur Frau Schneiders Blut, sondern auch ein Fingerabdruck.«

»Ein was?« Clara richtete sich kerzengerade auf und stieß an den Tisch. Ihre Melange schwappte über, dabei hatte sie über 5€ gekostet.

»Ein Fingerabdruck. Wunderschön platziert.«

»Und von wem ist er?«

»Das werden wir bald wissen. Ich bin auf dem Weg ins Parlament.«

»Ist es möglich, dass wir bis fünfzehn Uhr wissen, von wem der Fingerabdruck stammt?« Aca sah sie begeistert an.

»Ist das wichtig?«

»Das ist verdammt wichtig, Susanne, hier geht es um meinen Kopf.«

»Verstanden.«

»Und tschüss.«

Clara lehnte sich nach hinten und hielt ihr Gesicht in die Sonne: »Wir haben ihn bald.«

»Ha! Willst du anstoßen?«

»Noch nicht.« Clara zwinkerte ihm zu. Dann verkroch sie sich in ihr Handy, in dem die neue Abschiebungswelle inklusive Familientrennung diskutiert wurde, die laut Schengen-Vertrag gesetzeskonform war.

*

Mike freute sich über die eingeschobene Sondersitzung. Die politische Dringlichkeit hatte nichts mit seinen Kerngebieten zu tun, also hatte er sich im Vorfeld nur von seinem Referenten über die Parteilinie informieren lassen. Der junge Mann stand jetzt in der letzten Reihe und behielt die Übersicht über die Debatte.

Er liebte den Nationalratssaal wie nichts auf der Welt. Dabei war es nie sein Plan gewesen, in die Politik zu gehen. Das alles hatte er Marc Theissl zu verdanken und er würde ihn nicht enttäuschen. Er drehte sich nach hinten und sah Sahra Schneider, die links hinter ihm saß, mit ihrer Nachbarin sprach und ihn, wie üblich, ignorierte. Mike schaute wieder nach vorne, legte seinen Kugelschreiber in die dafür vorgesehene Vertiefung im schmalen Tischchen, das der sanft geschwungenen Linie aller Tische folgte. Mike seufzte. Die Tische, die sie nach der Renovierung bekommen würden und deren Modelle bereits im Haus ausgestellt waren, konnten mit den historischen Schreibbänken nicht mithalten. Sie würden zwar größer sein, aber von unbedeutender Oberfläche. Auf die Stühle freute er sich aber. Und wie! Auf einer Schiene würde man sie nach vorne und hinten bewegen können. Sie waren groß, hatten bequeme Rücklehnen und waren frei von enervierendem Eigenleben.

Seine Oberschenkel begannen sich bereits wieder zu verkrampfen. Er öffnete seine schmale Schublade, nahm die Tagesordnung heraus und überflog sie noch einmal, markierte mit einem Leuchtstift die offenen Abstimmungen, nahm einen Kaugummi heraus und schloss sie wieder.

Seine Fraktion trudelte ein. Bald würde der Saal voll sein und das hatte Seltenheitswert. Er fühlte sich wohl hier vorne. Alle, die hinter ihm saßen und zum Rednerpult blickten, hatten ihn im Blickfeld. Er wusste, dass die Hinterbänkler ihre Messer gegen ihn wetzten, aber das sah er entspannt. Die Zeit hatten sie nämlich nicht mehr. Plan A war bald Geschichte und das war von Anfang an so gewollt. Was in diesem Saal nur er wusste. Aber Wissen war Macht und Macht war Kontrolle.

Er hörte Sahra Schneider lachen. Als ob sie etwas zu lachen hätte. Sie schien sich ihrer Sache zu sicher, schlimmer noch, sie hatte keine Ahnung, und das war ein Problem. Mike hätte schon weiter sein können, viel weiter. Schließlich ging es um alles. Dass ihm Franz die Sache mit dem geklauten Vertrag gesteckt hatte, war reines Glück gewesen. Und was machte die dumme Kuh? Brandmarkte ihn als sexistischen Stalker.

Er ging auf Twitter und überflog die große Zustimmung, die ihm auch heute das Leben erleichterte. Es war so einfach, Öl ins Feuer zu gießen.

Ein Teil der Regierungsmitglieder trudelte ein. Mike schaute nach oben, wo sich Schulklassen auf der Galerie niedergelassen hatten, und dann nach links, wo Franz gerade seinen Platz einnahm. Dann kontrollierte Mike sein Smartphone, stellte fest, dass er es bereits stumm geschaltet hatte, und blickte nach vorne, wo, eingerahmt von Walnussholz und Carrara-Marmor, die Sondersitzung begann.

*

Clara stand im geschwungenen Gang hinter dem Saal des Nationalrates und beobachtete die Menschen.

Der graugrüne Spannteppich dämpfte alle Geräusche. Es roch nach Papier und zu vielen Menschen. Frischluft war anders. Eine Türe öffnete sich in der ebenso geschwungenen Holzwand und Clara sah in ein winziges Zimmer, in dem ein kleines Sofa und ein Tischchen standen. Sie trat neugierig näher, ging hinein und betrachtete die große Schwarzweiß-Fotografie an der Wand, die eine Sitzung aus den Zeiten der Monarchie darstellen musste. Es waren unzählige Abgeordnete abgebildet, viele davon mit Zylinder. Etwas war seltsam. Clara brauchte ein wenig, ehe sie wusste, was es war. Auf dem Foto war keine einzige Frau. Sie ging wieder hinaus auf den Gang und schaute in den Sitzungssaal, der heute ein anderes

Bild bot. Wenn auch nicht übertrieben anders. Hier wurden also die Gesetze beschlossen, die sie am Kommissariat verteidigte. Und hier saß wahrscheinlich jemand, dessen Fingerabdrücke ihn gleich verraten würden.

*

Es schien wieder eine endlose Angelegenheit zu werden. Mike hörte kaum zu. Wozu auch? Die Medien berichteten so erstaunlich oberflächlich über die einander widersprechenden Standpunkte, dass es nicht darauf ankam. Das Fehlen politischer Bildung begünstigte den Boulevard, der die Kämpfe um Vorrang und Sichtbarkeit, um Logik und Weitblick mitunter auf ihren Unterhaltungswert reduzierte.

Endlich war Franz Haböck an der Reihe. Er lief die Treppe zum Rednerpult hinunter, grüßte das Präsidium und die anwesenden drei Minister und blätterte in seinen Unterlagen. Mike lockerte seine Beine. Er wusste, dass Franz kein begabter Redner war. Er hatte es einfach nur erstaunlich weit geschafft. Wahrscheinlich, weil er so aalglatt war, dass man ihn schon vergessen hatte, bevor er den Raum verließ. Wie Mike es hasste, auf ihn angewiesen zu sein!

*

In dem Augenblick stürmte die Polizeieinheit das Parlament durch den Hintereingang, lief an dem erschrockenen Pförtner vorbei und durch die Gänge bis vor das Büro, in dem sich der Kanzler aufhielt, wenn er im Haus war. Herr Kowalski öffnete eigenhändig und ohne Vorwarnung die Türe und nahm den jungen Syrer fest, der gerade am Kopierer stand. Er legte ihm straff die Handschellen an, grüßte den Kanzler, der sie mit offenem Mund beobachtete, und schob den Gefangenen auf den Gang hinaus. Was erledigt war, war erledigt. Jetzt musste er es nur noch pünktlich vor die Kameras schaffen.

*

»...und wie Sie alle wissen, gehen wir mit Dingen oft schlampig um, die uns selbstverständlich zur Verfügung stehen.« Lachen im Saal. Das war bei Franz Haböck selten, der mit hölzerner Rhetorik, ohne gesetzte Pausen oder erkennbare Stimmmelodie, dafür aber mit auffälliger Steifheit seiner Gesten fortfuhr: »Deswegen sind wir uns darüber einig, dass es sinnvoll ist, den Katalog der Europäischen Union ernst zu nehmen, die bereits... die bereits seit über einem Jahr damit beschäftigt ist, unsere Grundversorgung neu zu denken.« Klatschen aus den eigenen Reihen.

»Ich setze mir zum persönlichen Ziel, die Wirtschaft neu zu denken, um endlich den Anforderungen des 21. Jahrhunderts gerecht zu werden, Anforderungen, die nicht zuletzt die Globalisierung an uns stellt, und ich bedanke mich schon jetzt für Ihre geschätzte Mitarbeit.« Dann bog Franz ab und kam auf die Mindestsicherung zu sprechen. Die meisten Abgeordneten verschwanden hinter ihren Handys und Laptops, denn die Position seiner Partei kannten alle auswendig.

Das war Franz egal. Die Diskussion, die er angestoßen hatte, würde, begleitet von einer kleinen Enquete, in einem Monat wieder aufgegriffen werden.

Gunda Ritter betrachtete Sahra Schneider, die das Rednerpult auf ihre Körpergröße herabließ. Dass sie keine Unterlagen mitgenommen hatte, deutete darauf hin, dass ihre Rede sülzig werden würde. Und da begann sie auch schon. Bezog sich auf den Haböck und warf ihm Heuchelei und Unbarmherzigkeit vor.

»Wo sind Ihre christlichen Werte, Herr Abgeordneter, wenn Sie den Allerärmsten die Mindestsicherung kürzen wollen?« Der Chef der Rechten leistete sich einen Zwischenruf, den Frau Ritter nur befürworten konnte. Zufrieden lehnte sie sich zurück und schickte ein SMS an ihre Tochter.

»Wie Sie alle wissen, kosten uns Steuerflüchtlinge fünfzig Mal mehr als Menschen, die vor Krieg und Terror flüchten! Fünfzig Mal mehr!« Jetzt fing sie wieder *damit* an.

»Wissen Sie, was mein erster Gedanke war, als ich vom Mord an unserer Anna Romanova erfuhr?« Frau Ritter ahnte schon, was jetzt kommen würde, aber Frau Schneider trug noch dicker auf: »Mein erster Gedanke galt ihrem Sohn. Einem Soldaten, der im Krieg gefallen war, statt zu fliehen. Und Sie«, jetzt deutete sie in die Richtung von Gunda Ritters Partei: »Sie wollen Menschen, denen es gelungen ist, Massakern zu entfliehen, bei uns das Leben schwer machen? Den Notstand ausrufen? Sie in Armut stürzen, statt ihnen faire Chancen zu geben?«

»Feige Pazifistin!«, rief jemand aus den hinteren Reihen. Frau Ritter lächelte, während sie noch auf den obligaten Satz mit den Menschenrechten wartete. Es passte zu gut ins verquere Weltbild der Sprecherin, dass sie Männer, die ihrem Land dienen sollten, aus ihrer Pflicht entließ. Das tat sie ja auch mit den Müttern. Sie war eine widerliche Person. Gunda Ritter rutschte unruhig auf ihrem Sessel hin und her. Die Proportionen von Sessel und Tisch waren definitiv für große, dicke Männer aus dem letzten Jahrhundert gedacht. Sie stand auf und verließ den Saal, um Nadja dem Unterrichtsminister vorzustellen. Dass der Vater der Praktikantin bei der Weltbank arbeitete, ebnete den Weg zu ihrer künftigen Kandidatur für das Europaparlament, das das Sprungbrett zur UNO sein würde. Was der jungen Frau fehlte, waren Kontakte und konkrete Projekte. Mit beidem konnte Gunda Ritter dienen.

Mike konnte nicht mehr. Er hatte die Wahl, seine Oberschenkel zu malträtieren oder seinen Hals zu verrenken, wenn er verhindern wollte, dass die Regierung ihn ausschließlich im Profil sah, was seine Position auf Dauer schwächen konnte. Der verdammte Drehstuhl mit seinem Rechtsdrall war eine Zumutung. Der ewige Anblick des Kollegen, der rechts von ihm saß und einen Schwachsinn nach dem anderen vertrat, detto. Die Taktik, sich mit den Händen am Tisch festzuhalten, hatte er schon vor langer Zeit aufgegeben, da er sich ja auch Notizen machen musste. Er hoffte immer öfter, dass ihm der Sessel unter seinem Hintern wegbrach.

Sahras Rede half ihm da auch nicht weiter. Seine Stricherl-Liste war bis jetzt mager geblieben. Es hatte zu wenig Sätze gegeben, die ihn überrascht hatten. Die Meinungen der Parteien waren in Stein gemeißelt, ganz egal, um welches Thema es ging. Mike wollte gerade aufstehen, um sich einen Kaffee zu holen, als die Sitzung unerwartet unterbrochen wurde. Man hatte den Täter in den Räumlichkeiten des Kanzlers gefasst und Österreich hatte seinen Skandal.

*

Kian hatte sich durch die Dunkelheit getastet und sein fiebriges Keuchen unterdrückt. In der Ferne hatte er vereinzelte Schüsse gehört, sonst war es still gewesen. Die Ausgangssperre lastete wie ein Hammer auf der Stadt. Die Sniper, wie giftige Insekten unter den Dächern, töteten alles, was sich bewegte. Kian hatte sich gefürchtet, vor jeder Hausecke, um die er gebogen war, und hatte gleichzeitig nicht schnell genug unterwegs sein können. Seine Kleidung war längst schweißdurchtränkt gewesen und klebte an seinem Körper. Er hatte gewusst, dass er eine Lungenentzündung riskierte. Die er nicht überleben würde. Vielleicht hatte man Aaliyah im Haus behalten, weil die Straße zu gefährlich war. Sicher hatte Arved sie bei sich behalten. Ob der Lehrer ihr etwas zu essen gegeben hatte? Die Vorräte seines Freundes waren vorgestern von dessen Schwester aufgefüllt worden, die am Land lebte. Kian hatte nicht nachgefragt, wie sie es nach Cizre geschafft hatte, und nur dankbar die Kartoffel angenommen. Aaliyah war sicher bei ihm, natürlich war sie bei ihm. Kian hatte vorsichtig um die nächste Häuserecke geschaut, sich geduckt, und war, so schnell er konnte, zur Bäckerei gelaufen.

*

Sahra stieg aus der Straßenbahn und genoss die neu gewonnene Einsamkeit. Es war wieder spät geworden, doch das störte sie nicht. In den Häusern brannte bereits vereinzelt Licht, aber noch war es lau. Sie dachte über den syrischen Praktikanten nach, der seit Weihnachten letzten Jahres im Parlament gearbeitet hatte. Er hatte rasend schnell Deutsch gelernt und von seinem Vater, einem Diplomaten, das notwendige Interesse für die Politik geerbt, das ihn stets mitdenken ließ. Dass er ein vorzeitig entdeckter Terrorist des sogenannten Islamischen Staates war, wie die Online-Schlagzeilen behaupteten, war entsetzlich, aber Sahra hatte längst aufgehört, sich zu wundern.

Sie griff zu ihrem Handy, um Ercan zu fragen, ob er schon die Ballettkarten für den morgigen Abend reserviert hatte. Kian würde Augen machen. Schönheit war genau das, was er jetzt brauchte. Und sie auch. In dem Moment, in dem sie ihren Fuß auf den Zebrastreifen setzte, sah sie im Augenwinkel das Auto, das auf sie zuraste. Direkt auf sie zuraste. Und beschleunigte. Sahra kämpfte gegen die Erstarrung, die ihre Beine umklammerte, und warf sich schreiend nach hinten. Das Auto schoss knapp an ihr vorbei und riss ihre Handtasche mit. Der zischende Luftzug schleuderte sie auf den Gehsteig, wo sie liegenblieb.

Sahra konnte nicht aufstehen. Sie hielt ihre zitternden Beine, öffnete langsam die Augen und sah die Einzelteile ihres Handys auf dem Asphalt.

*

Am nächsten Morgen sortierte Clara gerade ihre Unterlagen, als sich die Türe öffnete und Frau Moser eintrat.

»Frau Coban, kommen Sie doch bitte in das Büro von Herrn Kowalski.«

»Natürlich.«

Sie begegnete Aca im Vorraum und sie gingen die letzten Schritte gemeinsam. Dann setzten sie sich auf die Stühle, die Herr Kowalski vor seinem Schreibtisch bereitgestellt hatte. »Gute Arbeit.«

»Ja.« Entgegnete Clara kurz angebunden.

»Wir wussten nicht, wen wir uns da im letzten Herbst ins Land holten und das rächt sich jetzt.« Clara sah aus dem Fenster: »Was für einen Nutzen kann ein siebzehnjähriger Kriegsflüchtling aus Drohbriefen ziehen, die er einer Abgeordneten schickt, die immer auf seiner Seite war?«

»Lesen Sie keine Zeitungen, Frau Coban? Der Asylant war wahrscheinlich vom IS. Das wird gerade vom Innenministerium überprüft. Mit meiner Hilfe. Wir wissen alle, dass die Kurden von Anfang an die Einzigen waren, die den sogenannten Islamischen Staat erfolgreich bekämpften und Frau Schneiders Mann *ist* Kurde.« Clara zuckte mit den Schultern. Das sah die Boulevardpresse genauso und der Chef der Rechten zierte wieder jedes Titelblatt, auf das es ankam. Der junge Teflon-Abgeordnete der Konservativen übrigens auch, der es mit seiner aalglatten Rhetorik schaffte, die

Ungeheuerlichkeiten mild lächelnd zu überbieten.

»Erstens ist der junge Mann kein Asylant, sondern ein anerkannter Kriegsflüchtling, und außerdem denke ich nicht, dass der Fall geklärt ist.« Entgegnete sie bestimmt.

»Ach, Sie denken das nicht? Das ist ja interessant. Wir haben das Motiv, die Fingerabdrücke und der Asylant hatte Zugang zum Hohen Haus. Was wollen Sie noch?«

Aca legte seine Hand auf Claras Schulter und erhob sich.

»Da ist noch die Sache mit der Putzfrau.« Herr Kowalski sah ihn zornig an. Anna Romanova war nicht von einem schlaksigen Jugendlichen aufs Dach gelockt worden; und alle im Raum wussten, dass sie diese Information nicht an die Presse weitergeben würden. Der Fall war für die Öffentlichkeit beendet.

*

»Bist du völlig wahnsinnig?«, brüllte die Stimme aus dem Handy.

»Es tut mir leid. Die linke Zecke war zu schnell.«

»Du warst zu schnell, du Wichser!«

»Ich bitte dich…«

»Die Polizei hat doch längst einen Schuldigen eingesperrt.«

»Aber der hat doch nichts…«

»Ist doch egal! Wir waren aus der Schusslinie, haben Zeit gewonnen, und dann musst du das beschissene Auto…«

»Ich hab nur den Auftrag…«

»Wo bist du überhaupt? Was ist das für ein Lärm?«

»Rohrpostzentrale.«

»Wie bitte? Red lauter!«

»Ich bin im Keller vom Parlament. In der Rohrpostzentrale.«

»Ach, du Scheiße!«

»Nein, die sind praktisch. Brauchen maximal eine Minute, um…«

»Und tschüss!« Er ließ das Handy sinken und kniff seine Augen zusammen. Das durfte doch alles nicht wahr sein!

*

Conny Weber hatte sich am Klo eingesperrt und kämpfte mit den Tränen.

Es war ein Fehler gewesen, den Vertrag zu entwenden. Das musste sie wiedergutmachen. So rasch wie möglich. Oder eine ordentliche Story schreiben. Kontakte zu den Medien hatte sie schließlich auch. Der Vertrag konnte einen Flächenbrand verursachen. Die letzte Nacht hatte sie damit verbracht, die Stichworte von Sahras Recherche durchzuarbeiten, und sie verstand jetzt, dass das geplante Komplott die Regierung sprengen und die Konservativen nachhaltig pulverisieren konnte.

Conny stand auf und zog an der Spülung. Warum war Sahra mit der Sache nicht längst an die Öffentlichkeit gegangen? Es konnte noch Ewigkeiten dauern, ehe ihre Journalistenfreundin die Türkei verlassen durfte. Sahra war manchmal so entsetzlich stur und ungeschickt. Sie meinte, dass die Story auch die Aufmerksamkeit auf die inhaftierten türkischen Journalisten lenken könnte. Das würde die meisten Medien aber nicht interessieren. Die Abgeordnete wollte einfach zu viel und sie wollte alles auf einmal. Das machte sie zum Risiko. Conny wusch sich die Hände. Es war an der Zeit, selbst in den Ring zu steigen, um die Republik zu retten.

*

Sahras Assistentin klopfte an die schwere Türe, öffnete sie und ließ Clara hinein. Sahra sah von ihrem Schreibtisch auf, deutete auf ihren PC und zischte: »Identifiziere dieses Auto!«

»Welches Auto?« Clara wunderte sich über Sahras scharfen Ton. Die ungeschminkte Abgeordnete trug Jeans, Sweater und sah ungewöhnlich dynamisch aus.

»Das Auto, das mich gestern überfahren wollte.« Clara ließ sich in den Stuhl fallen: »Wie bitte?«

»Das Auto. Gestern Abend. Vor meiner Wohnung.« Clara beugte sich vor: »Bist du verletzt?«

»Nein. Ich... es ist... nur ein kleiner Schock.«

»Warum hast du mich nicht angerufen?«

»Weil mein Handy zerstört ist und ich keine Nerven mehr hatte, als ich endlich in meiner Wohnung war.«

»Aber da hätte doch Ercan...«

»Ich hab ihm nichts erzählt.«

»Warum nicht?« Clara betrachtete sie und erschrak ein wenig vor der Härte in ihrem Gesicht.

»Weil er mit Kian genug zu tun hat.«

»Wer oder was ist Kian?«

»Kian ist sein Bruder. Er kam vor zwei Tagen zu uns. Seine kurdische Frau und seine Tochter wurden von den Türken erschossen, seine kleinen Söhne sind bei Verwandten, bis er in Wien Arbeit gefunden hat.« Clara wollte am liebsten nach Sahras Hand greifen. Das war ja alles nicht auszuhalten. Sie bemühte sich stattdessen um einen möglichst sanften Ton:

»Kann es kein Raser gewesen sein? Ein Betrunkener? Einfach Pech?«

»Völlig ausgeschlossen. Das Auto fuhr mit hohem Tempo auf der rechten Fahrspur und steuerte mich auf den letzten Metern gezielt an.«

»Das Auto hat den Kurs geändert und dich direkt anvisiert?«

»Ja. Und dabei das Tempo erhöht. Identifiziere das Auto!« Sie drehte den Bildschirm zu Clara. Man sah ein leicht verwischtes, hellgrünes Auto auf dunklem Hintergrund. Das Nummernschild war verschwommen, doch das würde die Bildtechnik wahrscheinlich hinkriegen.

»Wer hat das Foto gemacht?«

»Ein Jugendlicher, der in meinem Haus wohnt.« Sahra stand wütend auf und ging zum Fenster. Clara betrachtete sie von hinten. Sie mussten den Anschlag unter Ausschluss der Öffentlichkeit bearbeiten, so viel stand fest.

»Darf ich mich an deinen PC setzen?«

»Natürlich.«

Clara klickte das Foto an, zog es auf den Desktop, öffnete ihr Mailprogramm, schickte es an Aca und rief ihn an.

*

In der Bibliothek war niemand außer ihm und das war gut so. Er stützte den Kopf in seine Hände und dachte nach. Franz war wieder kurz davor, alles zu vermasseln, also musste das Tempo beschleunigt werden. Wie er es hasste, ständig hinter ihm herzuräumen! Franz hatte kein Gespür mehr für das richtige Timing, kein Gespür mehr für Diskretion und kein Talent mehr, seine Pläne umzusetzen. Ungeduldig richtete er sich auf und verschränkte die Arme vor seiner Brust. Was in den Grossmann gefahren war, verstand er auch nicht. Warum nahm er unentwegt Kontakt zur Schneider auf? So viel er auch darüber nachdachte, es fiel ihm keine Möglichkeit ein, das herauszufinden. Franz konnte ihm dabei nicht helfen, der war mit seiner eigenen Agenda überfordert. Also würde er ihm auch nichts davon sagen. Politiker waren zart besaitete Seelen. Ein Temperaturwechsel und schon waren sie verstimmt. Was sich an der Schneider wunderschön beobachten ließ. Die war bald fällig. Das hatte er der Alten nicht zugetraut. Trotz ihrer mittelalterlichen Ansichten legte sie einen Elan an den Tag, den er aus der Wirtschaft gewohnt war. Er nahm sein Handy, wählte und wartete nicht lange auf die vertraute Stimme mit dem italienischen Akzent: »Ist die Leitung sicher?«

»Natürlich, Herr Ricci.«

»Gut. Wie weit sind Sie in Wien?«

»Es ist alles eingefädelt. In der nächsten Plenarsitzung wird unser Antrag eingereicht.«

»Sie wissen, wie wichtig die einheitlichen Regeln für die Vergabe der Konzessionen sind, nicht wahr?« Der Lobbyist klang beunruhigt.

»Natürlich. Wir fokussieren alles wie besprochen auf die Chancengleichheit beim Wettbewerb der Unternehmen.«

»Das ist klug. Aber passen Sie auf, das lief vor drei Jahren schief bei mir.« Brummte der 65-Jährige unwirsch.

»Vergeben und vergessen. Wie läuft es bei Ihnen?«

»Sehr gut. Europa ist in einer derart desolaten Verfassung, dass unser Vorhaben heute wahrscheinlich niemanden mehr jucken wird.«

»Ja, das denk ich auch.« Er erhob sich und ging an den Regalen vorbei, die das politische Gedächtnis der Republik speicherten. Jedes einzelne Wort, das im Plenum gesprochen worden war, befand sich in den verstaubten Buchrücken. Als ob das Hohe Haus noch Bedeutung hätte. Er warf einen Blick auf seinen Laptop, der ihm alle Informationen zu Füßen legte. Mailverkehr, Handyortung, elektronische Terminkalender. Das Wesentliche eben.

»Sind die Firmen immer noch auf Schiene?«

»Selbstverständlich. Die Aussicht auf den 12-Stunden-Tag zieht. Wie geht's in London?«

»Mühsam. Der Brexit kam etwas zu früh.«

»Stimmt. Können wir nicht mehr ändern. Ah, und die Rede für den Umweltminister ist uns, denk ich, gelungen.«

»Und?«

»Er wird sie annehmen. Er hat so viel mit CETA zu tun…«

Der Italiener lachte: »Jaja, das ewige Gezeter um CETA! Wie sehen das eure Rechten?«

»Offiziell oder inoffiziell?«

Der Lobbyist lachte: »Denken Sie an die Rendite.«

*

Clara ging zu Fuß in die Berggasse und sah überall Kinderwägen. Sie schob den Gedanken beiseite, doch die Menschen, die ihr entgegenkamen, machten sie noch nachdenklicher. Wie viele, die einander friedlich auf der Straße begegneten, waren im Netz erbitterte Feinde?

Sie bog vom Ring ab und dachte an Sahra. Was für ein Glück, dass ihr nicht mehr passiert war. Trotz des Anschlages hatte sie heute wieder stark gewirkt. Die Energie, die sie gerade eben gezeigt hatte, war beeindruckend. Der Tod hatte sie wortwörtlich gestreift, doch sie schien lebendiger denn je.

Clara blieb stehen, legte ihren Kopf zurück und betrachtete all die Fenster, hinter denen Menschen lebten, die sich liebten, stritten oder einander egal waren. Warum gelang ihr selbst das nicht? Warum war sie noch immer wie gelähmt? Weil es nicht ihr eigener Tod gewesen war, dem sie zugesehen hatte? Weil nichts mehr zu retten gewesen war? Sie ging weiter und schüttelte die Erinnerungen ab. Es musste auch mal Schluss sein. Sie musste sich mit dem Tod versöhnen. Clara schloss ihre Jacke und begann zu laufen.

*

»Bin ich froh, dass ich in keiner Partei arbeite.« Aca stellte die zwei Kaffeetassen ab und rührte Zucker in die seine.

Clara wischte sich eine verschwitzte Strähne aus dem Gesicht: »Ach ja? Und was ist mit Geld, Einfluss, Prestige...«

»Die Linken streiten sich derzeit darüber, ob der Mordversuch an Frau Schneider der Presse gemeldet werden soll oder nicht.«

»Die wissen Bescheid?«

»Unter dem Ausschluss der Öffentlichkeit.«

»Na, wenn das mal gut geht...«

»Genau. Ist leider Gesprächsthema Nummer eins im Klub.«

»Schön, dass Sahra für gute Unterhaltung sorgt. Und warum streiten sie sich, verdammt noch mal?«

Aca beugte sich vor und senkte seine Stimme: »Gruppe A meint, dass die Bekanntgabe des Anschlages die Rechten stärkt, da das Kurdenproblem ihnen in die Hände spielt. Gruppe B behauptet, dass der öffentliche Diskurs helfen kann, zu zeigen, wohin sich das Land entwickelt, wenn die Radikalisierung des Dialogs zunimmt. Gruppe A erwidert darauf, dass die Spaltung im Land durch die Enttabuisierung von Gewalt an Politikern nur noch größer wird, Gruppe B pocht auf das Bürgerrecht der Information in Zeiten von Gerüchten und Stimmungsmache. Außerdem will sie die positiven Aspekte der Polizeiarbeit als Garant für Sicherheit und Ordnung betonen, was für die Linken ein wirklich spannendes Statement ist, während Gruppe A der Überzeugung ist, dass Schlagzeilen die Polizeiarbeit erschweren werden, da Nachahmungstäter den noch nötigen Kick bekommen könnten. Außerdem warnt sie vor einem noch größeren Rechtsruck, wenn die Terrorgefahr auch in Österreich...«

»Aca.«

»Ich bin noch nicht fertig.«

»Es ist besser, wenn wir in Ruhe ermitteln können.«

»Das sieht wiederum Herr Berger anders, dem die Pressekonferenzen fehlen.«

Clara rollte mit den Augen: »Und der Syrer?«

»Was soll mit dem Syrer sein? Er sitzt in Untersuchungshaft.«

»Denkst du, dass er mit dem Autofahrer unter einer Decke steckt?«

»Keine Ahnung. Denkbar wäre es.« Aca stand seufzend auf: »Aber etwas in mir sträubt sich, das zu glauben.«

»Geht mir genauso.«

»Sind wir verblendete Gutmenschen?«

Clara lächelte ihn an: »Das wäre, was dich anbelangt, ja mal eine gute Nachricht.«

»Ich hab mir die Mitschnitte der Verhöre angehört. Meiner Meinung nach weiß er nicht einmal wirklich, wer Sahra Schneider ist. Und die Nähe zum IS scheint mir an den Haaren herbeigezogen.«

»Warum?«

»Weil Daesch-Schergen seine Großeltern köpften.«

»Hast du das dem Kowalski gesagt?«

»Ja. Ist ihm aber eher egal.«

»Der Kowalski ist ein Idiot.«

*

Ercan und Kian schnauften. Die anhaltende Steigung des schmalen Pfades trieb ihnen den Schweiß auf die Stirn. Ercan war froh, seinen Bruder endlich bei sich zu haben, wenn auch um ein halbes Jahr zu spät. Sahra und er hatten ein größeres Sofa ins Wohnzimmer gestellt, einen Teil ihres Kleiderschrankes geleert und Bildbände von Österreich gekauft, um ihn abzulenken. Sie hatten alle Familienfotos an den Wänden durch Kunstdrucke ersetzt und ihn mit üppigen Blumensträußen und seinem Lieblingsessen empfangen. Doch die Trauer, die er in ihre Wohnung trug, hatte sich sofort festgesetzt. Während sich Ercan viel Zeit nahm, um seinen Bruder aufzufangen, beobachtete er besorgt, dass sich Sahra noch tiefer in ihre Arbeit stürzte. Er dachte an den vergangenen Winter zurück, der seinem Bruder zum Verhängnis geworden war, und schämte sich ein wenig dafür, dass man in Österreich kaum Notiz von der Planierung ganzer Stadtteile in der Osttürkei genommen hatte. Die Spuren der Bürgerkriegsgräuel waren so einfach zu tilgen.

»Willst du eine Pause machen?« Kian schüttelte den Kopf. Die körperliche Anstrengung war das Beste, das er seit einem Jahr erlebte. In der letzten Stunde hatte er weder an Aaliyah noch an seine Frau denken müssen, und berauschte sich an der Schönheit der Alpen. Er legte seinen Arm kurz um Ercans Schulter, sah in die Wolken, die majestätisch über den Gipfeln der Berge ruhten, und bemühte sich, in ihnen nicht die Silhouette seiner Tochter zu sehen.

Er machte sich los und ging schnell weiter, denn jetzt wollte er ihr lebloses Körperchen vergessen, wollte nur gehen, keuchen, schwitzen und nie ankommen.

*

Clara lauschte dem Klingeln. Nach einem leisen Knacken hörte sie seine Stimme: »Grossmann.«

»Coban, ich muss Sie sehen.«

»Ich dachte, der Fall sei endlich aufgeklärt, ich...«

»Wo sind Sie?«

»Auf dem Weg zum Parlament. Wir haben...«

»Dann treffe ich Sie dort.«

»Aber ich muss...«

»Sofort. In Ihrem Büro.« Sie legte auf. Also los.

*

Mike Grossmann hatte ihr gegenüber Platz genommen und rührte Zucker in seinen Kaffee. Er sah auf seine Armbanduhr und lächelte Clara dann verbindlich an: »Worum geht es, Frau Kommissarin?«

»Welches Auto fahren Sie?«

»Einen hellgrünen Bentley.«

»Mit diesem Kennzeichen?« Mike Grossmann beugte sich vor und nahm den Farbausdruck. Dann blickte er fragend auf: »Ja. Warum?«

»Wo waren Sie gestern um 22 Uhr? Und erzählen Sie mir nicht, dass Sie sich wieder in der Therme entspannt haben.«

»Hab ich auch nicht. Ich saß vor den Kameras von *Puls4*. Sie können die Sendung gerne im Netz nachsehen, falls Sie sie versäumten.«

»Und wo stand Ihr Auto inzwischen?«

»Sie werden es nicht glauben, aber der Fernsehsender hat einen Parkplatz.« Clara ignorierte seinen Tonfall, der wahrscheinlich dem geplatzten Termin geschuldet war, und machte sich Notizen: »Von wann bis wann ging die Sendung?«

Mike Grossmann dachte kurz nach: »Ich war so gegen 21:30 Uhr in der Maske, begonnen haben wir knapp nach zehn, nach ca. 50 Minuten war die Diskussion vorbei, dann haben wir noch lange Backstage geplaudert...«

»Sie waren also von 21:30 Uhr bis kurz vor Mitternacht im Studio?«

Ein junger Mann kam herein, öffnete die durchsichtige Kapsel, die er in seinen Händen hielt, und legte Zeitschriften auf den Schreibtisch. Dann schnappte er sich eine dicke Mappe und schloss die Türe hinter sich. Clara wiederholte die Frage: »Sie waren also zum genannten Zeitraum im Studio?«

»Ganz genau. Kann ich jetzt gehen?« Clara ignorierte ihn, nahm ihr Handy heraus, rief Aca an und bat ihn, das Gesagte zu überprüfen. Dann trank sie noch einen Schluck Kaffee und überflog ihre Notizen.

»Warum interessieren Sie sich eigentlich für mein Auto?«

»Es gab gestern einen Mordversuch.«

»Mit meinem Auto?«

»Es wurde fotografiert.« Sie blickte in Mikes Augen, in denen unverhohlener Schrecken stand: »Wer?«

»Wer was?«

»Wem galt der Mordversuch?« Claras Handy läutete: »Ja?«

»Es stimmt. Herr Grossmann saß gestern Abend bei *Puls4* und redete über die Mindestsicherung. Er meinte...«

»Lass gut sein, Aca.«

»Die Kameras der Parkgarage des Media Quarters werden gerade untersucht.«

»Sehr gut. Wie lange wird das dauern?«

»Kann ich schlecht sagen. Das Überwachungsteam weiß, dass das oberste Priorität hat.«

»Ruf mich an.« Sie legte auf. Mike Grossmann war inzwischen aufgestanden und ans Fenster getreten: »Sahra Schneider?«

»Woher wissen Sie das?« Er drehte sich zu ihr um und lächelte bedrückt: »Nur so ein Gedanke.«

»Was wollen Sie von ihr?« Clara war jetzt auch aufgestanden, näherte sich ihm und wiederholte leise ihre Frage: »Was wollen Sie von ihr?«

»Die Exekutive muss manchmal unter Ausschluss der Öffentlichkeit arbeiten, oder?« Er trat einen Schritt näher. Clara blieb stehen: »Ja, natürlich.«

»In der Politik ist Diskretion die halbe Miete.«

»Es geht um einen Mordversuch, Herr Abgeordneter.« Er seufzte und wandte sich ab: »Erst will ich, dass Sie die Sache mit meinem Auto klären.«

»Wen haben Sie beauftragt, Herr Grossmann?«

»Was?« Die Reaktion des Politikers war ungewohnt heftig. Clara gewann an Boden: »Wen haben Sie beauftragt?« Sie wusste, dass er sie hinauswerfen wollte, und sie wusste, dass er es nicht wagen würde. Ihre Blicke krallten sich ineinander fest.

»Sie haben ja keine Ahnung.«

»Ach ja? Dann erklären Sie es mir.« Claras Handy läutete wieder.

»Ein Mann mittlerer Größe mit Vollbart und einer ins Gesicht gezogenen Schirmmütze hat das Auto um 21:46 Uhr aufgesperrt, ist weggefahren, und hat es um 23:07 Uhr wieder an seinen Platz zurückgestellt.«

»Und wer ist der Mann mit der Mütze nochmal?«

»Den Bildern nach der Gleiche wie im Parlament.«

»Weißt du, was du da sagst?«

»Ja, die beiden Fälle hängen tatsächlich zusammen.« Clara ging zum Fenster und schaute hinaus. Vor ihr lag ein kleiner Park, der den Blick zum dahinter liegenden Justizpalast freigab. Die beiden Fälle hingen zusammen und Herr Grossmann steckte tief mit drinnen. Sie drehte sich abrupt um und fixierte ihn: »Kennen Sie Thomas Singer?«

»Wen?«

»Beantworten Sie meine Frage.«

»Äh, nein, den Herren kenne ich nicht. Warum?« Es war nicht an ihm, Fragen zu stellen. Sein Blick wich aus, seine Stimme schien weniger gefestigt. Clara wandte sich wieder an Aca:

»Fingerabdrücke?«

»Äh, wo?«

»Egal, irgendwo!«

»Sorry, aber so genau haben wir noch nicht geschaut.«

»Straßenkameras?«

»Werden überprüft. Wo bist du?«

»Im Parlament.«

»Noch bei Herrn Grossmann?«

»Ja.«

»Und?«

Clara seufzte: »Keine Ahnung. Ich komme zu dir.«

*

Als sie zu Hause ankam, war David noch im Büro. Clara zog ihre Schuhe aus, streichelte die beiden schwarzen Katzen, die sich um ihre Beine schmiegten, ging in die Küche und setzte Wasser für den Reis auf. Dann ging sie barfuß ins Wohnzimmer und betrachtete ihre CDs, legte eine in die Anlage und drehte auf. Während die Musik des *Buena Vista Social Club* die Wohnung belebte, ging sie zum gegenüberliegenden Regal und griff nach der Schnapsflasche. Sie hatte seit ihrem letzten großen Fall nicht mehr getrunken und ein kleiner Schluck war jetzt genau das Richtige. Sie musste abschalten. Damals hatte sie sich mit Haut und Haaren auf den Fall eingelassen und wegen ihrer fehlenden Distanz grobe Fehler gemacht. Das würde ihr nicht mehr passieren. Während sie dem Glühen in ihrer Kehle nachspürte, das sich langsam in ihrem Körper ausbreitete, schlenderte sie ins Badezimmer, das dringend geputzt werden musste, füllte Wasser in die Gießkanne und goss alle Pflanzen. Dann nahm sie die Sprühflasche und befeuchtete die Luftwurzeln der zahlreichen Orchideen, die sie zum ersten Mal seit Monaten wieder richtig ansah. Sie wechselte kurzentschlossen die CD, stellte sich in die Mitte des Raumes, schloss die Augen und atmete tief durch. Die vertrauten Gitarrenriffs von *Where Did You Sleep Last Night* nahmen ihre Hüften und bogen sie in einer Geschmeidigkeit, die sie längst vergessen hatte. Ja, sie war noch am Leben.

Clara warf ihre Haare zurück, als Kurt Cobains gebrochene Stimme einsetzte, und folgte dem Bass mit ihren Händen in seine Tiefen. Ja, sie war eine kinderlose Frau. Es hatte nicht geklappt. Aber es war noch nicht zu spät. Jetzt packte sie das rockige Cello in ihren Eingeweiden und wirbelte sie durch den Raum. Sie liebte ihren Körper. Trotz allem. Es roch verbrannt.

Clara öffnete die Augen und rannte in die Küche. Der Reis war zum Wegschmeißen. Fluchend nahm sie einen neuen Topf, bedeckte ungeschälte Kartoffeln mit Wasser, und stellte ihn auf die heiße Herdplatte.

Dann ging sie ins Wohnzimmer zurück, legte Parov Stelar auf, holte ihre Boxhandschuhe und stellte sich breitbeinig vor ihren Punchingball. *Konzentrier dich, Clara. Du hast einen Fall zu lösen.*

Sie dachte an den Grossmann und schlug kräftig zu. Es war kein Zufall, dass sein Auto im Spiel war. Für die Mordnacht hatte er kein Alibi und sein Interesse an Sahra war nicht normal. War er aber wirklich so dumm, jemandem sein privates Auto zu überlassen? Wohl eher nicht. Als Klubobmann konnte er delegieren und alles daransetzen, sich nicht in die Schusslinie zu begeben. Wurde versucht, ihm etwas in die Schuhe zu schieben? Und wenn ja, warum? Er war Vorsitzender einer kleinen Partei. Die Parteilinie entsprach dem Zeitgeist, stärkte aber nur diejenigen, die bereits mächtiger waren und schon viel früher auf Flüchtlings-Bashing gesetzt hatten.

Clara tänzelte und nahm ihre Fäuste vors Gesicht. Es konnte auch sein, dass man sein Auto gewählt hatte, um eine falsche Fährte zu legen. Aber abgesehen davon, dass sie hier völlig im Dunkeln tappten, war das unwahrscheinlich. Der Täter hatte Zugang zu seinem Autoschlüssel, es war also jemand, der sich in seiner Nähe aufhielt. Parteiinterne Intrige? Das würde sich schwer nachweisen lassen und schien ihr etwas zu dick aufgetragen. Sie musste mehr über ihn wissen. Clara dachte an den Präsidentschaftswahlkampf und schlug erneut zu. Konnte es sein, dass man wieder aus politischer Überzeugung mordete? Oder war er jemandem einfach genauso unsympathisch wie Sahra?

Clara ließ den Ball kommen, bückte sich unter ihn, wechselte ihre Position und fing seinen Schwung auf. Sahra war nicht die Einzige, die Männer wie den Grossmann verachtete. Ärsche, die sich auf Staatskosten alle Masseusen dieser Welt leisten konnten. Vielleicht sollte sie Herrn Kowalski auf ihn ansetzen. Wer weiß, in welchen Lokalen sich der feine Herr herumtrieb! Männer wie er glaubten tatsächlich, sich alles nehmen zu können, insbesondere die Oberschenkel einer Kollegin. Da stand der Grossmann dem Berger, ihrem Chef, offensichtlich in nichts nach. Obwohl es mittlerweile Jahre zurücklag, schmerzte die Erinnerung, als ob es gestern gewesen wäre. Wütend vor Scham legte Clara noch eine Pirouette hin und empfing das Leder mit donnernden Faustschlägen, bis es aus der Küche nach verbrannten Kartoffeln roch.

*

Sie lehnte sich in ihrem Ohrensessel zurück und ließ sich die Hand von ihrem Hund lecken. Ihr Mann saß ihr im Wolljanker gegenüber und rauchte Pfeife. Gunda Ritter hatte heute keine Lust auf Handarbeit. Normalerweise entspannte sie die flinke, koordinierte Bewegung der Finger, aber die Tatsache, dass sich der Herr Kollege zum falschen Zeitpunkt in den Wagen gesetzt hatte, war gefährlich und das Resultat erbärmlich. Sie nahm die Nadeln in die Hand und dachte nach. Es gab einen einzigen Menschen, der von ihr wusste, und das war Thomas. Solange er ein treuer Läufel war, würde er ihr aus der Hand fressen. Es war also wichtig, ihn nicht zu stark werden zu lassen. Dieses Spiel beherrschte sie genauso perfekt wie das Stricken von Norwegermustern. Und dann war da noch Nadja. Beim Kennenlernen hatte sie sie noch nicht ernst nehmen können. Ein Hühnchen auf der Stange. Das hatte sich mittlerweile geändert. Gunda Ritter gähnte, wickelte sich den braunen Faden um ihre Finger und begann, die Maschen abzuzählen. Bis Weihnachten war der Pullover sicher fertig und ihr Kandidat Präsident. Das stille Klappern der Nadeln versicherte ihr, dass die Welt hier am Land, trotz allem, noch in Ordnung war. Die Stadt fraß ihre Einwohner wie Kronos seine Kinder. Der Hund ließ von ihr ab und legte sich vor ihre Füße auf den Teppich. Sahra Schneider würde, auch wenn sie die unnötigen Anschläge, die vielleicht noch folgen mochten, überlebte, bald nicht mehr ernst genommen werden. Mit großer

Genugtuung beobachtete Gunda längst, wie Sahra Schneiders Fraktion von ihr abrückte. Vom Unglück wollte in der Politik niemand angesteckt werden. Das arme Kind sah mittlerweile zum Erbarmen aus. Frau Ritter räusperte sich und griff zur Teekanne. Nein, lange würde sie sich nicht mehr über das dumme Ding ärgern müssen.

*

Die Sitzung dauerte bereits zwei Stunden. Sahra sehnte sich nach Bewegung und vergrub sich stattdessen im parlamentsinternen Intranet. Der Laptop war ihr Schild. Es ging nicht um sie, es ging seit zwei Stunden nicht um sie, trotzdem schien sie der unausgesprochene Mittelpunkt der Debatte zu sein. Ihre Isolation war mit Händen greifbar. Bei der nächsten Wahl würde sie auf einem nicht wählbaren Listenplatz landen, so viel stand fest. Sie fragte sich, ob sie auch nur einen Bruchteil ihrer Agenda würde durchsetzen können, wenn sich die Kooperationspartner innerhalb ihrer Fraktion zurückzogen. Ein ganzer Parteiapparat war schließlich wertlos, wenn man in ihm alleine dastand.

Sie schaute auf. Ihr Blick streifte den des Kollegen schräg gegenüber, der sie schon länger fixiert haben musste. Das war nicht gut. Das war ganz und gar nicht gut.

Dieser Abgeordnete hatte inhaltlich noch nichts Wesentliches zur Partei beigetragen. Sein Spezialgebiet waren interne Intrigen und das Denunzieren unliebsamer Player gewesen – was ihn zu dem gemacht hatte, was er jetzt war. Sein politisches Talent zeigte sich in seiner Zurückhaltung, der Fähigkeit, Spuren zu verwischen und immer dann aufzuzeigen, wenn es der Weg des geringsten Widerstandes gebot, um plötzlich, wenn es um die Ausweitung seiner Macht ging, blitzschnell zuzupacken. Sahra hielt dem Blick stand, wissend, dass das ihre einzige Chance war, zumindest mit erhobenem Haupt in seine Falle zu tappen.

*

Es konnte nicht mehr weit bis zu den Höllbachquellen sein. Nach einer langen Pause, in der Kian wieder eingeschlafen war, wie so oft an den Nachmittagen, kletterten sie über einen Felsen, der mit Seilen gesichert war. Kian war das Klettern seit seiner Kindheit gewöhnt und konzentrierte sich auf die würzige Luft, die ihn umgab. Jetzt war er, der gefragte Installateur, also ein Arbeitsloser in einem Land, dessen Sprache er nicht verstand, und fiel seinem Bruder zur Last. Dieser ließ sich natürlich nichts anmerken, aber in manchen Augenblicken spürte Kian seinen Blick zu lange auf sich ruhen.

Kian stellte seinen Fuß auf das Plateau, stemmte sich nach oben und richtete sich auf. Die Aussicht war so schön, dass es schmerzte. Früher hatte er Allah für seine Schöpfung gedankt, heute betrachtete er sie wortlos. Ercan legte seinen Arm um seine Schulter: »Schön, oder?« Kian nickte müde. Schön war Aaliyah gewesen, wenn sie mit ihren kleinen Fingern den Löffel in die Suppe getaucht hatte. Wenn sie ihm nach der Arbeit entgegengelaufen war oder ihm befohlen hatte, ihr das schwarze Haar zu kämmen. Aaliyah, immer nur Aaliyah, den ganzen Tag und die ganze Nacht. Wieder und wieder durchlebte er den Moment, als er sie in der Dunkelheit gefunden hatte. Als er sich ihr genähert und seine Augen gezwungen hatte, jemand anderen zu sehen.

»Hast du Hunger?« Kian schüttelte den Kopf. Er aß seit letztem Winter nur noch aus Vernunftgründen. Er musste für seine beiden Söhne überleben. Er hätte sie mitnehmen sollen. Alle. Früher. Als die Fluchtwege noch offen gewesen waren.

»Es wird noch ungefähr eine halbe Stunde dauern. Ist das okay für dich?«

»Ja.« Sie setzten ihren Weg fort, der sie über weiße Felsen führte, zwischen denen dunkles, sukkulentes Kraut wuchs. Ercan deutete wortlos auf einen Adler, der in der Ferne kreiste.

Aaliyah hatte Adler geliebt. Aaliyah hatte alle Tiere geliebt, besonders die Regenwürmer, die sie immer sanft aufgehoben und in ihre Jackentaschen gesteckt hatte, obwohl es verboten war. So viele geliebte, aber nach Stunden vertrocknete Regenwürmer in Aaliyahs Tasche. Er musste Acht geben, dass er nicht verrückt wurde.

Sie sprangen über abschüssige Felsen und sahen drei Männer und zwei Frauen, die in Gummistiefeln in einem Bach wateten, der durch eine Bodensenke floss. Als sie näher kamen, sahen sie große Koffer, die am Ufer standen und mit Zetteln und Messgeräten gefüllt waren. Ercan blieb stehen und grüßte. Sie sahen kurz auf und grüßten mürrisch zurück. Auf ihre Jacken war ein Schweizer Firmenlogo gestickt. Ercan wollte ein Gespräch beginnen, aber Kian war sofort klar, dass die Forscher keinen großen Wert auf Konversation legten. Er stupste seinen jüngeren Bruder an: »Komm.«

*

Franz Haböck saß in seinem Büro und scrollte sich durch die ge-
hackten *Telegram*-Nachrichten, die man ihm gerade geschickt hatte. Die App galt als absolut sicher. Nun, das war ein Irrtum. Die
Hintergrundgespräche des Hohen Hauses lagen vor ihm wie ein
TV-Programm und die Stimmung in den Kurznachrichten war
so lähmend wie die Große Koalition. Es war an der Zeit, einmal
richtig umzurühren, und es war Teil seiner Aufgabe, genau das zu
tun. Er arbeitete für seinen Schaukelstuhl auf der Veranda in der
Savanne. Und jetzt wollte er ein Stück Kuchen und vor allem einen
starken Kaffee. Er packte seinen Laptop ein und ging in Richtung
Cafeteria.

Als er die Säulenhalle durchquerte, sah er Sahra und wandte sich
ab. Er musste endlich den verdammten Vertrag haben! Es wäre sein
persönliches Desaster, wenn jetzt herauskäme, dass der Vertrag sich
nicht in seinem Safe befand. Die Technik, die ihm das Parlament zu
Füßen legte, versagte in diesem einen Punkt. Nirgendwo ein Hinweis. Wie hatte ihm das nur passieren können?

Franz dachte zum wiederholten Mal an den Vormittag, an dem
er den Vertrag, auf dem noch die frische Tinte duftete, bei sich getragen hatte wie eine verdammte Olympiaurkunde. Während des
unnötigen Ausschusstermins, bei dem er saß, weil seine Referenten
im Krankenstand waren, hatte er wieder und wieder verstohlene
Blicke darauf geworfen und war dann in der Pause eine rauchen

gegangen. Als er zurückgekommen war, hatte eine neue Zeitrechnung begonnen. Ein Hinweis auf den Vertrag war zwar kurze Zeit später in einer Mail von Sahra Schneider aufgetaucht, aber das war auch schon Wochen her, und... Er zog sein vibrierendes Handy aus der Tasche seines Sakkos: »Ja?«

»Und?« Die Stimme seines Freundes klang zu erwartungsvoll.

»Was *und*?«

»Bist du so weit?«

»Äh... wie bitte?« Franz betrat die Cafeteria.

»Du kennst unsere Abmachung, oder?«

»Ich...«

»Du wirst es noch einmal versuchen.«

»Nein.«

»Und ob du es noch einmal versuchen wirst.«

»Ich bin dir nichts mehr schuldig.« Er wollte schon auflegen, da explodierte sein Jugendfreund: »*Ich* hab dich in die Politik gebracht!«

»Und ich hab die Sache mit der Jagd verschwiegen!«, flüsterte Franz erregt und verließ die Cafeteria wieder, mit vorgehaltener Hand.

»Ach so? Sind wir jetzt also wieder so weit.«

»Lass mich in Ruhe!«

»Du versuchst es noch einmal, oder ich lass dich auffliegen.«

*

Mike drehte sein Gesicht in die Sonne: »Und, was sagt der Umweltminister?« Franz saß neben ihm auf der Bank, die das Magistrat der Stadt Wien auf den Heldenplatz gestellt hatte, und betrachtete die Baustelle, die bereits ein großes Loch in die Grasfläche gerissen hatte. Normalerweise lagen hier bei diesem Wetter Studierende und sahen den jungen Eltern zu, die mit ihren Kindern spielten. Die vorübergehende Übersiedlung des Parlaments in die Hofburg nahm langsam Formen an. Mike ertappte sich dabei, die zunehmende Entgleisung der Debatten mit dem desolaten Parlamentsgebäude in Verbindung zu setzen. Dass in der Präsidentschaftskanzlei der Hofburg immer noch nicht gearbeitet wurde, während vor ihren Fenstern die Eingeweide des Regierungsviertels freigelegt wurden, sprach ebenfalls für sich.

»Nichts.«

»Aha.« Mike öffnete seine Augen. Das sah Franz ähnlich, dass er wieder pokerte.

»Das heißt, er zeigt sich besorgt.«

»Und warum im Speziellen?« Franz dachte nach. Er war sich nicht sicher, ob es vernünftig war, Mike direkt darum zu bitten, auch nach dem fehlenden Vertrag zu suchen. Er sehnte sich nach einem Verbündeten, der ihn nicht ständig zur Schnecke machte. Damit würde er aber riskieren, dass ihn auch Mike als Trottel betrachtete, und das ging gar nicht. Seine Andeutungen waren wohl nicht so erfolgreich gewesen, wie er gehofft hatte. Mike ahnte offenbar nicht, wie wichtig der Vertrag wirklich war und dass es von größter Dringlichkeit war, sich an Sahra Schneiders Fersen zu heften. Er wusste nicht, was er tun sollte. Es war sicher sinnvoll, erst mal gute Stimmung zu verbreiten. Sein Handy brummte. Er drückte seine Mutter weg.

»Der Umweltminister macht sich Sorgen über CETA.«

»Das ist ja was ganz was Neues. Ich dachte, ihr habt euch hauptsächlich über *Good&Food* unterhalten.« Franz musterte ihn: »Woher weißt du...«

»Theissl. Marc Theissl war in Genf dabei.«

»Tatsächlich. Er kennt August Aigner also auch?« Das war gar nicht gut. Franz setzte seine Sonnenbrille auf und bot Mike eine Zigarette an. Dieser beobachtete die Reaktion seines Kollegen und bereute, jetzt schon vorgestoßen zu sein, aber ihm lief die Zeit davon.

Die Art und Weise, wie Franz auf die Hofburg schaute, die sich in einem weitläufigen Halbkreis um das offene Gelände schloss, war der Beweis, dass er wohl begonnen hatte, sein eigenes Süppchen zu kochen. Brauchte er Mike noch? Wenn nicht, war das eine schlechte Nachricht. Wie weit war Franz schon?

»Dann richte dem Theissl meine besten Grüße aus und versichere ihm, dass bei uns alles in bester Ordnung ist.«

»Aber gerne.«

»Rede du auch mit ihm, Mike.«

»Mit wem?«

»Mit dem Umweltminister.« Mike dachte nach. Es war augenscheinlich, dass Franz ablenkte, und er fragte sich, ob es nicht zu früh war, beim Minister in Erscheinung zu treten: »Wo ist er gerade?«

»In Brüssel.«

»Gut, ich kontaktiere ihn, wenn er zurück ist.«

*

Clara schaute gerade ihren Terminkalender durch und markierte die Abende, die David und sie gestern füreinander reserviert hatten, als Frau Moser an ihr Büro klopfte: »Kommen Sie bitte zu Herrn Kowalski.«

»Ich muss ins Parlament.«

»Ich denke nicht.« Clara fluchte innerlich. Statt ihnen zu helfen, war ihr Vorgesetzter jetzt also dazu übergegangen, ihre Arbeit aufzuhalten?

»Ich hab zwei wichtige Termine, Frau Moser.«

»Das glaub ich Ihnen ja, aber er möchte Sie ganz dringend sprechen.« Frau Moser hatte ihr besorgtes Lächeln aufgesetzt, das Clara alarmieren hätte können, wenn sie darauf geachtet hätte. So trat sie gänzlich unvorbereitet in sein Büro: »Was gibt's?«

»Setzen Sie sich doch, Frau Coban.« Der amtliche Ton machte sie misstrauisch: »Ja?«

Herr Kowalski hatte seinen Drehstuhl etwas von ihr abgewandt und wippte nachdenklich mit seinem Bein, das er über das andere geschlagen hatte: »Wie weit sind Sie mit den Ermittlungen?«

»Wir müssen uns auf Mike Grossmann konzentrieren und auf Thomas Singer. Den Neffen des Arztes Kunasek haben wir fallen gelassen, da er seit Jahren keinen Kontakt zu seinem Onkel hat und in der Mordnacht im Ausland war. Was die Motive anbelangt, kommen wir nicht wirklich weiter. In Herrn Petrovics Büro haben wir alles am Flipchart notiert, falls es Sie interessiert.«

»Ja, das Flipchart kenne ich. Deswegen frage ich ja nach.« Er drehte sich zu ihr und legte seine haarigen Unterarme auf den Schreibtisch: »Bewahren Sie noch den Überblick?«

»Ja, selbstverständlich.«

»Gut, dann werden Sie ab heute den Fall koordinieren.«

»Äh... das tu ich bereits.«

»Werden Sie präziser.« Clara wusste nicht, was er von ihr wollte. Und sie wusste auch nicht, was er bis jetzt zur Klärung des Falles beigetragen hatte: »Und Sie?«

Herr Kowalski musterte ihre Gesichtszüge, als ob er nach einem leichten Anflug von Respektlosigkeit suchte: »Ich übernehme.«

»Was?«

»Die Gespräche.«

Clara schluckte: »Das würde ich Ihnen in der derzeitigen Phase nicht empfehlen.«

»Ach ja, Frau Coban? In welcher Phase befinden wir uns eigentlich? Lassen Sie mich nachdenken. Ach ja, ich hab's: in der Sondierungsphase. Wer kann was warum gemacht haben.«

»Genau.«

Herr Kowalski ballte seine Fäuste: »Diese Phase dauert mittlerweile länger als zwei Wochen. Der Mord geschah am Dach des ersten Hauses der Republik und wir können nur froh sein, dass die Öffentlichkeit noch nicht über den Zusammenhang zwischen den Briefen des Asylanten und der Bedrohung der Politikerin diskutiert. Weil wir den neuesten Vorfall noch vertuschen können. Ich betone: noch!« Er beugte sich über den Tisch und senkte seine Stimme: »Wie hängen die beiden Fälle eigentlich zusammen?«

»Besorgen Sie mir mehr Personal.«

»Ah, das wollen Sie von mir, mehr Personal.« Herr Kowalski lehnte sich langsam zurück, setzte ein süffisantes Grinsen auf und breitete seine Arme aus: »Aber bitte doch, jederzeit. Personal haben wir wie Sand am Meer und es wartet nur darauf, die paar Lächerlichkeiten zu klären, denen Sie erfolglos hinterherjagen. Was tun Sie eigentlich den ganzen Tag?« Clara schwieg irritiert. Arbeiteten sie tatsächlich so schlecht?

»Kann ich bitte Herrn Petrovic...«

»Nein, Frau Coban, können Sie nicht. Er ist im Parlament und dort werde ich jetzt auch hingehen. Bitte geben Sie Frau Moser Ihren Kalender, damit sie ihn mit dem meinen abgleichen kann.«

»Und ich?«

»Sie sind ab jetzt die Schaltstelle.«

»Ihre Zusatzsekretärin, wollten Sie sagen?«

»Frau Coban!« Clara biss sich auf die Lippen. Wenn sie ihm jetzt auf diese Tour kam, konnte sie gleich einpacken. Sie stand abrupt auf und ging mit festen Schritten in ihr Büro zurück.

Frau Moser stand bereits an ihrem Schreibtisch und sah sie mitleidig an. Clara musste sich sehr beherrschen, ihr nicht an die selbstgefällige Kehle zu fahren, händigte ihr stattdessen den Kalender aus und setzte sich. Schaute auf den historischen Plan auf der Wand, schaute auf ihren PC, schaute aus dem Fenster und konnte nicht glauben, was da gerade vor sich ging.

*

Clara beschloss, früher als sonst nach Hause zu gehen, und ging zügig über den Kanal. Der Artikel, den Aca ihr über WhatsApp geschickt hatte, zeigte Sahra auf einer Pro-Kurden Demo im London der 90er. Die Schlagzeile zitierte einen rechten Politiker, der im Rathaus saß und das alte Foto mit neuem Inhalt wieder brisant machte: *Terroristische Kurdenbraut – raus aus dem Parlament!* Clara steckte das Handy ein und verbot sich, weiter darüber nachzudenken.

Die Sonne wärmte noch immer und spiegelte sich im schnell fließenden Wasser. Die Bäume leuchteten rot und golden, Kinder fuhren auf ihren Rollern oder kickten in den Fußballkäfigen. Clara blieb stehen und sah ihnen zu, drehte sich um und betrachtete die Graffiti am anderen Ufer, an dem sich junge Leute in die noch aufgestellten Strandstühle gelegt hatten und Bier tranken. Clara spürte dem Schmerz nach, den sie langsam wieder zuließ. Wien war die perfekte Stadt zum Traurigsein.

Junge Männer im Sportlerdress radelten ihr entgegen, ein altes Paar saß auf einer der wenigen Bänke und schwieg friedlich. Clara wollte noch nicht nach Hause gehen. Sie wollte David nicht wieder belasten.

David hatte sich so bemüht in der Zeit danach, hatte sorgfältig den Raum abgespürt, der mal nach mehr und mal nach weniger Nähe verlangt hatte, je nach Ausmaß ihres Kummers. Sie hatten manchmal darüber gesprochen, sich zu trennen, doch Clara fand alleine den Gedanken daran absurd. Sie liebten sich, jetzt eigentlich mehr denn je.

Die untere Seite des Hauses war vor zwei Tagen eingerissen worden, um die Erweiterung des Irish Pubs endlich zu einem Ende zu bringen. Clara ging kurz entschlossen hinein, um einen Drink zu nehmen. Sie setzte sich an die Theke, bestellte sich ein Bier und folgte ohne Ambitionen dem Fußballspiel. Der Kellner stellte sich zu ihr, während er die Gläser abtrocknete, aber Clara hatte keine Lust auf Small Talk. Da erklang das Lied und alles war wieder da.

Eric Clapton konnte nichts dafür, aber sie sah sich wieder vor dem Bildschirm sitzen, in der Nacht, als David lange in der Redaktion gewesen war. Die Nachricht, die alle Sendungen unterbrach, die nicht schon auf Sondersendung umgestellt worden waren. Die Bilder, die Interviews, die internationalen Reaktionen und dann der Kurzfilm von der Hintergasse des Bataclans, damals, als der Terror Paris erneut umkrallte. Die Menschen, die vor den Schüssen flohen und so nahe wirkten, als schleppten sie die Verwundeten über den Platz vor dem Franz-Josephs-Bahnhof. Da hatten die Wehen eingesetzt.

Clara wollte sich von der Erinnerung losreißen, aber *Tears in Heaven* ließ das nicht zu. Sie hielt sich ihren Bauch, hielt sich endlich wieder ihren Bauch und begann leise zu weinen. Da konnte der beschissene Kellner auf sie einreden, so viel er wollte.

Es hatte so weh getan und das Blut war so rot gewesen. Sie war ins Bad gestürzt, zurück ins Wohnzimmer zu ihrem Handy, aber David hatte nicht abgehoben, der war mit Paris beschäftigt gewesen, und die Zeit, die bis zur Ankunft der Rettung verging, war die einsamste ihres Lebens gewesen. Starr hatte sie sich in die Badewanne gesetzt und sich wie in einem Film die Kleidung ausgezogen, bevor der überwältigende Schmerz in Wellen ihren Körper wieder und wieder rhythmisch vor- und zurückbewegt hatte, als ob sie mitten in einer verdammten Geburt gewesen wäre. Dazwischen hatte sie das warme Wasser über ihren nutzlosen Körper laufen lassen und das Blut beobachtet, das sich in den Abfluss spiralte. Da floss es, ihr Kind, alle vier Stockwerke hinunter, und sie war dankbar gewesen über die nächste Wehe, die sie mit ihrem Ungeborenen zum Abschied verband. Dann kam die Leere.

Als sie die Wohnungstüre öffnete, hörte sie David im Wohnzimmer. Er hatte schon lange vorgehabt, die Möbel umzustellen, und es war gut, dass er es endlich tat. Sie lehnte sich an den Türrahmen und beobachtete ihn, bis er sie bemerkte. Er stellte sofort den Avocadobaum hin, den er seit fünf Jahren pflegte, und ging zu ihr. Sie umarmten sich und sie begann zu weinen und weinte, bis er sie ins Bett legte, ihr eine Wärmflasche brachte und ihren Körper massierte, der erst zu zittern aufhörte, als sie einschlief.

*

»Hallo?«

Franz hatte den Anruf, nach kurzem Zögern, doch angenommen: »Ja, Mama?«

»Wie geht's da denn?«

»Mir geht es gut, Mama.«

»I siech di nimma mehr im Fernsehen.«

»Man kann als Politiker nicht immer nur im Fernsehen sein.« Murrte Franz und las das Posting am PC weiter.

»Jo eh.«

»Und, wie geht es euch?« Er klickte sich in den Messenger.

»Jo eh guad. Gö, won kimmst denn wida amoi zhaus?«

»Mama, ich hab viel zu tun in Wien.« Sie schwiegen.

»Du, da foid ma ein, kunnatst du uns a wengerl a Göd schickn?«

»Ich hab dir doch kürzlich erst 300€ überwiesen.«

»Jo, i waas. Des is oba scho wida weg.« Er schloss das Facebookfenster.

»Mia miassn so vü Wossa dazuakaufn.« Es war wirklich ärgerlich, dass das Grundwasser für die Milchwirtschaft nicht mehr reichte.

»Ja. Passt.«

»I dank da schen.«

»Ist ja selbstverständlich, Mama.«

»Won kimmst denn wida amoi zhaus?«

*

»Weißt du eigentlich, dass die Österreicher um 20% mehr Waffen besitzen als vor zwei Jahren?« Aca versuchte Clara aufzuheitern. Er hatte sie in ihrem Büro abgeholt, wo sie den ganzen Tag nichts anderes gemacht hatte, als Termine zu koordinieren und im Internet zu recherchieren. Jetzt saßen sie vor dem *Roten Bären* und aßen. Aus dem Inneren des Lokals drang die tiefe Stimme von Leonard Cohen, dessen Lieder sie in eine Decke satter Selbstversunkenheit hüllten.

»Tatsächlich? Das ist aber viel.«

»Ein Wunder, dass nicht mehr passiert. Die Jäger verlangen auch noch, dass sie Pistolen mit sich herumtragen dürfen.«

»Und warum das?«

Aca antwortete verschwörerisch: »Vielleicht wegen des vielen Wilds, das unkontrolliert unsere Grenzen passiert.«

»Stimmt. Ich erinnere mich. Der Vollkoffer Grossmann findet das vollkommen in Ordnung – und er ist nicht der Einzige.« Clara griff zum Weinglas.

»Machst du jetzt einen auf italienischen Kommissar?«, lachte Aca und prostete ihr mit seinem Wasserglas zu.«

»Sì, certamente. Ich befinde mich ja quasi auf Urlaub.«

Aca sah sie ernst an: »Was ist nur in den Kowalski gefahren?«

»Keine Ahnung, und ich will es auch nicht wissen.«

»Ob der Berger dahintersteckt?«

»Ich denke schon. Der Kowalski kann doch nicht selbst entscheiden.«

»Mir tut schon jetzt der *Sozialschmarotzer* leid, den der Kowalski als Nächstes vor Gericht zerren wird.« Aca betrachtete Clara nachdenklich, bis ein Lächeln sein Gesicht aufhellte: »Ich hab mit Tatjana gesprochen. Sie ist entsetzt, dass ich überlege, im Dezember anders zu wählen.«

Clara zog ihre Augenbrauen hoch: »Tatsächlich?«

»Österreich muss wieder stark werden... es sind so verrückte Zeiten.«

»Das wird es. Mit einem Präsidenten, der innenpolitisch verbindet und uns außenpolitisch hervorragend repräsentieren wird.«

»Genau. Auf der anderen Seite hat man in Köln einen Islamisten überführt, der das Gebäude des Verfassungsschutzes in die Luft sprengen wollte...«

»Mangelnde Integration. Herrgott, argumentierst du jetzt mit dem Mittelalter?«

Aca sah sie erstaunt an: »Warum?«

»Weil es ein Zeichen der Aufklärung ist, sich differenziert und nüchtern mit den Themen auseinanderzusetzen und sich nicht die Bruchstücke herauszupicken, die einem passen, um sie dann aufzublasen.«

»Und was ist mit der direkten Demokratie? Mit dem Mitbestimmungsrecht des Volkes?«

»Wenn ich mir das Niveau im Netz so anschaue, bin ich eigentlich ganz froh, dass wir die nicht haben.«

Statt ins Präsidium zurückzugehen, stieg Clara in den D-Wagen, der sie vor das Rathaus fuhr. Der *Circus Roncalli* hatte wieder begonnen, auf dem Vorplatz sein riesiges Zelt aufzustellen. Clara wartete den Verkehr ab und ignorierte das Parlament. Als die Autokolonne stehenblieb, überquerte sie den Ring und ging ins *Café Landtmann*, um ihre Unterlagen durchzulesen und nach Dringlichkeit zu markieren. Sie gab ihren Mantel an der Garderobe ab und fand nur noch einen kleinen Tisch in der Nähe des Eingangs.

Während der Studienzeit hatte sie hier oft gelernt. Nicht, dass sie es sich hatte leisten können, aber das Café lag gegenüber der Universität und sie hatte schon damals die Atmosphäre geliebt, die das geschichtsträchtige Haus prägte. Während sie auf einen Kellner wartete, studierte sie die Einlegearbeiten der dunklen Holztäfelung des Raumes, die von übergroßen Fenstern durchbrochen wurde, an deren Seiten dunkelgrüne Vorhänge hingen. Schon vor hundert Jahren waren hier Schauspielerinnen, Politiker und Geschäftsleute ein und aus gegangen, bevor ihnen der konsequent wachsende Antisemitismus der Wiener Gesellschaft das Wasser abgegraben hatte.

Clara bestellte sich eine Melange, beobachtete die livrierten Kellner, die elegant durch die viel zu engen Gänge zwischen den Tischen hin und her liefen, und betrachtete die zehnflammigen Art déco-Lampen, deren warmes Licht in den betriebsamen Nachmittag strahlte.

»Frau Coban?« Clara sah auf und blickte in das Gesicht von Mike Grossmann.

»Darf ich mich setzen?«

»Ja, gerne.« *Komm nur, Kerlchen.* Clara fixierte die Kaffeetasse und es fiel ihr wieder auf, wie warm das Gold am Henkel leuchtete.

»Ich hab Sie heute vermisst.«

»Ach, tatsächlich?« Clara sah ihn an und vergegenwärtigte sich die Pistolen, die er der Jägerschaft aushändigen wollte. Ob er an der Provision mitschnitt?

»Ja. Ihr Kollege war bei mir und hat Sie entschuldigt.«

»Ach, hat er das.«

»Sie haben natürlich Wichtigeres zu tun als den Fraktionsführer einer Partei zu verhören, die sich bald auflösen wird, richtig?« Scherzte Mike Grossmann und winkte dem Kellner.

»Scharfsinnig beobachtet.« Clara nahm ihre Tasse: »Und? Was wollte Herr Kowalski von Ihnen?«

»Das, was Sie auch wollten. Informationen.«

»Betreffend was?«

»Meine Verbindung zu Sahra.« Sie sahen einander an und Clara setzte ihr strahlendstes Lächeln auf: »Ich nehme an, dass Sie ihm alles gebeichtet haben, so von Mann zu Mann.«

»Natürlich! Und noch viel mehr. Unangenehm wurde es, als er begann, über *seine* Verbindungen zu plaudern.« Clara lachte.

»Nein, im Ernst, ich bin wie Sahra in einer Oppositionspartei. Wir brauchen einander. Zum Beispiel bei den Abstimmungen.«

»Das ist ja mal eine schöne Ausrede.«

»Extra für Sie vorbereitet. Bin Stunden daran gesessen.« Der Kellner brachte einen Apfelstrudel mit Schlagobers und sah Clara fragend an.

»Das ist eigentlich eine gute Idee, ja, für mich bitte auch einen.«

»Sehen Sie. Beim Essen kommen die Leut' z'amm.«

»Schön für Sie, dass Sie für dumme Sprüche bezahlt werden.«

»Nicht wahr?« Mike Grossmann nahm die Kuchengabel und stach in den Strudel: »Und Sie, was machen Sie so den ganzen Tag?«

»Ich kümmere mich um die Fakten, Herr Abgeordneter.«

»Jaaa, die Fakten. Ein ehrenwertes und brotloses Unterfangen heutzutage.«

»Warum macht man sich eigentlich die Mühe, den politischen Irrsinn, der gerade abläuft, postfaktisch zu nennen? Reicht das Wort Lüge nicht mehr?«

»Nein, Frau Kommissar, denn die Lüge ist eine alttestamentarische Sünde, die bewusst begangen wird und zumindest tief im Inneren des Lügenden ein schlechtes Gewissen hinterlässt.« Mike Grossmann lächelte Clara an, während er es sichtlich genoss, seine eigene Stimme zu hören: »Die sogenannten Bullshitter aber quasseln einfach drauflos, stellen je nach Zimmertemperatur Behauptungen auf, denen sie am nächsten Tag widersprechen, und finden großen Gefallen an der Momentaufnahme des Sieges.«

»Und sie freuen sich, dass Worte wie Fake News uns so locker verharmlosend von den Lippen kommen, als wären sie die Erfindung des Jahres.«

»Und nicht die Taktik aller Herrschenden, die zur absoluten Macht greifen.« Clara blickte Mike an. So viel Durchblick hatte sie von ihm nicht erwartet. Sie konnte ihm Verblendung unterstellen, Arroganz gegenüber den Schwachen und eine Selbstverliebtheit, die in seinen Kreisen wohl Teil der Überlebensstrategie war. Dass er das Spiel durchschaute und die Klaviatur der fabulierten Argumente trotzdem bespielte, hatte sie nicht vermutet. Wahrscheinlich machte ihn aber genau das zum Politiker.

Sie nippte an ihrer Melange: »Und Sie? Haben Sie schon immer vorgehabt, als Blender in die Politik zu gehen, oder hatten Sie einmal noblere Ziele?«

Mike Grossmann stutzte, dann lächelte er seinen Gedanken weg, welcher auch immer das gewesen war: »Was meinen Sie jetzt im

Speziellen?« Clara hatte eigentlich keine Lust auf eine inhaltliche Auseinandersetzung und besann sich auf ihre Kernkompetenz: »Sahra wurde mit Ihrem Auto angefahren...«

»...während ich auf Sendung war.«

»Sie haben ja keine Mitarbeiter, oder?«

»Nennen Sie mir einen Grund, warum ich meiner Kollegin etwas antun sollte!«

»Nennen Sie mir den Grund, warum Sie Ihre Kollegin mit Mails bombardieren!« Mike Grossmanns Blick saugte sich in ihrem fest.

»Was schreiben Sie ihr denn so?«

»Das müssen Sie sie schon selbst fragen.«

»Sie scheint kein großes Interesse an Ihren Worten zu haben.« Er legte seine Gabel auf den kleinen Teller und schwieg.

»Erleben Sie das als Kränkung?«

»Wie bitte?« Er sah sie an: »Was bitte soll ich als Kränkung erleben.«

»Sahras Zurückweisung.«

Er ließ sich Zeit mit der Antwort: »Nein... natürlich nicht...«

»Stehen Sie auf Sahra?« Clara begann, zornig zu werden.

»Haben Sie einen Vogel?«

»Nein, ich erledige nur meinen Job.«

»Bei dem Sie ein wenig übers Ziel hinausschießen! Erstens stehe ich nicht auf Sahra und zweitens wüsste ich nicht, was Sie das anginge, wenn es so wäre, weil ich drittens kein Triebtäter bin!« Herr Grossmann knüllte seine Serviette zusammen und warf sie vor sich auf den Tisch.

»Sie sind Single und können aufgrund Ihrer Berühmtheit jede Frau haben. Ärgert es Sie, dass Frau Schneider so gar kein Interesse an Ihnen zeigt?«

»Natürlich ärgert es mich, dass sie die Zusammenarbeit ausschlägt, aber ich denke nicht, dass jemand zum Täter wird, nur weil er sich über eine Kollegin ärgert.«

»Ärger kann in Hass umschlagen, wenn sich der Benachteiligte gekränkt fühlt.«

»Machen wir jetzt einen auf psychologisch, oder was?« Er schaute rasch um sich und beugte sich dann über den Tisch: »Frau Coban, ich halte wirklich viel von Ihrer Arbeit, aber hier liegen Sie vollkommen falsch.«

»So? Um was geht es dann, Herr Grossmann?« Er hielt inne, dachte nach, dann sah er auf seine Uhr und stand auf: »Schützen Sie sie.« Während er das Geld zählte, fand er wieder zu seiner Haltung zurück.

»Vor wem, Herr Klubobmann?«

Er sah sie lange an und erwiderte leise: »Vor sich selbst.«

*

Gunda Ritter setzte die Teetasse ab und wischte sich den Mund mit einer Serviette ab, auf die sie vor der Hochzeit ihre Initialen gestickt hatte. Jetzt musste sie nur noch das Telefonat erledigen, das Aviso ergänzen und ihre heutige Rede auf YouTube anschauen, um ihre Rhetorik zu verbessern, was nach all den Jahren kaum noch möglich war. Gelernt war gelernt. Sie holte ihr Handy vom Schreibtisch, den sie bereits aufgeräumt hatte, und zwinkerte dem eingerahmten Kandidaten zu, der sie anlächelte, als könne er kein Wässerchen trüben.

»Kogler.«

»Grüß Sie Gott, Frau Kogler, haben Sie einen Augenblick Zeit?«

»Natürlich.«

»Ich hab erfahren, dass Sie morgen an der Sitzung teilnehmen, zu der auch Frau Schneider kommt.«

»Das ist richtig.«

»Stimmt es, dass Sie sie eingeladen haben?«

»Ja. Vor drei Wochen ungefähr. Sie war überrascht, aber es schien sie gefreut zu haben, dass wir parteiübergreifend über die Zukunft der...«

»Sagen Sie ihr ab.« Stille.

»Frau Kogler?«

»Ja, ich bin noch da. Warum soll ich...«

»Sagen Sie ihr ab.«

»Frau Ritter, Sie können nicht einfach...«

»Ach ja?« Es war wieder still am anderen Ende der Leitung, dann aber hörte Frau Ritter den Seufzer, der ihr auf dem Silbertablett serviert wurde: »Und mit welcher Begründung?«

»*Brauchen* Sie eine Begründung?«

»Natürlich nicht.«

»Ich kann mich also auf Sie verlassen?«

»Natürlich.«

»Übrigens sind Sie auch in diesem Jahr wieder herzlich zu meinem Ganslessen eingeladen.« Sie ergingen sich noch in diesen und jenen Belanglosigkeiten und als die Abgeordnete die Verbindung abbrach, beschloss Gunda Ritter, sich gleich ihre Rede anzuschauen. Heute war sie wieder in Fahrt.

*

Clara zahlte, nachdem sie ihre Unterlagen gesichtet und geordnet hatte. Sie verzichtete auf die Straßenbahn und schlenderte über den Ring heim. Aca hatte ihr eine WhatsApp-Nachricht geschickt, in die er einen Film des letzten Akademikerballes gestellt hatte. Jemand hatte das Zusammentreffen Sahras mit Thomas Singer inmitten der Demonstrierenden festgehalten. Clara klickte es weg. Darum würde sie sich morgen kümmern.

Dass Mike Grossmann nicht auf Sahra stand, war sehr wahrscheinlich. Trotz seiner Grapscherei. Außer er bluffte. Aber nein, seine heftige Reaktion war von etwas anderem ausgelöst worden. Wahrscheinlich hatte er tatsächlich etwas zu verbergen. Nur was? Hing es mit dem Bericht zusammen, an dem Sahra mitgewirkt und in dem sie die Machenschaften der Rechten im letzten Jahr zusammengefasst hatte? Die Zunahme der rechtsradikalen Übergriffe, die kaum Beachtung in den Medien fanden? Die rückläufige Kriminalstatistik, die den Schlagzeilen über »gewalttätige Asylanten« widersprach? Clara konnte es sich nicht vorstellen, da der Bericht nicht Eingang in die öffentliche Debatte finden würde. Trotzdem musste sie ihn durchlesen und nach genauen Hinweisen suchen. Sie brauchten mehr Personal.

Die Haustüre, die völlig windschief in den Angeln hing, war definitiv eine Steigerung zum Vortag. Die ganze Holzfront, in der der Türrahmen hing, und die bis jetzt mit dem Haus verbunden gewesen war, hatte sich aus der Verankerung gelöst und hing schräg in der Luft. Clara nahm ihr Handy aus der Tasche und knipste das Desaster, suchte nach Grossmanns Telefonnummer, schrieb ein pointiertes SMS über das Mietrecht, fügte das Bild hinzu und drückte auf Senden. Da sollte der Abgeordnete einmal sehen, wie das gemeine Volk leben musste. Sie nahm den Türgriff und drückte ihn vorsichtig nach unten. Das hätte sie sich sparen können, denn ein Griff war nicht mehr notwendig. Vorsichtig schob sie sich nach innen und sah, dass das ganze Holzelement mitschwang. Sie schlüpfte blitzschnell hinein und verschwendete keinen Gedanken daran, dass sie die Türe nicht hinter sich geschlossen hatte.

*

Kian saß mit Ercan am Boden des Wohnzimmers. Sie hatten die Türe geschlossen, damit sie Sahra nicht störten, die in ihrem Zimmer saß, um eine TV-Debatte vorzubereiten.

»Hättest du vor einem Jahr geglaubt, dass das möglich sein würde?« Ercan zeigte auf das Foto auf seinem Laptop, das eine Straße in Istanbul zeigte, von deren Häusern unzählige türkische Fahnen hingen.

»Nein. Bisher glaubten wir, dass er es nur auf uns abgesehen hat.«

»Ja.« Sie schwiegen und hingen ihren Erinnerungen nach.

»Habt ihr den Putschversuch kommen sehen?«

»Nein.« Kian schaute sich um.

»Die Wohnung ist nicht verwanzt...«

»Und warum bist du dir da so sicher?« Ercan antwortete nicht und klickte sich weiter durch das Album, das er in der Fassungslosigkeit des vergangenen Sommers angelegt hatte.

»Die Festnahmen konnten wir auch nicht vorhersehen, oder?«

»Nein.«

»Wie kann ein Land zehntausende Entlassungen innerhalb weniger Tage verkraften?«

»Kann es nicht. Aber hättest du dir *das* vorstellen können?« Kian ging in die Galerie seines Smartphones und zeigte seinem Bruder endlich das, was von ihrer Stadt übrig geblieben war. Cizre war konsequent bombardiert worden.

Ercan hatte wochenlang im Netz nach Bildern gesucht und keine gefunden. Dieser Krieg lief völlig unter der Wahrnehmungsschwelle der europäischen Öffentlichkeit ab.

»Wie war es, als du sie...«

»Aaliyah?«

»Ja, Aaliyah«, antwortete Ercan leise.

»Es war Nacht. Im letzten Winter. Mina war bereits sieben Wochen tot...«

»Wie ist Mina...« Kian winkte ab, stand auf und verließ das Wohnzimmer.

*

Franz strampelte im Keller des Parlaments seine Kilometer ab, als das iPhone summte. Widerwillig stieg er vom Fahrrad und nahm ab: »Mama?«

»Grias di, Fronz!«

»Mama, ich arbeite.«

»Jo eh. Dem Papa geht's oba so schlecht.«

»Was ist mit ihm?«

»Ea is beim Bamschlägern hingfoin.«

»Ist er im Krankenhaus?«

»Na, des wiad scho.«

»Er weiß doch, dass er keine Bäume mehr fällen soll, Herrgott! Das ist doch zu viel für ihn!«

»Jo, oba es san so vü kaputt. Ma erkennt jo den Woid nimma mehr. Die Boarkenkäfer nehmen Überhand, weil es wieda a so a trockenes Joa is...«

»Ja, ich weiß, dass es wieder kaum geregnet hat. Das sind die optimalen Bedingungen für den Borkenkäfer.«

»I woit di a frogn, wia des mit dem Klimawondl weida geht.«

»Das kann doch niemand genau sagen, Mama. Ich arbeite aber daran, na ja, dagegen.« Franz war mit einem Mal von dem milchigen Geruch umgeben, der sich durch seine Kindheit gezogen hatte, wie der erbärmliche Kontostand seiner Eltern: »Das mit dem Klimawandel ist kompliziert.«

»Stimmt des, dos monche im Parlament glauben, dass es den Klimawondl goa ned gibt?«

»Ja, manche leugnen den Klimawandel, aber das sind Dummköpfe.«

»Mia hom scho wieda kaum an Niedaschlog ghobt...«

»Ja, ich weiß. Auch in Wien hat es kaum geregnet.«

»Ia gschbiats es netta in da Großstod ned. Mia wissen boid nimma, wia des weidagehn soi, met de Kia.« Der alte Erbhof, der längst in die reine Milchwirtschaft eingestiegen war und sich in die sanften

Hügel schmiegte, die wie die Hüften der Frau aussahen, von der Franz träumte, war auf einmal sehr gegenwärtig. Seine Eltern waren so stolz auf den Sohn, der nach Wien ausgezogen war, um die neue Trockenheit zu stoppen und die Milchwirtschaft der Region zu retten. Franz verspürte kein Heimweh. Den Teufel würde er seiner Mutter davon erzählen, dass er sich längst mit den Leugnern des Klimawandels ins Bett gelegt hatte. Das mit dem Wasser war allerdings ernster, als seine Mutter auch nur ahnte. Und da gab es nur eines zu tun. Wenn man es konnte.

*

»Du bist heute wunderschön.« David streichelte Claras Haare, während sie am Küchentisch saßen und die Weinflasche leerten.

»Tatsächlich?«

»Ja, du siehst irgendwie aufgeräumt aus. Hattest du einen guten Tag?«

»Wenn du damit meinst, dass wir im Fall weitergekommen sind: Nein. Wenn du damit meinst, dass ich wieder beginne, meinen Körper zu mögen... ja.« Sie beugte sich zu ihm, nahm sein Gesicht in ihre Hände und küsste es. Sie hörte, dass sie ein SMS empfangen hatte. »Ich geh mich duschen.«

Sie klickte die Nachricht an und hielt Grossmanns Versprechen in den Händen, dass er sich persönlich um ihre Haustüre kümmern würde. Das war fein. Wählen würde sie ihn trotzdem nicht.

*

»Schau, Ercan, was ich gefunden hab.« Sahra kam herein, und als sie sah, dass ihr Mann alleine am Boden saß, schaute sie ihn fragend an.

»Er ist noch nicht so weit.« Sahra setzte sich zu ihm und streichelte seine Wange: »Natürlich nicht. Ich hoffe, dass er bald seine Arbeitserlaubnis bekommt. Das wird ihm guttun.«

»Was hast du gefunden?«

»Komm mit.« Sie gingen in Sahras Zimmer, das vom kalten Licht ihres Monitors beleuchtet wurde. Es war winzig und gemütlich eingerichtet. Eine Duftlampe verströmte den zarten Duft von Wildrosen.

»Schau, kennst du die beiden?« Sahra deutete auf ein Foto auf dem Bildschirm, das zwei Männer zeigte, die mit ihren Sonnenhüten an einem Seeufer standen und in die Kamera winkten.

»Ist das nicht der Theissl?«

»Genau.«

»Und der andere? Den kenne ich nicht.«

»Aigner. August Aigner. Der Juniorchef von *Good&Food*.«

»Schön für ihn. Ist das am Genfer See?«

»Ja, und jetzt wird es interessant.« Sahra scrollte sich durch die Bildergalerie, bis sie zu dem Foto kam, das August Aigner mit Franz Haböck in der Säulenhalle des Parlamentes zeigte.

»Okay, die sind verbandelt. Und?«

»Setz dich, Dlakam.« Sie führte ihn zum kleinen Sofa, auf dem eine weiche Decke lag. Sie selbst setzte sich in den Schaukelstuhl und schaltete die Stehlampe ein. Warmes Licht erhellte den Raum.

»Ich hab dir doch von dem Bericht erzählt, der für *Good&Food* geschrieben wurde.«

»Der mit den Dienstleistungsrichtlinien und dem Umweltschutz? Dein Vorwort?«

»Ja. Ich weiß nicht, wie das alles zusammenhängt, aber Mike Grossmann belagert mich seit der Veröffentlichung und der steckt mit Franz Haböck unter einer Decke.« Sahra runzelte die Stirn: »Und der kennt offenbar August Aigner.«

»Ja und?«

»Ich weiß nicht, aber ich hab ein mulmiges Gefühl. Auch weil der Vertrag verschwunden ist, der beweist, dass der Hoffnungsträger der Konservativen mit *Good&Food* unter einer Decke steckt.«

»Um was ging es in dem Bericht nochmal?«

»Na, um die Kapazität des Wiener Hochquellwassers.«

»Wann gehst du endlich mit deinen Informationen an die Öffentlichkeit?«

»Wenn Iclal die Türkei verlassen kann.«

»Such dir eine neue Journalistin. Wer weiß, ob der Mordanschlag…«

»Ich nehme Iclal und keine andere. Du weißt, dass ich einen Großteil der Recherche ihr zu verdanken hab.«

»Die sie auf Grundlage deiner Vermutungen begann. Sahra, Iclal darf die Türkei nicht verlassen.«

»Ein Grund mehr, ihre Karriere in Wien zu pushen. Weißt du, wie viel Aufmerksamkeit sie auf Istanbul lenken kann, wenn sie die Story bringt?«

»Darum geht es jetzt nicht!«

»So? Um was geht es dann?«

Ercan dachte nach: »Dann ruf die Kogler an.«

»Die Kogler?« Sahra runzelte die Stirn.

»Sie ist doch mit dem Umweltminister verschwägert.«

Sahra nickte: »Das ist eine gute Idee.« Sie beugte sich vor und streichelte nachdenklich Ercans Knie: »Weißt du, wie spät es ist?«

»Kurz vor sieben.«

»Gut.«

»Das ist noch nicht zu spät, Cane. Ich schau wieder nach Kian.« Ercan stand auf, küsste sie auf die Stirn und verließ das Zimmer. Sahra entsperrte ihr Handy. Es gab Zeiten für Diplomatie und es gab Zeiten für Klartext.

»Kogler.«

»Guten Abend. Entschuldigen Sie bitte die späte Störung, aber ich hab eine wichtige Frage.«

»Nur zu.«

»Was wissen Sie über Ihren Kollegen Haböck und seine Verbindung zu *Good&Food*?«

»Franz hat keine Verbindung zu *Good&Food*.«

»Sind Sie sich da sicher? Er kennt doch den August Aigner...«

»Nie gehört.«

»Herr Aigner arbeitet in der Chefetage des Konzerns.«

»Aha.«

»Es muss irgendetwas mit Lizenzen zu tun haben, mit EU-Richt-linien, die...«

»Stimmt. Franz beschäftigt sich in diese Richtung, er wird zum nächsten Ausschuss etwas vorbereiten...«

»Wissen Sie nichts Genaueres?«

»Nein.«

»Gut, wenn Ihnen etwas einfällt, melden Sie sich bitte... ich hab mich im Frühling mit der Materie beschäftigt und wäre sehr froh, mit Ihnen gemeinsam auch auf diesem Gebiet weiterzukommen. Abseits der Hahnenkämpfe... wir können uns gerne...«

»Übrigens gut, dass Sie anrufen. Ich wollte mich morgen früh bei Ihnen melden.«

»Ja?«

»Sie können doch nicht an der Sitzung teilnehmen.«

Sahra traute ihren Ohren nicht: »Ja, und warum nicht?«

»Es ist eben so.« Diesen Ton kannte sie von der Politikerin nicht.

»Gut. Dann eben nicht. Gute Nacht, Frau Kogler.«

Sahra war verwirrt. Hatte sie jetzt alles verbockt? Zögernd stand sie auf. Sie durfte keine schlafenden Hunde wecken. Offensichtlich hatte sie aber genau das gerade getan.

Sie schaute auf das Handy in ihrer Hand und hatte plötzlich alles satt. So sehr satt. Sie war an inhaltlicher Arbeit interessiert, auch überparteilich, das war ihre große Stärke. Machtkämpfe betrachtete sie als entbehrliche Zeitvergeudung. Was sollte die plötzliche Absage? Steckte die Kogler auch mit drinnen?

Sahra setzte sich an ihren Schreibtisch und fuhr den PC herunter. Müde war sie, einfach nur müde. Warum war Iclal in die Türkei gefahren, verdammt? Hatte sie das Begräbnis ihrer Mutter nicht einfach auslassen können?

Als das Handy läutete, nahm sie widerwillig ab: »Clara?«

»Ich darf mit dir nicht mehr offiziell sprechen.«

»Und warum nicht?«

»Interne Katastrophen.«

»Sehr schön.«

»Hat Aca dich kontaktiert oder Herr Kowalski?«

»Nein, Herr Kowalski hat mich nicht kontaktiert. Wer ist Aca?«

»Der Polizist, der soeben herausgefunden hat, dass du auf der offiziellen schwarzen Liste der Grauen Wölfe stehst.« Sahra verstummte. Ihr Herz hatte sich augenblicklich in einen Eisklumpen verwandelt. Sie ließ das Handy sinken und schaute sich in ihrem Zimmer um. Von überall her schienen Wanzen aus den Mauern zu wachsen, hinter denen dunkle Männer saßen, die begonnen hatten, ihr das Zimmer genauso wegzunehmen wie vor wenigen Tagen die Straßen. Sie musste raus zu Ercan, sofort, doch sie blieb sitzen, starr, und fragte sich, wer die fremde Frau war, die in ihrem Zimmer vor dem Schreibtisch saß.

*

Sie hatten zum ersten Mal seit langer Zeit wieder miteinander geschlafen. Clara lag in Davids Achselhöhle geschmiegt und dachte an nichts. Sie spürte seinen Herzschlag während sie seine Brusthaare streichelte, die nach oben hin längst ergrauten. Sie atmete den vertrauten Geruch ein und spürte den Klumpen, der in ihrem Hals heranschwoll. Nein, sie wollte nicht wieder weinen und richtete sich auf: »Willst du noch ein Glas Wein?«

»Aber sicher.« Schnurrte David, der fast eingeschlafen war. Als er ihren Gesichtsausdruck sah, erwachte er augenblicklich: »Geht es dir gut?« Clara nickte, während ihr die Tränen über die Wangen liefen. Wein! Sie lief nackt in die Küche und holte zwei frische

Gläser aus dem Schrank. Als ihr Handy läutete, ignorierte sie es. Als es nicht aufhörte zu läuten, wusste sie, dass es Aca war, und nahm es vom Tisch.

»Rate, wo ich bin.«

»Im Bett.«

»In Grossmanns Arbeitszimmer.« Konnte der Herr Klubobmann sie nicht einmal in Ruhe lassen, nachdem sie den ersten Orgasmus seit Monaten gehabt hatte?

»Durchsuchungsbefehl?«

»Ja, ja. Hör zu...«

»Aca, hast du einen Durchsuchungsbefehl?«

»Du weißt, wie langsam das bei unserer Firma geht.«

»Und der Pförtner?«

»Hat mir den interimistischen Wisch abgekauft.«

»Du bist ein Trottel.«

»Ich weiß. Du errätst nie, was ich eben gefunden hab.«

Clara gähnte: »Seine nächste Rede über die Gefahr eines Bürgerkrieges, die die sofortige Aufstockung des Heeresbudgets zur Folge haben muss, was nicht nur der Mindestsicherung, sondern auch der Mindestpension an die Gurgel gehen wird?«

»Er hat eine nette Sammlung angelegt.«

»Mit Presseberichten seiner Herrlichkeit?«

»Mit Artikeln über Morde an Abtreibungsbefürwortern in Südamerika.«

»Verdammte Scheiße.«

*

Am nächsten Morgen hatte Sahra lange überlegt, sich krank zu melden. Ercan war schon früh aufgestanden, um Kian den Naschmarkt zu zeigen. Sahra hatte es nicht übers Herz gebracht, ihm von der schwarzen Liste zu erzählen. Sie wollte nicht riskieren, dass Kian zusammenbrach. Nein, jetzt war er in Wien und in Wien war Frieden und sie musste nur ihren Beruf wechseln. Doch die Mauern kamen näher. Sahra sprang aus dem Bett und ging unter die Dusche. Verscheuchte die Bilder und zog sich ihren lachsfarbenen Jumpsuit an. Herbst hin oder her, mit einer Wolljacke darüber würde es schon gehen und sie brauchte jetzt ihr Lieblingsteil.

Im Büro angekommen, schloss sie die Türe hinter sich und hoffte, den ganzen Vormittag nicht gestört zu werden. Die siebzig Mails, die sie seit gestern erhalten hatte, waren zwar von ihrer Mitarbeiterin vorsortiert, aber nicht einmal im Ansatz von ihr beantwortet worden. Der TV-Auftritt heute Abend war jetzt schon mehr, als Sahra ertragen konnte. Sie setzte sich an ihren kleinen Besprechungstisch und blätterte in den Tageszeitungen. Wie beruhigend das Rascheln des Papiers doch war. Die Inhalte ignorierte sie, die waren der Tinnitus der überarbeiteten Politiker. Also sah sie sich nur die Bilder an. Auch nicht hilfreich. Ob sie die Diskussion absagen sollte? Das konnte sie sich nicht leisten. Sie blätterte weiter und sah das Foto ihrer Kollegin, die im Nebenzimmer arbeitete. Die große Welt war so klein geworden, seit sie gewählt worden war, und sie hätte alles dafür gegeben, immer noch auf der gleichen Welle zu schwimmen wie die anderen, deren Gefühl von Wichtigkeit Hand in Hand zu gehen schien mit dem Gefühl von Machbarkeit. Auch wenn die Reformen stockten, konnten sie immer noch auf einen gefüllten Terminkalender verweisen, dessen Ledereinband gut roch.

Sie las den Artikel, las ihre eigenen Worte, stutzte und las ihre eigenen Worte noch einmal. War es jetzt schon so weit, dass man ihre Gedanken raubte? Um im nächsten Absatz ihre Mini-Kampagne zu kritisieren? War ja klar, dass die blöde Kuh damit in die Presse kam.

*

»Was ist, wenn dich der Kowalski erwischt, Aca?«

»Er wird mich nicht erwischen.« Clara und Aca saßen im *Roten Bären* und frühstückten.

»Weil *du* die Sache übernehmen wirst.«

»Aha.«

»Du gehst mir sonst ein, meine Liebe.«

»Und du willst nicht alles allein machen.« Dass sie sich weiterhin an den Grossmann hängen durfte, versöhnte sie mit der langen Wartezeit auf das Essen.

»Und was tun wir, wenn die Fährte wirklich heiß ist?«

»Das überlegen wir uns dann.«

»Aca, ich wiederhole mich nur ungern, aber du bist ein Trottel.«

»Stets zu Diensten. Als Erstes siehst du dir seine Wohnung an.«

»Und du?«

»Ich räuchere die Wolfshöhle aus und entzaubere die Identitären.«

＊

Sie hatten sich im *Schwarzen Kamel* verabredet. Kian studierte die Speisekarte und brachte Sahra mit seinen Leseversuchen zum Lachen. Sie übersetzte bereitwillig und versuchte, weder an die bevorstehende Talkshow, noch an die Monate zu denken, in denen Kians Familie ohne Wasser, Nahrung und Strom im östlichen Teil der Türkei hatte leben müssen. Es tat so gut, in dem alten Lokal auf edlen Stühlen zu sitzen, über gutes Essen zu reden, über den roten Samtvorhang auf die Straße zu schauen oder die Menschen zu beobachten, die sich in der Mittagspause getroffen hatten, um in der Nähe des Stephansdomes zu essen.

»Willst du dir nicht lieber etwas aus der Vitrine aussuchen, Kian?«

»Nein, meine Liebe, heute lerne ich Deutsch. Was ist ›sscscnelllee mmit mittttaaags...‹?«

»Schnelle Mittagsgerichte?«

»Ja.«

»Das Tagesmenü.«

»Was gibt es heute?«

»Lass sehen. Gebackenes Zanderfilet mit Erdäpfelsalat und Sauce tartare oder Erdäpfel-Schafskäselaibchen mit Schnittlauchsauce.«

»Beides.« Er lachte und klappte die Speisekarte zu: »Und dann teilen wir.«

»Ist gut.« Sahra winkte den jungen Kellner zu sich und bestellte. Kian blätterte inzwischen in der Weinkarte.

»Willst du auch einen Wein?« Er nickte.

»Welche Flasche?«

»Flasche?«

»Der Wein ist gut.«

»Ach ja, du verdienst ja ordentlich.«

»Komm, lass mich dich verwöhnen. Also, welche Flasche?« Kian schüttelte den Kopf und zeigte auf die Karte: »Von dem Geld kann man sich bei uns eine Woche lang ernähren.«

»Ich weiß, Kian. Schließ die Augen und tippe einfach darauf.« Kian tat wie befohlen und Sahra bestellte die Trockenbeerenauslese der Scheurebe aus dem Jahr 2008.

Als sie satt waren und an den Zitrusaromen in ihren goldgelben Gläsern nippten, bat Kian Sahra, aus der Politik zu gehen: »Politik ist schmutzig. Schau, wohin sie die Türkei gebracht hat!«

»Wir sind hier in Österreich, Kian, unsere Demokratie ist in Ordnung.« Sahra strich über die weiße Tischdecke.

»Ja. Noch.«

»Was meinst du damit?«

»Die Leute spielen immer verrückt, wenn es mit der Wirtschaft bergab geht.«

»Ja, das weiß ich, aber man kann dagegenhalten. Man kann dafür sorgen, dass es den Menschen trotzdem halbwegs gut geht.«

»Ach ja?«

»Ich stemme mich zum Beispiel gegen die Kürzung der Mindestsicherung...«

»Wenn du dich dagegenstemmen musst, ist sie doch schon

beschlossene Sache.« Er schüttelte den Kopf: »Politik ist schmutzig und ich rate dir dringend, die Finger von ihr zu lassen, auch...«, er nahm einen tiefen Schluck, »...auch wenn du dir als Politikerin einen so guten Wein leisten kannst. Nein, *weil* du dir einen so guten Wein leisten kannst. So beginnt der Verrat.« Er beugte sich zu der Jacke, die Ercan ihm gestern gekauft hatte, nahm ein Foto heraus und betrachtete es ernst: »Schau, was die Politik mit meinem Mädchen gemacht hat.« Sahra schluckte. Sie kannte Aaliyah, seit sie ein Baby gewesen war.

*

»Weißt du eigentlich, dass der Grossmann unzählige Mails an die Schneider schickt?« August Aigner hatte es sich anders überlegt und weihte seinen Freund ein. Er war der Einzige in der Bibliothek und sprach in gemäßigter Lautstärke.

»Äh, nein. Warum tut er das?« Fragte Franz.

»Er will sie unbedingt treffen. Schreibt aber nicht, warum.«

»Aha.«

»Das ist unser verdammtes Glück, Herrgott! Sonst wird ihr noch klar, wie wichtig der verdammte Vertrag ist!«

»Aber Mike kooperiert doch sowieso...«

»Und, warum bist du dir da so sicher?«

»Weil... weil ich ihn kenne.«

»Dass du dich da nur nicht täuschst! Ich hab zur Sicherheit eine schöne Ablenkung in den Medien platziert.«

»Oh, das ist klug…«

»Nennt sich Taktik. Was hast du bei deiner Burschenschaft eigentlich gelernt?«

»Das werde ich dir ganz sicher nicht…«

»Du hast dich lange genug getarnt. Wir haben dich sogar bei den Konservativen eingeschleust, um dich schneller nach Wien zu kriegen, jetzt…«

»Ist ja gut. Es läuft doch.«

»Besorg mir endlich den verfluchten Vertrag!«

»Können wir nicht…«

»Nein!«

»Vielleicht soll ich den Grossmann…!«

»Genau! Wir müssen uns beeilen! Die Konjunktur beginnt bald wieder anzuspringen. Wir müssen noch *davor* die Neuwahlen ausrufen, verdammt!«

»Ich hab mit der Sozialsprecherin der Rechten…«

»Ich weiß, was du mit der Sozialsprecherin der Rechten besprochen hast! Ich weiß, was jeder mit jedem bespricht! Schon vergessen?«

»Nein.«

»Murks die Schneider ab.«

*

Sahra war verkabelt. Sie strich ihre Locken nach hinten, damit sie das winzige Mikrofon am Revers nicht berührten, und starrte in den Spiegel. Obwohl sie in der Maske gewesen war, konnte man noch immer sehen, dass sie geweint hatte. Sie träufelte Augentropfen ins gerötete Weiß, nahm den schwarzen Kajalstift und malte noch dickere Ränder unter und über ihre Augen. Mit Silber und Grün versuchte sie, ihre Augenlider zu beleben, mit zusätzlichem Rouge, ihre Bleiche zu vertreiben, und mit dem Gloss das langsame Altern ihrer Lippen. Sie lehnte sich zurück und erschrak.

Egal. Fieberhaft ging Sahra die wichtigsten Stichworte durch und wiederholte leise die Key-Sätze. Ihre Nägel! Ob sie in der Maske einen passenden Nagellack hatten? Sie stand auf und streckte sich durch, widerstand der Couch, die man den Gästen des staatlichen Fernsehens hingestellt hatte, damit sie zur Ruhe kamen, ehe sie im Studio brillieren mussten. Sahra nahm ihre Wasserflasche aus der Tasche, trank einen tiefen Schluck, wischte sich den Lipgloss von den Vorderzähnen und steckte sich Aaliyahs Foto in ihre Brusttasche.

*

Clara setzte sich zu David und den Katzen aufs Sofa und hörte die einleitenden Worte der Moderatorin. Die desillusionierte Stimmung zwischen ihnen änderte sich zaghaft und machte einer scheuen Zärtlichkeit Platz. David hatte ihr vorhin begeistert den neuen Boiler präsentiert, den die Hausverwaltung am Nachmittag hatte installieren lassen. Das war schön, doch Grossmanns Bemühen um ihre Gunst auch irgendwie verdächtig. Egal, jetzt wollte sie David die Politikerin zeigen, die ihr gerade das Leben schwer machte.

Und da war sie. Rechts von ihr die Moderatorin und links von ihr ein Armutsexperte. Als die Kamera schwenkte, sah Clara, dass den beiden gegenüber der Finanzminister Platz genommen hatte und... *na wunderbar*... Mike Grossmann.

»Darf ich vorstellen? Dieser Herr hat uns den neuen Boiler besorgt.« Clara küsste den entsetzten David und stellte fest, dass Sahra optisch ziemlich neben der Spur war.

»Die hat sich aber verändert.« Kommentierte David und dann wurde es richtig schlimm. Die sonst redegewandte Abgeordnete saß wie eingefroren auf dem Studiosessel, dafür purzelten ihre Anfangsworte gegen die Kürzung der Mindestsicherung unkoordiniert aus ihrem Mund. Die Moderatorin gab das Wort sofort dem Finanzminister, der lang und breit die im Frühling beschlossene Kürzung seines Budgets besprach, was ihn leider unter Druck setzen würde. Der Armutsexperte unterbrach ihn mehrmals, um ihm die Folgekosten für die Volkswirtschaft vorzurechnen, die die Einsparungen bei den Ärmsten verursachen würden. Mike Grossmann wischte alle Vorbehalte charmant vom Tisch und kam auf die Flüchtlinge zu sprechen, die die Ursache des ganzen Schlamassels wären.

»Der Hornochse in Hochform. Den Boiler kann er sich… Clara, wie konntest du nur…« David stand auf, um Wein zu holen. Clara starrte auf den Bildschirm, der Sahra wieder in die Totale genommen hatte. Sie kannte die Sätze, die die Politikerin sagen wollte, mittlerweile auswendig, aber Sahra geriet ins Stottern. Der Armutsexperte unterstützte beflissen ihre Argumentationslinie, trotzdem verlor sie immer wieder den Faden. Clara begann zu schwitzen und dachte an Frau Weinzierl, die ihr vorhin den Rettungsanker aus Den Haag zugeworfen hatte. Der Untersuchungsbefehl für Mike Grossmanns Wohnung lag in ihrer Tasche. Sie lehnte sich zurück und wartete auf David, der sogleich mit der Flasche kam.

*

Der Morgen war grau und kalt. Der Regen fiel in schrägen Streifen auf die nasse Fahrbahn, während Clara ihren alten, weißen Mercedes W123 lenkte, der bei gutem Wetter fast immer auf seinem Parkplatz vor der Haustüre blieb. Das GPS zeigte Mike Grossmanns Adresse an und lotste sie über den Gürtel in den dreizehnten Bezirk. Eine Verbindung von Grossmann zu den Identitären war denkbar und die hatte vielleicht Spuren auf seinem Schreibtisch hinterlassen. Was günstig wäre, da es Aca bisher nicht gelungen war, Thomas Singer in die Ecke zu treiben. Der Kerl war rhetorisch gut geschult. Das Schloss Schönbrunn lag zu ihrer Rechten und im Radio wurde noch immer über die Folgen des Uhu-Gates auf das Vertrauen der Menschen in die Demokratie gesprochen. Die Wiederholung der ersten Stichwahl hatte wegen nicht klebender Kuverts verschoben werden müssen – das lieferte Schlagzeilen in der internationalen Presse und hatte den Innenminister über Nacht zur Lachnummer gemacht. Die Plakate für den Oktobertermin waren wieder entfernt worden und Clara riss sich nicht darum, die Dezemberserie zu sehen. Sie blinkte und bog in eine Seitenstraße der Villengegend.

Nach kurzem Suchen fand sie einen Parkplatz, schloss den Wagen ab, spannte den Regenschirm auf und schlenderte zu seinem Haus. Die kleine Holztüre ließ sich öffnen. Im dahinterliegenden Garten blühten spätsommerliche Rosen. Sie blieb kurz stehen, beugte sich hinab und roch an einer der Blüten, bevor sie über eine alte Steintreppe zur Haustüre ging. Diese war mit dem Dietrich schnell geöffnet. Clara drückte die Klinke nach unten und stand in einer kleinen Halle. Leise schloss sie die Türe hinter sich und atmete tief durch. Jetzt musste sie schnell handeln. Flügeltüren führten in angrenzende Zimmer und eine gusseiserne Wendeltreppe nach oben. Wo beginnen?

*

»Grüß Gott, Frau Weber!« Conny sah vom Zwetschkenkuchen auf, den sie gerade an der Theke bestellt hatte, und grüßte überrascht die Abgeordnete: »Grüß Gott, Frau Ritter.«

»Der sieht aber gut aus.«

»Ja, hin und wieder muss es sein.«

»Bringen Sie der Abgeordneten Schneider doch auch ein Stück.« Gunda Ritter lächelte gütig und zahlte.

»Warum?«

»Nun, nach der heutigen Meldung wird es ihr nicht besonders gut gehen...«

»Welche Meldung?«

»Ach, Sie wissen noch nichts von den Urlaubsfotos?«

»Äh, nein.«

»Die Arme. Jemand hat der Presse Fotos zugespielt, die beweisen, wie oft sie in diesem Jahr Urlaub auf Steuerkosten machte.« Conny schüttelte unwirsch den Kopf: »Das ist doch blanker Unsinn.«

»Ich weiß. Aber die Menschen glauben, was in der Zeitung steht.«

»Das werden wir sofort richtigstellen!«

»Ja«, seufzte Frau Ritter, »und wir beide wissen, dass immer etwas hängen bleibt.« Sie dachte nach: »Vielleicht ist das gar nicht so schlecht für Sie.«

»Wie bitte?«

»Sie haben doch Jura studiert, oder?«

»Ja.«

»Ihr Fachgebiet ist das Umweltrecht?«

»Genau.«

»Und doch scheint es, dass Sie trotz Auslandsstudium und den vier Sprachen, die Sie beherrschen, keine Aussicht auf den Nationalrat haben. So geht es vielen.«

»Frau Schneider leistet hervorragende Arbeit für unsere...«

»Mitleid. Sie wird nur noch vom Mitleid Ihrer Partei getragen, obwohl sie sich schon lange nicht mehr auf ihre eigentliche Aufgabe konzentrieren kann.« Conny betrachtete die ältere Dame, die ihr aufmunternd zuzwinkerte: »Die Politik ist ein hartes Geschäft, meine Liebe, und es wäre ewig schade um Ihre Expertise. Carpe Diem.« Sprachs und ging stracks durch die Cafeteria in die Säulenhalle.

Conny sah ihr nach. Die Alte hatte ja so recht. Sahra würde es nach der nächsten Wahl nicht mehr geben, also musste Conny langsam an sich denken. Sie war noch jung, politisch unverbraucht und inhaltlich so versiert wie die Abgeordnete. Die das Dreifache verdiente und dafür auch noch in die Medien kam. Conny wusste, dass sie selbst auch reden konnte. Die Kamera liebte sie zwar nicht wirklich, aber sie wusste, welche Wunder die Maske bewirkte. Oder auch nicht. Mit Schaudern dachte sie an Sahras letzten TV-Auftritt. Das hätte sie selber besser hingekriegt.

*

Mikes Arbeitszimmer war im ersten Stock. Es war geräumig und gemütlich eingerichtet. Clara zögerte kurz, dann setzte sie sich in den dunkelgrünen Lehnstuhl, der neben dem Kamin stand, und betrachtete den Raum. Hier saß er also, während er seine bescheuerten Reden schrieb. Oder einen Drink nach der Arbeit nahm. Ob er Musik hörte? Die Boxen, die an seinen PC angeschlossen waren, wiesen darauf hin. Clara stand auf und ging zum Schreibtisch. Eine große Glasplatte lag auf metallenen Beinen, die auf einem alten Perser standen. Das Chaos, das auf ihm wucherte, ließ entweder auf einen kreativen Geist oder ein verwöhntes Einzelkind schließen. Sie blätterte durch die Unterlagen. Hier lag ausschließlich hochkarätiger Mist. Clara seufzte und ging zum Bücherregal. Ihre Blicke schweiften über eine große Abteilung von Umweltthemen. Bildbände wechselten sich mit Fachliteratur ab und das war erstaunlich, da der Grossmann noch nie zu diesem Thema Stellung bezogen hatte. Dies konnte sein gemeinsames Interesse mit Sahra Schneider sein. Sie fotografierte die Buchrücken, drehte sich zum Schreibtisch zurück und öffnete die erste Schublade. Da sie nicht wusste, wonach sie suchen sollte, verzettelte sie sich in Details, ehe sie einsah, dass hier wohl nichts zu finden war. Also schaltete sie den PC ein, knackte ihn mit dem Passwortgenerator und klickte sich durch seine Files.

*

Mike saß im Abgeordnetensprechzimmer und trank seinen fünften Kaffee. Eine Gruppe Studierender hatte um einen Termin gebeten und war dann doch nicht gekommen. Sein Team saß nun stattdessen um einen der Tische und plauderte, während er den leuchtenden Stuccolustro an den Wänden betrachtete. Stuccolustro war im Parlament prominent vertreten, da er damals kostengünstiger gewesen war als Marmor. Seit den Zeiten Pompejis wurde er aus einer Paste von Marmorstaub, Farbe und Weißkalk hergestellt, durch heiße Bleche geglättet und anschließend mit Venezianerseife eingelassen. Er dachte an Sahra, während sich die Diskussion um die neuesten Parteiaustritte drehte.

Es gab seit Längerem Gruppierungen innerhalb seiner Partei, die unter anderen, heimatlicheren Namen arbeiteten, in der Hoffnung, dass selbst der Bundesländer-Nationalismus zog. Von einer dieser Splitterparteien hatte sich am gestrigen Nachmittag abermals ein Team abgespalten und sich einem Polit-Neuling angeschlossen, einem prominenten Musiker, dessen Lack noch glänzte.

Mike sah die Situation gelassen. Er hatte damals leise gekichert, als bei der Parteigründung Worte wie *das ist ein historischer Tag* gefallen waren. Sein Team hatte das naturgemäß anders gesehen und versuchte seit Monaten, in immer hektischerem Aktionismus, über der Wahrnehmungsschwelle der Öffentlichkeit zu bleiben. Mike beneidete sie um ihre Probleme und den Versuch, das Herzstück der ursprünglichen Parteilinie, die Wirtschaft, trotz hartnäckiger Infarkte, wiederzubeleben.

Gerade legte sich Frau Wallner ins Zeug. Ihr apricotfarbenes Sakko unterstrich ihre Gesten, während sie sich bemühte, CETA zu verunglimpfen und gleichzeitig für intensivere Handelsbeziehungen mit den USA und Kanada zu werben. Mike nickte ihr freundlich zu und stellte sein Wasserglas mit dem aufgelösten Aspirin ab. Er hatte gestern Nacht, nach zwei doppelten Wodkas, seine Strategie geändert, den Umweltminister kontaktiert und sich vorgenommen, endlich Tacheles zu reden. Die Gerüchte verhärteten sich, dass es zu vorgezogenen Nationalratswahlen kommen würde, also musste er schneller handeln als geplant, um in ein paar Monaten nicht nur vor einer gänzlich veränderten politischen Landschaft, sondern auch vor dem Parlament zu stehen. Ohne seine Mission erfüllt zu haben. Er musste mit Sahra sprechen. Sofort. Die nächste Plenarsitzung war erst in zwei Wochen. So lange konnte er nicht warten. Er musste die Stalking-Anzeige riskieren.

*

Clara genoss kurz den Ausblick aus dem Fenster, ging in seinem Mailaccount auf *gesendete Mails* und fand unzählige Nachrichten, die an Sahra adressiert waren. Sie klickte sich hinein und fand verzweifelte Versuche, mit ihr Kontakt aufzunehmen. Clara fand keinen einzigen inhaltlichen Anhaltspunkt. Wahrscheinlich rechnete er damit, dass seine Mails mitgelesen wurden. Ihr Handy läutete: »Aca?«

»Komm sofort.«

»Ich bin in Grossmanns PC.«

»Dann logg dich aus und verwisch deine Spuren. Er ist der Falsche.«

»Warum?«

»Nicht am Telefon.«

»Unsere Handys sind abhörsicher.«

»Sagt wer?«

*

Mikes Erkundungen waren jetzt bei den Türflügeln angelangt, während er seinem Auslandsreferenten lauschte. Die Einlegearbeiten aus Mahagoni, Palisander und Ahorn waren packender als der Vorschlag, den Diskurs auf die Wirtschaftsbeziehungen mit China zu lenken, was die anderen Parteien in den Augen des Referenten sträflich vernachlässigten. Mikes Gedanken glitten noch weiter ab und er dachte an sein intensives Rhetoriktraining in den Staaten zurück. NLP hatte er schnell draufgehabt. Das war der leichte Teil der Übung gewesen, da er parallel zu seinem Jurastudium in Berkeley genügend Medienseminare belegt hatte. Wesentlich schwerer hatte er sich damit getan, zu akzeptieren, welche Argumente in Österreich zogen, damit die Partei eine realistische Chance hatte, ins Parlament einzuziehen. Er war wochenlang vor dem Spiegel gesessen und hatte Patriotisches gesülzt. Das Relativieren von Frauen hatte er unterhaltsam gefunden und als er übte, jedes sich bietende Thema auf die Ausländerfrage zu reduzieren, wusste er bald nicht mehr, warum er eigentlich studiert hatte. Mit klaren Gesten hatte er sein Spiegelbild davon überzeugt, dass es ein Leichtes und quasi seine Natur war, den schlechten Zustand der ländlichen Infrastruktur, die Reformbedürftigkeit des Gesundheitswesens, die Sinnlosigkeit des Klimaabkommens und sowohl die Steuer- als auch die Verwaltungsreform mit dem Asyl-Tsunami zu erklären. In seiner Erzählung wurde die Alpenrepublik seit Kreisky von Ausländern überschwemmt, nachdem die Linke beschlossen hatte, ihre Heimat als Einwanderungsland zu bezeichnen und sie damit zu verraten. Mike hatte gelernt, mit großer Zungenfertigkeit die geografischen und historischen Tatsachen der Monarchie und der beiden Weltkriege zu umschiffen, die globalen Flüchtlingsrouten zu ignorieren, und hatte nicht lockergelassen, mit den Ängsten der Gegenwart vor der fiktiven Kulisse des 19. Jahrhunderts zu spielen. Marc Theissl war begeistert gewesen, hatte er doch alle Hoffnungen in ihn gesetzt.

*

Das großformatige Blatt hatte fünf Urlaubsfotos der vergangenen drei Jahre auf zwei Seiten gedruckt. Sahra ließ die Zeitung sinken und griff nach ihrem Handy. Die Partei hatte so viele Klagen am Laufen, da war eine mehr oder weniger auch schon egal. Doch dass so unprofessionell vorgegangen wurde, ärgerte sie. Nicht, dass man ihre Cloud gehackt oder ihr Fotoalbum aus der Wohnung entwendet hatte, nein, man war so dreist gewesen, die Bilder einfach von ihrer Facebook-Chronik der letzten Jahre herunterzuladen und die Erstellungsdaten zu ignorieren. Den Prozess konnte sie nur gewinnen, wahrscheinlich würde es nicht einmal so weit kommen, aber sie schämte sich, die Aufmerksamkeit schon wieder auf sich zu lenken. Selbst die interne Basis begann mittlerweile wegzubrechen. Sahra seufzte. Sie wusste, dass man darüber tuschelte, dass sie ihr Geld für das personelle Coaching und das Spesenbudget längst verbraucht hatte. Dabei war erst Oktober. Sahra starrte auf den Namen ihres Anwaltes und legte das Handy auf den Schreibtisch zurück. Erst wollte sie die Scherben der entgleisten TV-Debatte aufräumen.

*

»Was ist los?« Clara hatte hinter dem Lenkrad Platz genommen, startete den Wagen und sprach über die Freisprechanlage. Aca zitierte: »Du linkskommunistische Feministenfotze gehörst erst ins Puff und dann auf den Scheiterhaufen! Deine Asche können sich deine lesbischen Freundinnen dann in die Fotze stecken.«

»Oh, wie charmant.«

»Ich werde dir die Brüste abschneiden, damit du weißt, wie es ist, wenn eine Frau ein Mann wird.«

»Aca...«

»Ich hab noch eines. Es ist das Aufschlussreichste: Die Briefe sind erst der Anfang und wir haben ein zweites Auto für dich. Ich weiß, wie dein Blut schmeckt.«

»Das sitzt. Wer hat das gepostet?«

»Miss Piggy. Ich denke aber nicht, dass das sein Klarname ist. Er ist ein glühender Verehrer von Mike Grossmann und auch mit Thomas Singer befreundet.«

»Und wo wohnt der Charmeur?«

»Meidlinger Hauptstraße.«

*

Mike dachte an seine Zeit in Amerika zurück, wo er quasi Berufsdemonstrant gegen die Bush-Regierung gewesen war. Das lag weit zurück.

»Mit welchem Budget können wir rechnen, Mike?«

»Wie bitte?«

»Ich frag, mit welchem Budget wir rechnen können und ob sich eine Delegation nach Peking ausgeht.«

»Peking.«

»Der Wirtschaftsminister war so lange nicht dort. Da hätten wir einen strategischen...«

»Nein!« Mike stand auf, gab vor, aufs Klo zu müssen, und griff nach der Türklinke, einer Schlange mit rubinroten Augen. Sein Team sprengte sich besser ohne ihn in die Luft.

*

Sie brachen die Türe ein und hielten sich augenblicklich die Nase zu. Es roch nach Stroh vor dem Ausmisten, verpisstem Katzenstreu und Dope. Als sie die Türe zum ersten Zimmer öffneten, sahen sie zwei Dutzend Vogelkäfige und Katzen, die phlegmatisch am Teppich lagen. In der Ecke stapelten sich drei Hamsterkäfige, fünf Meerschweinchen-Gehege und ein großes Aquarium mit Wasserschildkröten. Clara schrie kurz auf, als sie sich unvorsichtig dem Terrarium näherte und die große Vogelspinne sah.

»Was ist hier los, Aca?«

»Tja.« Clara hatte ihren Kollegen schon redseliger erlebt. Durch die Wand drang die beruhigend sanfte Musik von Klavier, gezupften Celli und einer Schalmei. Sie nickten einander zu, verließen den Tierpark und öffneten leise die Türe zum Wohnzimmer. Auf dem großen Bildschirm liefen gerade *Weißblaue Geschichten*. Meister Eder stand vor einem Bergsee und philosophierte lautstark aus dem Einbauschrank, der nicht mehr ganz auf der Höhe der Zeit war: »Ruhe und Einsamkeit, das ist es, was der stressgeplagte Großstädter genießen will. Also setzt er sich ins Auto und fährt da hin, wo es noch romantisch und idyllisch ist, ins Gebirg.« Auf dem Sofa saß ein dicker Mann. Nun, dick war vielleicht nicht der richtige Ausdruck. Er war ein Koloss, hoch wie breit, und schlief.

»Der?« Clara sah Aca fragend an.

»Schon möglich. Aber ob der kifft?« Sie gingen weiter, durchsuchten Küche und Bad und stießen am Ende des Ganges auf ein winziges Zimmer, in dem ein junger Mann wohnen musste. Im Türstock hing eine Klimmzugstange mit schwarzen Handpolstern, an den Wänden klebten Plakate mit Bodybuildern, der Boden war übersät mit Dartpfeilen und Hanteln. An der Wand, die gegenüber der Haustüre lag, hing eine große Zielscheibe. Einbauschrank, Bett und ein kleiner Tisch. Clara öffnete die Schublade und zog ein Plastiksäckchen mit hellbraunem Dope heraus: »Zur Entspannung nach dem Sport.«

*

Mike zog alibihalber die Spülung, wusch sich die Hände, seifte sie langsam ein und spülte sie lauwarm ab. Es war unglaublich, welche Auswüchse das Zeitalter der Aufmerksamkeitsökonomie bereits erreicht hatte. Seine Partei war das lebende Beispiel dafür. Er betrachtete sein Spiegelbild, zeigte sich selbst die Zunge und fasste einen Entschluss. Wenn die Kommissarin bereit war, ihm zuzuhören, würde er ihr die Wahrheit sagen. Noch nie hatte er in den vergangenen Jahren so sehr das Verlangen gespürt, sich als der zu zeigen, der er war. Mike trocknete seine Hände ab. Vielleicht war das auch strategisch klug. Über die Kommissarin würde er sofort an Sahra herankommen. Er öffnete die Türe. Warum war ihm das nicht früher eingefallen?

*

Clara und Aca hatten beschlossen, den schlafenden Koloss noch nicht zu wecken. Sie saßen auf den beiden Polstersesseln, die den Raum gänzlich verstellten. In den *Weißblauen Geschichten* versuchte Meister Eder gerade, sich in gesetztem Bayrisch vor seinem Gegenüber zu verteidigen, das ihm einen neuen Job andrehen wollte: »Aber geh! Schau, ich bin doch ein Pensionist und kein Echo. Ich kann kein Rheinländisch und ich kann kein Berlinerisch. Und was mach ich denn, wenn Amerikaner auf dem Schiff sind oder gar Japaner?«

»Ein Echo wiederholt immer nur das letzte Wort – und das wirst du dir doch wohl noch merken können... Prost.«

»Ob die eine Hausbar haben?«

»Aca, es sieht vielleicht nicht so aus, aber wir sind im Dienst.«

»Darf ich ganz kurz etwas zur Wahl sagen?«

»Ich fand unser Abkommen eigentlich ganz gut.« Meinte Clara diplomatisch und freute sich, dass Aca immer noch umzustimmen war.

»Ja, eh, aber Tatjana meinte kürzlich, dass sich ihr Kandidat endlich auf Österreichs Interessen konzentrieren will ...«

Clara ging zum Einbauschrank und öffnete die Türen. Nein, eine Hausbar war nicht zu finden. »So wie sich Orbán auf die ungarischen Interessen konzentriert, Zäune baut und den Rechtsstaat zeitgleich mit der Medienvielfalt aushöhlt? Aca, bitte!«

»Ja, aber er nimmt die Ängste und Sorgen der kleinen Leute ernst, um die sich die Regierung nicht kümmert! Die haben ja alle keine Ahnung, wie das echte Leben läuft. Immer mehr können sich immer weniger leisten, Clara, das kann dir doch nicht egal sein!«

»Es ist mir auch nicht egal. Die Menschen, die in der Politik arbeiten, sind unsere Angestellten und müssen sich um das Wesentliche kümmern. Tatjanas Partei ist allerdings gegen Vermögenssteuern und will die Mindestsicherung kürzen. Ihre Fürsorge für den kleinen Mann ist also nichts als Blabla. Außerdem hat sie es definitiv nicht mit der kleinen Frau.«

Aca dachte nach, schaute Meister Eder zu und betrachtete dann den schlafenden Mann: »Ich finde es irgendwie seltsam, dass wir ihn nicht wecken.«

Clara nickte: »Stimmt. Willst du...«

»Nein! Wir warten auf den Bodybuilder.« Aca zog sein Handy aus der Tasche.

*

Mikes Handy läutete. Die sollten ihn endlich in Ruhe lassen! Wer kam denn jetzt noch auf die Idee, eine neue Ära einzuläuten? War ihnen der bisherige Wahlkampferfolg von Trump zu Kopf gestiegen? Mike freute sich einfach nur noch auf den Tag, an dem er sie nicht mehr sehen musste. Er ging in die Küche und zog sich seinen sechsten Kaffee. Er würde ein Jahr lang keine Zeitung lesen, kein Radio hören und sich in sein Elternhaus am kalifornischen Strand zurückziehen. Wenn ihm alles gelang. Wenn nicht, würde er eventuell ins Terroristenfach wechseln. Das Handy läutete wieder. Genervt zog er es aus der Hosentasche und als er sah, dass es Sahra war, glitt es ihm fast aus den Händen.

*

»Ich weiß, dass du nicht viel von Tatjanas Meinung hältst, aber sie findet auch wichtig, dass ihr Kandidat das Bundesheer stärken will.«

»In Zeiten der Austerität? Brillante Idee!«

»Ja, aber wir müssen doch unsere Neutralität verteidigen! Clara, Tatjana und ich wissen, was Krieg ist!«

»Du willst ernsthaft mit neuen Waffen die Neutralität eines Landes verteidigen? Das Konzept finde ich interessant.«

Aca vergrub sich in sein Handy, Clara stand auf und schaute aus dem Fenster. Der Koloss begann zu husten. Ob es eine gute Idee war, dass er zwei Fremde in seinem Wohnzimmer vorfand, wenn er aufwachte? Doch er schüttelte sich nur leicht und schlief entspannt weiter. Erleichtert sahen sie einander an, und Clara konzentrierte sich wieder auf den Meister Eder.

»Du kannst gehen.«

»Wie bitte?«

Aca hielt Clara sein Handy hin: »Du kannst gehen. Ich hol mir eine andere Verstärkung.«

»Sagt wer?« Sie nahm das Smartphone und las die Mail, die Frau Weinzierl soeben aus den Niederlanden geschickt hatte. Sie sicherte ihnen nicht nur das Team der zweiten Mordgruppe zu, sondern beauftragte Clara auch, die Verantwortung für den Fall zu übernehmen, bis sie wiederkam. Sie konnten sich jederzeit bei ihr melden. Das saß. Clara schaute triumphierend zu Aca: »Und du brauchst mich hier wirklich nicht?«

»Zum Umschalten?«

*

Als Mike das Gespräch annahm, hatte Sahra bereits aufgelegt. Er fluchte und rief sie zurück. Vergeblich. Er ging in die WC-Kabine und setzte sich. Während er seinen Kopf in den Händen vergrub, zwang er sich zu einem klaren Gedanken. Sahra wollte mit ihm sprechen. Gut. Franz hatte den Vertrag noch nicht. Gut. Es war also noch nicht zu spät. Mike nahm die Hände von seinem Gesicht. Was hatte Franz eigentlich von ihrer Zusammenarbeit? Seine Stimme, das war ja klar, seine Lobbyarbeit und seine Beratung. In all das musste Franz keine Zeit mehr investieren. Wartete er darauf, dass er den Vertrag für ihn fand? Mike sprang auf. Die Dummheit seiner Partei hatte offensichtlich längst auf ihn abgefärbt! Er erinnerte sich zurück. Ihr erstes Treffen, eher zufällig, Franz' gesteigerte Aufmerksamkeit, als er sich inhaltlich vorwagte. Seine Blicke, wenn Mike Sahras Namen wie zufällig fallen ließ, nachdem er von ihrer Arbeit erfahren hatte. Seine abschätzigen Bemerkungen über die Abgeordnete, die Mike als übliches Männergequatsche abgetan hatte. Das besoffen vertrauliche Gespräch, in dem er den verloren gegangenen Vertrag erwähnte ... Mist! Erst ab diesem Zeitpunkt hatte er wirkliches Interesse an Mike gezeigt und ihm immer wieder aus heiterem Himmel nahegelegt, seinen Charme spielen zu lassen. Als ob das etwas Neues wäre. Er musste sofort mit Clara sprechen und über sie mit Sahra. Aber erst musste er ins Freie, um ungestört telefonieren zu können. Am besten war wahrscheinlich, wenn er sofort nach Hause fuhr. Dort hatte er alle Files, die er brauchte, um sie zu überzeugen.

*

Clara saß wieder an Mikes PC und klickte sich durch seine Korrespondenz mit Sahra. Als sie auf Seite drei war, überlegte sie es sich anders und fing von hinten an. Was nicht ging, da alle Mails, die er vor Juni verschickt hatte, gelöscht waren. *Verdammt!* Sie ging ins Postfach zurück und las sich wahllos durch die Verteidigung seiner entbehrlichen Reden und Statements. Da fiel ihr Blick auf eine Mail von Marc Theissl. Stimmt, den Trottel gab es ja auch noch! Sie öffnete die Nachricht und las. Der Text handelte vom Hochgebirge und davon, dass die Zeit drängte. Gegen einen Bürgermeister war offensichtlich eine Petition verfasst worden, Mike müsse die Bürgerinitiative sofort kontaktieren. Clara klickte auf den Anhang und betrachtete das Bild. Das musste der Bürgermeister sein. Sie googelte seinen Namen und stieß auf eine Regionalzeitung, die von einer Bürgerversammlung gegen *Good&Food* berichtete. Vom Erdgeschoss her kam ein Geräusch. Clara zuckte zusammen. Kam der Grossmann jetzt schon heim? Warum hatte sie nicht sofort von der

Verstärkung Gebrauch gemacht? Das war kein guter Beginn ihrer Teamführung. Sie sprang lautlos auf und blickte sich um. Lauschte. Hörte nichts mehr. Das bedeutete gar nichts. Mit angehaltenem Atem schlich sie zum antiken Kasten, der in der Ecke stand. Da läutete ihr Handy. Verdammt! Sie warf sich zu ihrer Handtasche, die am Schreibtisch lag, drückte die Lautlostaste und lächelte, als sie sah, wer anrief.

*

»Hallo?«

»Frau Coban? Hier Grossmann.« Mike hatte sich drei Gratiszeitungen genommen und sie unter sich auf eine Bank im Grete Rehor Park gelegt. Die Sonne war wieder herausgekommen, hatte aber nicht die Kraft gehabt, das feuchte Holz zu trocknen.

»Hallo. Ja?« Ihre Stimme klang irgendwie gekünstelt.

»Störe ich?«

»Nein, nein.«

»Gut. Ich muss Sie treffen.«

»Okay.«

»Jetzt sofort. Wo sind Sie?«

»Ich... äh, im Kommissariat.«

»Ich komme in die Berggasse.«

»Nein, das geht nicht... ich bin schon auf dem Sprung und muss noch… ich... wo sind Sie?«

»Beim Parlament.«

»Gut. Sagen wir, in einer Stunde?«

»Wo?«

»*Café Central*?«

»Perfekt.«

Die Sonne war hinter der Wolkendecke verschwunden und ein plötzlicher Wind setzte ein. Mike fand, dass es langsam Zeit für den Herbst wurde, und schloss seine Jacke. Ob er ins Büro zurückgehen sollte, um seinen Schirm zu holen? Nein, das war keine Option. Er traute seinen Leuten zu, selbst die Todesstrafe wieder auszupacken, um in die Hauptnachrichten zu kommen. Um sich abzulenken, rief er wieder bei Sahra an, gab sich einen Ruck und sprach auf ihre Mailbox. Wenn sie das hörte, würde sie sich bei ihm melden. Hoffentlich löschte die blöde Kuh nicht sofort alles von ihm. Der Himmel verdunkelte sich rasch. Mike ging über die Straße und beschloss, sich im Besucherzentrum des Parlaments einen Schirm zu kaufen. Das war teuer, aber Geld hatte er.

*

Cavin schloss die Wohnungstüre auf und pfefferte seine Rollschuhe ins Eck. Der Fernseher lief schon wieder. Er wollte ins Bad gehen, um zu duschen, da tauchte plötzlich ein Mann vor ihm auf. Mittelgroß gewachsen, südliches Aussehen, trainiert. Sofort ging er in Kampfpose.

»Spar dir deine Tricks und komm herein.«

»Was... was ist? Ist was passiert?« Cavins Stimme war mit einem Mal sehr jung.

»Ja.«

»Mein Vater? Ist er...«

»Nein, nein, es geht ihm gut. Komm rein.«

Als Cavin das Wohnzimmer betrat, sah er seinen Vater auf dem Sofa zwischen zwei weiteren Fremden sitzen. Der fette Mann sah ihn vorwurfsvoll an, aber das war ja nichts Neues. Cavin zuckte mit den Schultern, setzte sich auf einen Polstersessel und griff in die Packung mit den Chips: »Was gibt's?«

»Bist du Miss Piggy?«

Cavin erschrak: »Nein. Wieso?«

»Weil ihr Account von dir erstellt wurde.«

»Blödsinn.«

»Cavin. Lüg den Polizisten nicht an!« Das war gar nicht gut. Cavin suchte nach einer Ausrede, nein, er würde einfach alles abstreiten.

»Du heißt doch Cavin Bauer, oder?«

»Äh, ja.«

»Also bist du Miss Piggy.«

»Nein!«

Der Polizist, der neben ihm Platz genommen hatte, beugte sich zu ihm und zeigte ihm das Foto, das er vor ein paar Tagen bei der grauslichen Politikerin gepostet hatte.

»Und das ist nicht deine Klimmzugstange?«

»Nein.« Warum hatte er nur die beschissene Voodoo-Puppe darauf gehängt?

»So ein Pech, dass man dahinter die Garderobenlampe erkennen kann.« Cavins Knie wurden weich.

»Probleme mit Homosexuellen wie der Schwester von Sahra Schneider?«

»Schwuchteln sind... nein, hab ich nicht. Wieso?«

»Und das hier?« Der Bulle nickte seinem Vater zu und zog das Dope aus der Hosentasche. Dann stand er auf und streckte ihm seine Hand entgegen: »Miss Piggy, du hast definitiv ein Problem.«

*

»Schick Mike nach Brüssel.« Augusts Stimme am anderen Ende der Leitung war kalt und klar.

»Mit welcher Begründung?« Franz warf einen kurzen Blick auf die steinernen Karyatiden, auf deren Köpfen das Vordach des Parlaments ruhte und deren Brüste ihn mehr inspirierten als ihre Oberarme. Er hielt seine ID-Card an den Scanner.

»Lass dir etwas einfallen und schau, dass es morgen früh ist.«

»Aha.« Er stellte sich auf seine Zehenspitzen, um auch seine Augen scannen zu können.

»Dann eben übermorgen! Und kümmere dich, verflucht nochmal, um die Schneider!« Es war so entwürdigend, dass er sich auf seine Zehenspitzen stellen musste. Warum waren die Dinger so verdammt weit oben?

»Du weißt, dass ich das nicht mache.«

»Und du weißt, wie tief du fallen kannst. Ich sag nur eines: Muh!« Franz legte auf und eilte zum historischen Sitzungssaal, wo er garantiert seine Ruhe haben würde. Er konnte Sahra Schneider nicht umbringen. Sie war eine österreichische Frau. Bei der Slawin war das etwas anderes gewesen. Das *Muh* hallte in seinen Ohren nach. Er wollte nicht in den Kuhstall. Er wollte auch nicht ins Parlament. Er wollte seinen Platz in der Wirtschaft. Mit dem gesicherten, fünfstelligen Einkommen und unendlichen Aufstiegschancen. In Südafrika. Wo er sich eine schöne Frau leisten konnte. Er war so verdammt nah dran.

*

Gunda Ritter arbeitete sich durch die Anfragenbeantwortungen, die sie im Intranet des Parlaments aufgerufen hatte. Nach einer guten Stunde blickte sie auf und sah aus dem Fenster. Die Obstbäume mussten bald wieder geschnitten werden, um im Frühling gut austreiben zu können. Noch war es zu früh. Da die Vorhersagen jedoch einen eisigen Winter vorausgesagt hatten, durften sie nicht zu lange warten. Sie wandte sich wieder ihrem Schreibtisch zu und öffnete die unterste Schublade. Neben dem kleinen Foto ihres Bruders, der die Fahne der Hitlerjugend schwang, lag die Klarsichthülle mit der Fotografie. Sie nahm das Kinderportrait heraus, das ihr von Nadja zugespielt worden war, und betrachtete es. Es war zwar die Fotografie einer Fotografie, aber das Bildbearbeitungsprogramm hatte gute Arbeit geleistet. Sie wusste, dass es sich um die Nichte von Sahra Schneider handelte. Die Kleine sah Herrn Schneider tatsächlich zum Verwechseln ähnlich.

Solange der Vertrag nicht aufgetaucht war, musste sie die Abgeordnete noch ein wenig beschäftigen. Sie liebte das Hohe Haus für seine schnöden Gerüchte, ging auf WhatsApp und scrollte sich durch ihre Kontakte. Es hatte Jahre gedauert, die Kontakte aller Pressevertreter zu sammeln, und sie hatte sich noch nicht festgelegt, wem sie das Foto schicken würde. Die Schlagzeile rund um das verschwiegene Kind im Ausland, für das vielleicht Familienbeihilfe bezogen wurde, würde sich in vielen Zeitungen gut machen. Es war günstig, dass die prekären Verhältnisse bei den Printmedien genauere Recherchen fast unmöglich machten. Das Prepaid-Handy war aufgeladen.

*

Clara arbeitete fieberhaft. Warum hatte sie nicht noch eine Stunde herausgeschlagen? Das Handy läutete. Ihre Mutter. Clara ließ es läuten und entschied, dass zu spät kommen eine Option war. Der Theissl schien eine gute Quelle zu sein. Sie notierte sich den Namen des Bürgermeisters und suchte weiter, stieß auf die Mails über Sahra und konnte nicht glauben, was sie da las. Das konnte tatsächlich... aber war das ein Motiv? Clara griff nach ihrem Handy und rief sie an, doch Sahra hob nicht ab. Clara las weiter, öffnete weitere Mails, und ja, wenn das kein Motiv war, was dann? Sie musste sofort ins Parlament.

*

Mike saß in der Café-Bar des Besucherzentrums neben der Treppe, gönnte sich einen Drink und betrachtete in Ruhe das schlichte Ambiente von schwarzen Stühlen und weißer Tischdecke auf schwarzweiß-marmoriertem Laminat. Der Flirt mit der jungen Frau hinter der Theke tat gut. Bald würde er die Kommissarin sehen. Und seine Maske fallen lassen.

»Mike?« Franz war auf der Treppe erschienen: »Schlüssel vergessen?«

»Nein. Ich warte nur auf besseres Wetter.« Das Prasseln des Regens hatte plötzlich eingesetzt und war deutlich zu hören.

»Und der Schirm?«

»Wird das jetzt ein Verhör?«, lachte Mike und bemühte sich um Beiläufigkeit.

»Ach, Mike.« Es gefiel ihm nicht, wie Franz ihn ansah.

*

Der Verkehr stockte wieder. Der plötzliche Regenguss hatte sich mit dem frühen Abendverkehr gemischt. Clara fluchte. Sie war schon eine halbe Stunde zu spät. Die Ampel sprang auf Grün und die Kolonne rollte weiter. Clara griff nach ihrem Handy in der Ablage und rief Aca an. Dieser hob vergnügt ab: »Ich hab ihn.«

»Gut. Wie alt ist er?«

»Achtzehn.«

»Also strafmündig.«

»Ja. Aber ohne Führerschein. Er kennt weder den Grossmann noch den Singer persönlich, was sein Vater bestätigen kann. Der junge Mann ist zu schüchtern für die Außenwelt. Wo bist du?«

»Auf dem Weg in die Innenstadt.«

»Was hast du beim Grossmann gefunden?«

Clara bog endlich in den Ring: »Unsere Spur. Viele Mails vom Theissl. Er schreibt wiederholt von einem Vertrag, den Sahra gefunden und wieder verloren hat.«

»Was für ein Vertrag?«

»Soweit ich die Sache beurteilen kann, hat *Good&Food* die wichtigsten Markenfirmen der Unternehmensgruppe beauftragt, vermehrt Inserate im Boulevard zu schalten, um Botschaften der hauseigenen Thinktanks unters Volk zu bringen. Schwerpunkt Ausländerkriminalität. Die allgemeine Angstmache soll die Konservativen und Rechten bei der nächsten Wahl in die Regierung spülen.«

»Und was hat *Good&Food* davon?«

»Einen Deal, der vertraglich festgelegt wurde. Die Privatisierung des Wassers.« Clara hörte, wie Aca leise durch seine Zähne pfiff.

»Das Ganze wird nicht auffallen, weil *Good&Food* mehr als tausend Marken unter einem Dach vereint.«

»Von welcher Wahl sprichst du gerade, Clara?«

»Von der nächsten Nationalratswahl.«

»Die ist doch erst in zwei Jahren.«

»Sie soll ein halbes Jahr nach der Bundespräsidentenwahl stattfinden, um die derzeitige Destabilisierung des Landes auszunützen.«

»Schweine. Haben wir Beweise?«

»Vorerst nur Hinweise. Wir brauchen den Vertrag.«

»Ist das Ganze legal?«

»Es ist nicht wirklich sympathisch. Die Österreicher stehen nicht so auf die amerikanische Art der Wahlkampffinanzierung. Wenn Beweise an die Öffentlichkeit kommen, haben die Konservativen ein Problem.«

»Wahlkampffinanzierung also. Wer hätte das gedacht.«

»Ich bin unterwegs zum Parlament und recherchiere auf Sahras Computer weiter.«

»Wird sie dabei sein?«

»Nein, ihre Referentin wird mir helfen. Sahra hält eine Rede im Palais Epstein.«

»Na, das ist ja ganz in der Nähe. Ruf mich an!«

Clara parkte hinter dem Parlament, schickte die Fotografien der Mails an Aca weiter, öffnete die Autotür und spannte den Schirm auf. Der Niederschlag hatte sich inzwischen in einen Platzregen verwandelt und es war zu befürchten, dass die trockene Erde die Wassermengen nicht würde aufnehmen können. Jetzt noch schnell an Sahras Computer und dann zu Mike, den sie mit den Fakten konfrontieren wollte. Sie würde zu spät kommen, aber das war nur ehrenhaft.

*

Mike bestellte seinen zweiten Softdrink. Die junge Kellnerin war ihm mittlerweile lästig geworden und er gab vor, in der Tageszeitung zu lesen. Das Parlament erschien ihm in der Dunkelheit und Stille größer als sonst. Er musste mit Franz reden. Ihm anbieten, den Vertrag gemeinsam zu suchen. Eventuell mussten sie das Dokument einfach fälschen. Mike hatte sich zwar geschworen, das nie wieder zu tun, aber ihnen lief die Zeit davon. Es wäre eine Win-Win Situation, da Franz nie zugeben würde, dass es gefälscht war. Zu dumm, dass Sahra nicht mehr abhob. Mike dachte an das *Café Central*, in dem er längst sitzen sollte, aber er musste mit Franz reden. Sofort. Er stand auf und ging zum Stützpunkt der Konservativen.

*

Clara durchforstete Sahras Computer, konnte aber keine schriftlichen Beweise finden, die *Good&Food* mit den Konservativen in Verbindung brachten. Stattdessen fand sie einen Ordner mit Sahras Vorwort zum Bericht. Es war eine Abhandlung über das Wiener Quellwasser. Im nächsten File fand sie einen Text der Bürgerinitiative, die sich gegen ihren Bürgermeister auflehnte und gegen die geplante Privatisierung des Wassers mobilisierte. Clara schloss den Ordner. Sie öffnete einen anderen und fand Files einer Firma, die sich auf wiederverwendbare Pfandflaschen und Wasserspender spezialisiert hatte, die sie mit hochwertigem und naturbelassenem Alpenquellwasser aus der Wildalp im Hochschwab füllte. Mit sauerstoffreichem, natriumarmen und basischem Wasser ließ sich definitiv viel Geld verdienen. Was Clara schon an Mike Grossmanns PC stutzig gemacht hatte, war die Tatsache, dass das Wiener Wasser durch die Hochquellwasserleitung auch aus diesem Gebiet kam. Sie öffnete ein neues Fenster, googelte die Bürgerinitiative, suchte nach der Kontaktadresse, schrieb eine dringende Mail auf ihrem Handy und rief Aca an: »Hör zu: die Mindesttagesschüttung ist der Wert der Ergiebigkeit einer Quelle.«

»Sehr schön. Und?«

»Die Anzahl der Liter also, die sie täglich ausschüttet. Wem gehören die Quellen des Wiener Wassers eigentlich?«

Aca dachte nach: »Na, der Stadt.«

»Eine Privatfirma dürfte aber sehr wohl Wasser besitzen.«

»Wie viele Quellen?«

»Nur eine. Ich bin auf eine Bürgerinitiative gestoßen, die deswegen eine Petition verfasste. Sie war dem Theissl sehr wichtig.«

»Aha. Und warum?«

»Wegen *Good&Food*. Der Konzern möchte offensichtlich kooperieren, um einen Fuß in der Tür zu haben.«

»So wie in Afrika und Amerika? Das ist nicht lustig.«

»Ich hab eine Mail an die Initiative geschickt und, denk ich, gerade die Antwort bekommen.«

»Gut, es ist an der Zeit, den Theissl zu kontaktieren.«

Sie drückte Aca weg und öffnete die Mail.

*

Mike hatte das Bürofenster geöffnet und schaute in den dunklen Himmel. Es störte ihn nicht, dass er ein wenig nass wurde. Im Gegenteil. Er hatte Franz nicht gefunden. Warum hatte er ihn vorhin so seltsam angesehen? Ahnte er etwas? Wusste er mehr, als Mike lieb sein konnte? Er wischte den Regen von seiner Stirn. Nein, seine Tarnung war nach wie vor perfekt. Doch da lief etwas, das ihm nicht gefiel. Er musste zu Sahra. Für die Kommissarin würde er schon eine Ausrede finden. Politiker waren wichtig und immer unterwegs.

Er ging auf Sahras Facebook-Chronik und fand heraus, dass sie nur 70 Meter entfernt war. War sie im Parlament? Er machte sich auf den Weg zu ihrem Klub. Der Gang war, wie das ganze Haus, schlecht ausgeleuchtet und verlor sich in der Dunkelheit. Niemand begegnete ihm. Das einzige Geräusch, das er hörte, waren seine gedämpften Schritte. Obwohl er fast beim linken Klub war, war Sahra noch immer 70 Meter entfernt. Mike blieb stehen. Die alten Mauern drückten auf die schweren Türen und er fragte sich, ob die Renovierung tatsächlich mehr Leichtigkeit und Licht in das alte Haus bringen würde. Sahra sah auf ihren neuesten Postings nicht wirklich entspannt aus. Mike dachte an die ukrainische Putzfrau. Sie war wohl gestorben, weil sie denjenigen gesehen hatte, der Sahras ersten Drohbrief unter die Türe geschoben hatte. Er dachte wieder an Franz. An seinen Blick vorhin im Besucherzentrum. War das möglich? Mike konzentrierte sich. Ja, es war denkbar. Franz. Warum nicht? Hinter seinem Blick hatte der Abgrund gelauert.

Sahra hatte sich noch immer nicht bewegt. Das konnte bei diesem Regen nur bedeuten, dass sie sich in einem Gebäude in der Nähe aufhielt. Im Rathaus? Nein, das war zu weit entfernt. Also im Epstein. Natürlich. Mike beschloss, nicht in sein Büro zurückzugehen, um den neu gekauften Schirm zu holen, sondern rannte die Treppe hinunter zum Tunnel, der das Hohe Haus mit dem Palais verband.

*

Franz wischte sich den Schweiß von der Stirn. Sahra zu töten war ausgeschlossen, obwohl sie eine wertlose Willkommensklatsche war. Er war irgendwie dankbar, dass er sie mit dem Auto nur gestreift hatte. Das musste August anders organisieren. Da machte er nicht mehr mit. Hatte er ihm in Afrika nicht den Arsch gerettet? Die Sache war noch nicht verjährt und er hatte es langsam satt, aus seiner zu Hand fressen. Bei Mike lag die Sache anders. Er war gefährlicher, als er bisher gedacht hatte, und er war ein Mann. Männer kämpften.

Der historische Sitzungssaal war ihm mit einem Mal zu groß. In der Stille meinte er die aufgebrachten Zwischenrufe längst vergangener Zeiten zu hören und das ohrenbetäubende Pultdeckelgeklapper der Abgeordneten, das eine Diskussion am Ende der Ära des Vielvölkerstaates unmöglich gemacht hatte. Dass im damaligen Parlament elf Sprachen gesprochen und nicht übersetzt worden waren, hatte die Spaltung in nationalistische Eigeninteressen massiv beschleunigt. Ohne Mikrofone war es ein Leichtes gewesen, Redner einfach niederzubrüllen, und wenn das nicht reichte, hatte man beherzt zu Blasinstrumenten gegriffen, während vor dem Ersten Haus am Ring die Menschen hungerten. Franz stand auf. Seine Entscheidung war gefallen. Er wusste mittlerweile, dass er dazu fähig war. Auf dem Weg zu seinem Büro hörte er eilende Schritte auf dem dämpfenden Teppich und bog rasch um die Ecke. Da war er und er war schnell. Mike hatte ein Ziel – und Franz wusste, dass der alles entscheidende Augenblick gekommen war.

*

Conny Weber hatte die Kommissarin in Sahras Büro gelassen und deren Computer aktiviert. Nachdem sie die Türe zu ihrem eigenen Büro geschlossen hatte, scannte sie herzklopfend den Vertrag. Es war ihr ein Rätsel, dass man ihn aufgesetzt hatte. Solche Dinge vereinbarte man doch mündlich! Der Abgeordnete, der neuer Kanzler werden wollte, überließ wohl nichts dem Zufall. Das würde ihm jetzt allerdings das Genick brechen. Sie lud den gescannten Vertrag in die Mail und gab die Adresse des Journalisten ein, der sich als Aufdecker einen Namen gemacht und sie bisher vollkommen ignoriert hatte. Der Gedanke, sich am Titelblatt der Wochenzeitung oder zumindest großformatig im vierseitigen Artikel zu sehen, war großartig. Ja, es war so weit.

Oder sollte sie das Dokument an ihre Freundin schicken? Conny löschte die Adresse und gab den Namen ihrer ehemaligen Studienkollegin ein. Sie hatten gemeinsam Jura studiert. Niemand wusste, dass sie einander kannten. So floss der Informationsstrom zwischen dem Parlament und der Tageszeitung unauffällig, aber zäh. Jede Information konnte Conny den Job kosten. Ganz besonders die, die sie jetzt nur noch absenden musste. Conny zögerte. Hatte sie nicht genug gekämpft? So eine Gelegenheit hatte man nicht zwei Mal. Alles oder nichts. Sie fügte die Mailadresse des Topjournalisten wieder ins Adressfeld und stockte erneut. Er oder sie? Deal oder Freundschaft? Conny sah sich in ihrem Büro um. Das Parteilogo hing an der geschlossenen Türe. Sie sah ihren vollen Kalender am Schreibtisch, den Laptop, der dem Klub gehörte. Ihr iPhone, das sie nach Unterzeichnung ihres Vertrages bekommen hatte und wieder retournieren musste. Wenn sie das jetzt tat, konnte sie morgen ihren leeren Rucksack packen. War sie wirklich bereit, als Heldin in die Arbeitslose zu gehen? Sie stand auf, um sich einen Kaffee zu holen.

*

Clara nickte Sahras Referentin zu, die sich gerade einen Kaffee aus der Küche geholt hatte, und verließ das Büro. Die Bürgerinitiative hatte den geplanten Deal des Konzerns mit der kleinen Privatfirma bestätigt. Das Wasser war in Österreich zwar weitgehend verstaatlicht, aber Gesetze waren menschengemacht und konnten sich ändern. Warum ging Sahra damit nicht an die Öffentlichkeit? Österreich hatte der Atomkraft vor Jahrzehnten eine klare Absage erteilt und würde das bei *Good&Food* wieder tun. Clara erinnerte sich an die Liberalen, die vor Jahren einen Vorstoß in Richtung

Wasserprivatisierung gemacht hatten. Nach der beinahe historischen Ablehnung der gesamten Republik hatten sie sich kleinlaut auf ein Missverständnis herausgeredet.

Clara informierte Aca über den Tunnel, der zwischen Parlament und Palais Epstein lag und sie zu Sahra führen konnte, ohne dass sie nass wurde. Sie hatte keine Zeit für eine Erkältung. Jetzt musste er sie mit der historischen Skizze aus dem Grundbuch durchs Haus lotsen, die Clara letzte Woche in einem Antiquitätenladen entdeckt und an die Wand hinter ihrem Schreibtisch neben die Skizze des *Reichsrathsgebäudes* geklebt hatte: »Du musst links abbiegen.«

»Okay, und jetzt?«

»Immer geradeaus.« Clara ging durch die langen, menschenleeren Gänge, stieg über verwinkelte Treppen und sah in dunkle Innenhöfe, von deren Existenz sie bisher nichts gewusst hatte. Da wurde sie von Mike Grossmann angerufen. Den gab es ja auch noch! Sie musste ihm mitteilen, dass sie sich verspäten würde, hielt Aca in der Leitung und nahm ab: »Coban. Ich werde mich leider verspäten.«

»Kein Problem. Ich war auch nicht pünktlich.«

»Sind Sie schon im *Café Central*?«

»Äh, es liegen genug Zeitungen herum, also keine Eile.« Clara hörte die Sirene eines Einsatzfahrzeuges, das über den Ring brauste. Und sie hörte sie doppelt, da sie auch aus dem Handy kam. Mike war im *Café Central* und das war in der Herrengasse. Durch die kein Einsatzfahrzeug mit dieser Geschwindigkeit fahren konnte. Und von wo aus man sicher nichts vom Ring hörte. Das konnte nur bedeuten… sie unterbrach sofort die Verbindung und begann zu rennen: »Der Grossmann hat mich angelogen! Er ist hier im Haus! Schnell Aca, ich muss zu Sahra!« Sie rannte durch den langen Gang, bog rechts ab, lief eine enge Treppe hinunter, passierte drei Türen, die einen schmalen Gang unterteilten, und lief endlich durch den Tunnel.

Es war stockfinster. Die Taschenlampe ihres Handys warf kalte Lichtflecken an die Wände. Warum musste sie plötzlich daran denken, dass das Parlament im Dritten Reich *Gauhaus* genannt worden war? Kurz nachdem die Säulenhalle ein Lazarett war, weil die heutigen Sozialpartner damals aufeinander geschossen hatten? Clara zwang sich, nicht an die Steinmassen zu denken, die Theophil Hansen über ihr hatte auftürmen lassen, atmete stoßweise die feuchte Luft, die dem alten Putz ordentlich zugesetzt hatte, hoffte inständig, keiner Ratte zu begegnen, und hörte Schritte hinter sich. Das durfte jetzt aber nicht wahr sein! Sie lief schneller, bog scharf um die nächste Ecke, aber die Schritte kamen näher. Da hörte sie das Keuchen eines Mannes. Sie griff nach ihrer Pistole, stoppte abrupt, drehte sich blitzschnell um und zielte auf Mike Grossmann.

»Was tun Sie hier?«, stieß sie fassungslos hervor.

»Das Gleiche könnte ich Sie fragen.«

»Klappe, Herr Klubobmann!«

»Ich muss zu Sahra.«

»Am Abend? Über den Tunnel?«

»Ja, ich...« Er kam näher und wollte nach ihrer Waffe greifen. Da rammte ihm Clara ihr rechtes Knie in den Magen.

»Nein! Frau Coban, ich...«

»Maul halten!« Sie warf die Pistole weg, um ihm nicht ernsthaft weh zu tun, und verpasste ihm dafür einen ordentlich platzierten Kinnhaken. Er hielt sich seinen Kiefer und sah sie bittend an: »Es... es ist nicht so, wie es aussieht...!«

»So? Wie sieht es denn aus? Danach, dass Sie ein verlogenes Arschloch sind?« Clara trat einen Schritt zurück, drehte sich am linken Fußballen, schnellte mit dem rechten Knie nach oben und versetzte dem Klubvorsitzenden mit dem Schienbein einen weiteren Schlag in die Leibesmitte.

Er fasste blitzschnell nach ihrem Bein und hielt es fest: »Ich bin nicht der reaktionäre Idiot, für den du mich hältst.«

»Seit wann sind wir per Du?« Sie hob den Ellenbogen und wollte ihn gegen seinen Hals donnern, doch er wich aus, schützte seinen Kopf und schleuderte Claras Bein von sich, sodass sie strauchelte: »Ich kann dir alles erklären, das mit Sahra und dem Vertrag, ich muss mit ihr zusammen...« Clara hatte ihr Gleichgewicht wiedergefunden und hielt inne: »Welcher Vertrag?«

Franz hielt Abstand und beobachtete das seltsame Paar, das nun aufgehört hatte, zu kämpfen. Die beiden schienen sich stattdessen angeregt zu unterhalten. Was war im Epstein, das beide, zumindest bis vor Kurzem, sehr interessierte? Was hielt sie auf? Die Pistole lag außer Reichweite. Er wusste, dass sie so miteinander beschäftigt waren, dass er unbemerkt näher kommen konnte. Lautlos tastete er sich vorwärts und was er hörte, verlangte nach einer sofortigen Reaktion. Mike wusste alles. Das hatte er ihm nicht zugetraut. Der Arsch hatte ihn von Anfang an ausgenützt. Er musste ihn sofort töten. Doch die Polizistin war kampferprobt und aufgewärmt. Wenn er allerdings ihre Pistole... das war zu riskant. Franz drehte sich um und lief leise aus dem Tunnel. Über den Handysender wusste August jederzeit, wo sich Mike aufhielt, und er selbst musste sich jetzt um Sahra kümmern. Die Zeit des Zauderns war vorbei.

*

Abdullah kurbelte das Fenster hinunter und lehnte sein Gesicht in den warmen Fahrtwind. Die Autos, die in der Dämmerung unterwegs waren, beleuchteten die unzähligen Jacaranda-Bäume, die die Straßen säumten. Sie waren malvenfarben erblüht und verbreiteten den sanften Duft des Frühlings. Das Taxi fuhr am Justizpalast vorbei, vor dem auf der Wiese unzählige junge Menschen lagen. Doch Abdullahs Familie wohnte im anderen Teil der Millionenstadt Pretoria. Abdullah bat den Fahrer anzuhalten, zahlte und stieg aus. Er wollte sich in einer Bar vom Flug erholen, bevor er wirklich nach Hause kam.

*

Als sie im Epstein angekommen waren, standen die Menschen noch beisammen, um miteinander zu plaudern. Sie gingen rasch durch den überdachten Innenhof, in dem die Veranstaltung stattgefunden hatte. Sahra war nirgends zu sehen. Mike sprach eine Abgeordnete an, nachdem diese sich für ein Selfie mit einem jungen Mann zur Verfügung gestellt hatte: »Wo ist Sahra?«

»Sie hat die Veranstaltung nach ihrem Beitrag sofort verlassen.«

Mike sah sich nach Clara um, die auf dem Weg nach draußen war, und folgte ihr. Es hatte aufgehört zu regnen, der Ring glänzte im Abendverkehr, über den ein frischer Herbstwind wehte.

»Was machen wir jetzt?« Clara sah den Klubvorsitzenden eindringlich an.

»Wir fahren zu ihrer Wohnung.«

»Mein Auto steht hinter dem Parlament.«

»Und los.«

Sie steuerte den Mercedes in den fünften Bezirk.

»Wenn ich die technischen Möglichkeiten der Polizei hätte, wäre ich längst zu ihr gefahren.«

»Warum hast du Sahra nie vor ihrem Büro abgepasst?«

»Sie drohte, mich wegen Stalkings anzuzeigen.« Clara versuchte, ihre Gedanken zu ordnen, suchte kurzentschlossen nach einem Parkplatz und stellte den Motor ab.

»Eines versteh ich nicht. Warum hast du dich nie öffentlich zu dem Thema geäußert? Da wären dir doch alle Kanäle offen gestanden.«

»Um meine Tarnung nicht zu verraten.«

»Deine Tarnung.« Mike sah sie an und nickte: »Ich bin tatsächlich nicht der Arsch, für den mich alle halten.«

»Typischer Politikerspruch, findest du nicht?« Clara seufzte. Die Story würde ihr David nie abkaufen.

»Ich bin studierter Jurist und Umweltaktivist.«

»Aha.«

»Ich bin in die Politik gegangen, um Österreichs Wasser zu verteidigen. Das konnte ich nur innerhalb der Strukturen machen.«

»Und warum bist du nicht zu den Grünen gegangen?«

»Zu lange basisdemokratische Prozesse. Außerdem sitzen die entscheidenden Gremien ganz woanders. Wir hatten nicht viel Zeit.«

»Wer *wir*?«

»Marc Theissl und ich.«

»Jetzt erzähl mir nicht, dass Plan A nur ins Leben gerufen wurde, um dich in die entscheidenden Gremien zu bringen.«

»Doch, genau deshalb ist der Theissl angetreten.«

»Und warum hat er sich für so eine bescheuerte Parteilinie entschieden?«

»Um gewählt zu werden.« Clara startete wieder den Motor.

*

»Sie ist tot.«

»Ganz sicher?« Franz unterdrückte ein Frösteln und schloss die Augen: »Jawohl.«

»Gut. Schmeiß dein Handy weg.«

»Darf ich dich daran erinnern, dass ich meine Handys wechsle wie andere ihre Socken?« Doch August hatte schon aufgelegt.

*

Das Taxi hielt in der schäbigen Seitenstraße. Hier wuchsen keine Bäume mehr. Gärten gab es auch nicht. Die Häuser, die über den staubigen Boden krochen, waren dürftig aus Wellblech und Plastik gezimmert und durch Wäscheleinen miteinander verbunden wie mit einer Lebensversicherung. Abdullah zog seine Geldtasche heraus, achtete darauf, dass der Fahrer keinen Blick in seine Barschaft werfen konnte, zählte ihm die Scheine in die Hand und sprang aus dem Wagen. Während das Taxi weiterfuhr und ihn in eine Staubwolke hüllte, stand er nur da und suchte nach den Sternen, die ihm hier vertrauter waren als überall sonst auf der Welt. Die Bewohner der Slums schliefen bereits, nur hier und da klapperte jemand mit Blechgeschirr zu dünner Musik, die aus einem Handy kam. Er nahm seine pralle Reisetasche und bog bei der dritten Kreuzung nach rechts. Der Weg durchs Labyrinth hatte sich in ihn eingegraben wie die Stimmen seiner Eltern, die sicher schon vor ihrer Hütte saßen und auf ihn warteten.

*

Gunda Ritter konnte nicht einschlafen. Das musste am Vollmond liegen. Außerdem stiegen ihr die internen Wahlprognosen wohl mehr zu Kopf als sie zugeben wollte. Falls ihr Kandidat gewinnen sollte, stand ihnen endgültig die Welt offen. Große Teile Europas waren bereits auf Linie und wenn die Wahlen in den USA auch zu ihren Gunsten ausfallen sollten, war endlich wieder die Zeit gekommen, in der nach den wahren Werten der Menschen regiert werden konnte. Die Durststrecke hatte lange genug gedauert, in der sich die urbane Moderne in Fantasien verstiegen hatte, die einem wahrhaft christlichen Weltbild nicht zuträglich waren. Der neue Papst war da auch keine Hilfe. Sie bekreuzigte sich, schlug leise die Decke weg und stellte ihre alten Füße auf den Boden. Atmete durch. Jetzt konnte sie eine Tasse Honigmilch vertragen. Auf dem Weg in die Küche kam sie an der Altpapierablage vorbei. Die Überschrift des Leitartikels sprach dafür, dass es Abgeordnete wie Frau Schneider als Erstes treffen würde. Frau Ritter lächelte. Es fühlte sich gut an, die Geschehnisse zu gestalten. Nadja hingegen funktionierte wie am Schnürchen. Die Verbindung der gebürtigen Französin zur »Génération Identitaire« war Gold wert. Nachdem sie in Paris, mit Hilfe ihres Vaters, respektable Spenden für die spektakulären Medienaktionen der Identitären aufgetrieben hatte, war sie in der österreichischen Schwesternorganisation eine Heldin. Es war wirklich erstaunlich, zu beobachten, was passierte, wenn sie einen Raum betrat. Sie war die fleischgewordene Hoffnung. Für was auch immer. Gunda Ritter öffnete den Kühlschrank. Wie tief sie persönlich in die Vorbereitung der vorgezogenen Nationalratswahl und die anschließende EU-Wahl verwickelt war, wusste nicht einmal ihr Mann. Man brauchte eben seine kleinen Geheimnisse.

*

Sahras Wohnungstür war aufgebrochen worden. Sie fanden die Abgeordnete in ihrem Wohnzimmer, niedergestreckt auf dem Boden. Unter ihrem lockigen Haar klaffte eine tiefe Wunde, aus der dickes Blut auf den Teppich rann. Clara sicherte blitzschnell die Räume, traf auf keinen Widerstand und stürzte ins Wohnzimmer zurück. Mike kniete bereits am Boden und tastete nach Lebenszeichen. Dann hob er den Kopf und nickte: »Ruf die Rettung!«

Clara fischte nach ihrem Handy, meldete den Notfall und gab die Adresse durch. Nachdem sie auch Susanne von der Spurensicherung informiert hatte, sah sie sich nach einer Decke um. Mike presste inzwischen seine Jacke auf die Wunde. Sie setzte sich zu ihm auf den Boden und deckte Sahra zu: »Wer tut so etwas?«

»Jemand, der es kann. Wenn das etwas mit dem Vertrag zu tun hat, war es *Good&Food*.«

»Wir sind hier doch nicht im verdammten Kolumbien!«

»Ach ja?«

»Ich war im Nebenzimmer. Auf dem Schreibtisch steht kein Computer und alle Schubladen sind leer.«

Mike schaute auf: »Das ist schlecht. Das ist ganz schlecht.«

Clara nickte. Sie betrachtete Mike und dachte an seine Bücher. Konnte es tatsächlich sein, dass der faschistoide und neoliberale Schrott auf seinem Schreibtisch nur Attrappe war? Für Wasser?

*

Thomas Singer war tief in sein Spiel versunken. Nadja lag nackt neben ihm und schlief. Ihre Brüste hoben und senkten sich gleichmäßig und rochen nach seinem Rasierwasser. Die schwarzen Löcher auf seinem iPad kreisten wie Planeten um das Zentrum, deren Laufbahn er mit dem Zeigefinger manipulieren konnte. Das größte schwarze Loch wurde mit wachsender Masse behäbiger und schluckte mit zunehmender Gelassenheit die flinken kleinen an der Peripherie. Gestern Abend war ihm der Durchbruch gelungen. Die Kristallluster im Palais, die das Licht in alle Farben brachen, der perlende Champagner in den reinen Flöten und das wissende Leuchten in den Augen des Parteivorsitzenden, als er seinen Arm um Nadja legte, hatten ihm bestätigt, dass sich alles am richtigen Weg befand. Die Strategie war erfolgreich gewesen, die jahrelang umhegte Pflanze kurz vor dem Erblühen.

»Verdammt!« Das schwarze Loch hatte das kleinere um Haaresbreite verfehlt. Es würde schon noch kommen. Macht musste sich nicht beeilen. Macht besaß eine Anziehungskraft, der sich auf Dauer niemand entziehen konnte. Er zog die Linien messerscharf an den Ort ihrer Bestimmung. Die entwischenden Planeten katapultierten sich ins Nichts und da gehörten sie auch hin. Thomas lächelte. Er hatte seinen Listenplatz. Männer wie er waren das Fundament, schwarze Löcher mit genug Anziehungskraft. Es machte ihm nichts aus, vom noch Größeren geschluckt zu werden, denn dieses war das Herz der Bewegung, das langsam zur Ruhe kam und nur noch warten musste. Warten auf den richtigen Zeitpunkt.

*

Am nächsten Morgen war Clara die Erste, die das Präsidium in der Berggasse betrat. Sie trank einen Schluck Kaffee und genoss den Beginn des ersten Arbeitstages, an dem sie das Sagen hatte. Frau Weinzierl konnte nicht vor dem Wochenende aus den Niederlanden zurückkommen. Jetzt lag es an Clara, zu beweisen, was in ihr steckte. Sie betrat die frisch gesaugten Büroräume, ging zu ihrem Arbeitsplatz und öffnete das Fenster. Die klamme Luft roch nach Herbst, auch wenn der Wetterbericht wieder einen für die Jahreszeit ungewöhnlich warmen Tag versprochen hatte. Sie stellte den heißen Kaffeebecher ab und fuhr ihren Rechner hoch. David hatte geschlafen, als sie mitten in der Nacht nach Hause gekommen war, und schlief noch immer. Wahrscheinlich hatte er sich verkühlt.

Clara ging durch die menschenleeren Räume und dachte nach. Sahra lag im Koma. Die Ärzte waren an die Schweigepflicht gebunden und weder Clara noch Mike würden in der Öffentlichkeit über den nächtlichen Anschlag berichten. Die Chefin der Linken würde sie persönlich kontaktieren. Wieder und wieder rief sie sich die gestrige Szene im Tunnel in Erinnerung. So wie es aussah, hatte der Politiker sie alle getäuscht.

*

Als alle anwesend waren, richtete Clara ihr schwarzes Sakko. Herr
Berger hatte sich krankgemeldet, also blickte sie zuerst zu Kowalski,
der sie betont neutral beobachtete, und danach zu Frau Moser, die
sie erwartungsvoll, aber auch ein wenig misstrauisch ansah. Clara
war das egal. Sie hatte ein Staatsgeheimnis erfahren und ab heute
das Kommando. Entspannt richtete sie sich auf und holte sich noch
ein Lächeln von Aca ab, bevor sie den Bildschirm so in den Raum
schwenkte, dass Frau Weinzierl über Skype an der Besprechung teilnehmen konnte.

Die Fakten lagen auf dem Tisch. Egal, was der junge Syrer zu verbergen hatte, der nunmehr zweite Mordanschlag an Sahra Schneider hatte trotz seiner Festnahme stattgefunden. Clara stellte in den
Raum, ihn unverzüglich freizulassen. Als Herr Kowalski heftig darauf reagierte, unterbrach ihn Frau Weinzierl und pflichtete Clara
bei. Sie empfahl aber, ihn im Auge zu behalten. Man beschloss noch
einmal, den Anschlag auf die Abgeordnete geheim zu halten, was
nur wenige Tage möglich sein würde. Immerhin befand man sich
in einem Wahlkampf, bei dem es nicht nur um die Besetzung des
höchsten Amtes ging, sondern auch um eine Richtungsentschei-
dung für Europa. Die immer dünnhäutigere Nation grub alles aus
und verzieh nichts.

»Und, worum geht es mittlerweile, Frau Coban?«

»Es dürfte einen Vertrag geben, der beweist, dass *Good&Food*

bei der nächsten Nationalratswahl eine entscheidende Rolle spielen wird. Flächendeckende Inserate des Multikonzerns sollen sicherstellen, dass die Hetze gegen Flüchtlinge weiter betrieben wird, damit der Kandidat der Konservativen als Retter des Abendlandes aufgebaut werden kann.«

»Diesen Schwachsinn werden ihm wohl viele abnehmen...«, überlegte Frau Weinzierl laut.

»Als Gegenleistung wird er das Wasser privatisieren.«

»Was? Ich dachte, die Privatisierung unseres Grundwassers komme nicht infrage«, rief Frau Weinzierl empört.

»Das ist bei der derzeitigen Gesetzeslage weitgehend richtig, aber es muss nur eine neue Regierung an die Macht kommen...«, antwortete Aca.

»...und Regierungen kann man kaufen«, ergänzte Clara. Sie berichtete von Mike Grossmanns Vermutung, dass der Vertrag genau das bewies.

»Und? Stimmen die Vermutungen?«, dröhnte Herr Kowalski, dem es offensichtlich nicht behagte, dass er der Einzige im Team zu sein schien, der von nichts eine Ahnung hatte.

»Wahrscheinlich. Er ortet direkte Verbindungen konservativer Politiker nach Brüssel, die ihrerseits an einer europaweiten Aufweichung der Gesetzgebung interessiert sind...«

»...um damit ordentlich zu verdienen!«, schimpfte Herr Kowalski. »Wenn es nach mir geht, sind wir sofort aus dem Mafia-Verein draußen! Bei der EU arbeiten nur Gauner!«

»Und weiter?« Frau Weinzierl überging das politische Bekenntnis ihres Untergebenen und blickte Clara fragend an.

»Sahra Schneider hat den Vertrag zufällig gefunden und wieder verloren. Wir gehen davon aus, dass sie deshalb zur Zielscheibe wurde. Erst wurde ihr gedroht, um sie zu verunsichern und innerhalb ihrer Fraktion zu schwächen, dann kamen die Anschläge.«

»Und wer steckt dahinter?«

»Wissen wir nicht. Wir konzentrierten uns lange auf Mike Grossmann. Er steht aber wohl auf unserer Seite.«

»Mike Grossmann hat außerdem den Verdacht, dass baldige Neuwahlen angestrebt werden, die eine rechtskonservative Regierung in den Sattel hieven sollen, um den Deal möglichst zeitnah umzusetzen«, ergänzte Aca. Clara nickte ihm zu.

»Nein. Nicht schon wieder! Wir sind mit den alten Schulden noch nicht durch.« Frau Weinzierl mochte zwar in Holland sein, ihre Empörung war im Raum dennoch spürbar. Clara fuhr fort: »Mike Grossmann sucht seit Monaten den Kontakt zu Sahra Schneider, um die Sache aufzudecken.«

»Warum macht er das nicht alleine?«

»Weil er nichts in der Hand hat.«

»Und?«

»Sahra Schneider ignoriert ihn aus persönlichen Gründen.«

»Und warum ist Frau Schneider noch nicht an die Öffentlichkeit gegangen?«

»Weil sie keinen schriftlichen Beweis mehr hat, seit der Vertrag fehlt.«

»Wer weiß noch vom Verlust des Vertrages?«

»Der Mensch, der hinter den Anschlägen steckt.«

»Wer kann das sein?«

»Menschen aus dem Umfeld der Abgeordneten...«, begann Aca.

»...und natürlich Menschen, die sich im Dunstkreis des Abgeordneten bewegen, der als nächster Kanzlerkandidat gehandelt wird.« Sie sah Aca eindringlich an. Er nickte leise: »Wir setzen morgen das

Team der zweiten Mordgruppe an, das Sie uns dankenswerterweise zur Verfügung gestellt haben.«

»Das ist doch selbstverständlich«, meinte Frau Weinzierl und blickte seelenruhig in die Runde.

Clara atmete tief durch: »Herr Kowalski koordiniert die Gruppe und lässt alle Büros durchsuchen, Aca Petrovic wird die Befragung der Abgeordneten übernehmen. Ich kümmere mich weiter um den Grossmann und die Schneider.«

»In Ordnung. Ich muss zu meinem Vortrag. Gute Arbeit!« Frau Weinzierl verschwand mit einem Plopp vom Bildschirm.

*

Er öffnete seine Augen und brauchte einen Moment, um sich zu orientieren. Doch der Geruch von Doornkloof machte es ihm leicht, auch die Uhrzeit zu bestimmen. Vor der Hütte hörte Abdullah seine Nichten und Neffen miteinander wispern. Er stand leise auf, zog sich seine Hose an, schlich zur Eingangstüre und stürmte laut brüllend hinaus. Die Kinder kreischten auf, als sie ihren Onkel erkannten, stürzten sich auf ihn und warfen ihn auf den Boden.

Als sie ihre neuen Spielsachen auspackten, die hier sonst niemand besaß, kam Akono zu ihm und reichte ihm stolz eine alte Wasserflasche, deren Etikette bereits halb abgerissen war: »Das hab ich nur für dich gebracht, Aby!« Abdullah betrachtete Akono, der gerade sechs Jahre alt geworden war, und schaute dann fragend zu seinem Vater. Dieser nickte. Da öffnete er den Drehverschluss und trank das lauwarme Wasser.

»Heute war nämlich ich dran«, meinte sein Neffe stolz und Abdullah streichelte sein dichtes Haar.

»Das hast du gut gemacht!«

»Das ist alles ganz alleine für dich! Und für Opa, weil er heute Geburtstag hat.« Betonte der kleine Mann. Die anderen Kinder spielten weiter, als hörten sie nicht zu. Abdullahs Vater spielte mit seinen Zehen in den ausgetretenen Sandalen.

»Danke, aber weißt du was? Ich denke, Opa teilt das mit euch.« Seine Nichten und Neffen unterbrachen das Spiel sofort und umstellten die beiden. Abdullah bat um Tassen und sah seinem Vater nach, der aufgestanden war und in der angrenzenden Seitengasse verschwand.

*

Vom großen Fenster aus konnte Clara das Parlament sehen. Mike war noch nicht da. Sie hatten sich hier verabredet, da sie den Wänden des Parlaments nicht mehr trauten. Clara durchquerte das gemütliche Hotelzimmer, ignorierte das Queensize-Bett unter der farbigen Wandbemalung und holte ihre Notizen heraus. War es denkbar, dass sich die Konservativen tatsächlich die Rechten an Bord holten, um an die Macht zu kommen? Ein Großteil der Funktionäre der Partei stand mit einem Fuß im Kriminal. In Sahras Bericht hatte sie gelesen, dass die Burschenschafter längst dabei waren, die Partei zu übernehmen, was bei dem Zustand der derzeitigen Medienlandschaft ein Desaster war. Was würde das für das Innenministerium bedeuten und für Menschen wie Frau Weinzierl und sie selbst? Clara zwang sich, ruhig zu bleiben, auf die Vernunft der Wählenden und den Verfassungsgerichtshof zu vertrauen, als sie Schritte vor der Türe hörte.

*

Franz hatte die ganze Nacht nicht geschlafen. Nachdem ihm im Tunnel klar geworden war, dass er sofort handeln musste, hatte er auf Autopilot geschaltet. Er war zu Sahras Adresse gefahren, hatte sich ins Haus geläutet und dankbar festgestellt, dass sie noch nicht da war. August hatte ihm übers Handy erklärt, wie er mit der Büroklammer das Schloss knacken konnte, und ihm laufend mitgeteilt, wie weit Sahras Handy noch von ihrer Wohnung entfernt war.

Franz war ins Badezimmer gegangen und hatte sich hinter der Türe versteckt. Während er in der Dunkelheit die Zähne zusammenbiss, hatte er an die Frau gedacht, die er heiraten würde, und an die Geliebte, die er zu seiner Haushälterin machen wollte. August hatte ihm versichert, dass beides in Südafrika für *Good&Food*-Mitarbeiter der Status quo war, und er holte sich Kraft aus seinen sehr exakten Fantasien. Doch erst musste er sich um die Schneider kümmern.

Danach war er wie ein Irrer durch die Außenbezirke gefahren. Hätte er sich sparen können. Schlafen wäre klüger gewesen.

Jetzt saß er da und unterdrückte ein Gähnen. Sahras PC und ihre Unterlagen waren noch in den reißfesten Müllsäcken unter seinem

Schreibtisch. Die Schirmkappe, die Franz nach wie vor lächerlich fand, den Schnauzer und die dicke Brille hatte er dazugestopft. Er öffnete seinen zweiten Energydrink. Das Biest war erledigt. Natürlich bestand die Gefahr, dass der Vertrag noch bei den Falschen auftauchte, aber Franz war müde genug, den Gedanken erfolgreich zu verdrängen.

*

»Dein Vater erträgt die Schande nicht«, sprach Abdullahs Mutter und ließ sich seufzend nieder. Sie sah müde aus. Wahrscheinlich hatte sie den ganzen Vortag durchgekocht und gebacken. Dabei hatte er wie jedes Mal angekündigt, Lebensmittel einzukaufen, die sie nur zu wärmen brauchte. Die würden sie ab morgen essen, unter dem Protest seiner Eltern, die die Illusion aufrechterhalten wollten, dass es ihnen längst besser ging, und Abdullah wieder zu ihnen heimkehren konnte.

»Welche Schande?«

»Hast du das von *Good&Food* noch nicht gehört?«

»Ich war lange nicht hier, Ma.«

»Ja.« Seine Mutter schaute in die Ferne, obwohl die nächste Baracke nur drei Meter entfernt war. Abdullah konnte die Farbe ihrer nackten Füße nicht von der des Lehmbodens unterscheiden, den sie Tag und Nacht mit ihren Sohlen massierte.

»*Good&Food* hat hier eine Fabrik eröffnet.«

»Das weiß ich. Jetzt haben Taio und Zola endlich wieder Arbeit.«

»Seit deine Geschwister eine Arbeit haben, haben wir kein Wasser mehr.«

»Was?«

»*Good&Food* nimmt unser Wasser, füllt es in Plastikflaschen und verkauft es in den Geschäften.«

»Ja, aber doch nicht das ganze Wasser!«

»Einen Wasserhahn gibt es noch. Dort war Akono heute...«

»Statt in die Schule zu gehen?« Seine Mutter nickte müde.

»Wie... was, also noch einmal von vorne: *Good&Food* eröffnet eine Fabrik, pumpt das ganze Wasser in Flaschen und verkauft es dann an euch?«

»Wir können uns nur jeden vierten Tag eine Flasche leisten, deswegen schicken wir die Kinder...«

»Wo ist der Wasserhahn?« Abdullah stand auf.

»Jetzt gleich?«

»Sofort.«

»Aber ich muss doch das Abendessen...«

»So lange wird es doch nicht dauern, oder?« Seine Mutter zuckte mit den Schultern und rief nach den Kindern: »Ich mach inzwischen Bobotie, den magst du doch so gerne.«

*

Clara nahm sich ein Mineralwasser aus der Zimmerbar: »Und das mit dem Abgang deiner Mitarbeiter in andere Parteien war auch immer geplant gewesen?«

Mike antwortete vergnügt: »Ja. Hat bestens funktioniert.«

»Hat niemand Verdacht geschöpft?«

»Wieso? Ich hab dafür gesorgt, dass wir nie einen wesentlichen Beitrag leisteten, der unsere Existenz gerechtfertigt hätte.« Clara öffnete die kühle Flasche. Wo er recht hatte, hatte er recht.

»Und aus welcher Hölle kam der Sager mit dem Bürgerkrieg? War das wirklich nötig?«

Mike prostete ihr zu: »Ja, das war nötig. Sonst hätte es der Chef der Rechten getan.«

»Wieso weißt du das?«

»Hab beim Rauchen ein paar Gesprächsfetzen aufgeschnappt. Aus meinem Mund klingt die Warnung vor einem Bürgerkrieg genauso lächerlich wie damals die Sache mit der Todesstrafe im Wahlkampf, weißt du noch?«

»Jepp.«

»Wenn *er* es als Erster gesagt hätte, wäre es für viele in Österreich sofort von Relevanz gewesen.«

Clara ließ sich am kleinen Sofa nieder und betrachtete ihn: »Was würde geschehen, wenn du das mit dem Wasser offen ansprichst?« Mike schaute gedankenverloren aus dem großen Fenster: »Man würde alles abstreiten, ein bisschen Zeit verstreichen lassen, im Hintergrund daran arbeiten und die Bevölkerung irgendwann vor vollendete Tatsachen stellen.«

»Und wenn du Fakten lieferst?«

»Werden wir eine andere Regierung haben und eine alarmierte Bevölkerung. Das wären vollkommen andere Voraussetzungen«, murmelte Mike und betrachtete sie aufmerksam:

»Studierst du manchmal die Meinungsumfragen?«

»50% der Wählerschaft kann sich vorstellen, einen Mann zum Präsidenten zu machen, der nichts dagegen hätte, Demonstrationen aus dem ersten Bezirk hinaus in die Praterallee zu verbannen.«

»So wie es derzeit aussieht, könnte es gelingen, dass die Rechten und die Konservativen gemeinsam fast eine Zweidrittelmehrheit zustande bringen«, seufzte der Klubvorsitzende.

»Ist das schlimm?«

»Damit kann man Verfassungsgesetze ändern.«

»Und die Opposition?«

»Die Linken schwächeln unter dem Druck des internationalen Marktes vor sich hin. Die Konservativen werden mich brauchen, um ihnen die Mehrheit zu liefern.«

»Falls du wieder kandidierst.«

»Sie loten noch aus, was klüger ist – mich ins Boot zu holen, oder meinen Wahlkampf zu unterstützen.«

»Wie wichtig ist der derzeitige Umweltminister?«

»Er weiß von nichts.«

»Wann redest du mit ihm?«

»Morgen.« Mike setzte sich ihr gegenüber in einen violetten Ohrensessel.

»Kannst du ihm vertrauen?«

»Er traut mir nicht über den Weg.«

Clara lachte: »Das unterstreicht sein Urteilsvermögen.«

»Wahrscheinlich muss ich Klartext reden und darauf hoffen, dass er mich nicht verrät.«

»Heikel.«

»Ja. Aber er ist uneitel und wird dankbar für die Information sein.« Sie schwiegen. Das Aufdecken von Mikes Rolle zum jetzigen Zeitpunkt war riskant, das Land tief gespalten, Sahra noch immer ohne Bewusstsein. Clara warf einen Blick auf ihr Handy. Acas Ermittlungen hatten noch nichts ergeben. Der künftige Kanzlerkandidat hatte die Existenz des Vertrages selbstverständlich abgestritten.

»Warum hast du Sahra auf den Oberschenkel gegriffen?« Clara fixierte Mike. Er zuckte zusammen und schaute peinlich berührt auf den Boden: »Weil ich meine Rolle wohl auch in dieser Nacht perfekt spielte…«

»Der rassistische Sexist auf der Überholspur?«

Mike bemühte sich um Fassung: »Ich hab mein Alter Ego jahrelang daran gewöhnt, die Welt von oben herab zu betrachten. Der Theissl hatte mir den Klub geschenkt und ich verdiente einen Haufen Geld, nur weil meine Lüge perfekt war. Mich nervte die Unterwürfigkeit der Menschen um mich herum, die plötzlich von meiner Gunst abhingen. Die Türen, die sich zuvorkommend vor mir öffneten, waren für mich bald genauso selbstverständlich wie die Medienberichte, wenn ich wieder einen Blödsinn von mir gab… da ist es einfach mit mir durchgegangen.«

»Dir ist aber schon klar, dass der ganze Schlamassel, der Sahra mittlerweile ins Krankenhaus brachte, auch damit zu tun hat, oder?«

»Ja.«

Clara dachte nach. Das alles brachte sie jetzt nicht weiter und sie hatten keine Zeit zu verlieren. Mike trommelte gedankenverloren auf die Armlehnen des Ohrensessels. Clara blickte auf. Manchmal war es klug, Umwege zu gehen.

»Und was ist, wenn wir den Umweltminister einspannen?«

»Wie bitte?«

»Nun, er könnte sich ja interessiert an der Sache zeigen und entsprechende Gespräche führen, die wir…« Mikes Hände standen still.

»Denkst du, dass er das Format hat, mitzuspielen?«

»Gute Frage.« Er stand auf.

»Es geht um viel.«

»Das wird ihm ab morgen klar sein.«

*

Der verfluchte Vertrag war nicht zu finden. Noch nicht einmal in einer gescannten Version. Franz schlug mit der flachen Hand auf den Tisch und gab noch einmal Worte ins Suchfeld ein, die Sahra erwähnt haben musste. All ihre Zettel lagen verstreut auf seinem Schreibtisch. Nichts. Er sprang auf und lief zum Wasserhahn, wusch sein Gesicht und trank in tiefen Zügen. Er musste sich konzentrieren! Schnell lief er zu seinem Schreibtisch zurück und dachte nach. Ewig konnte er hier nicht sitzen, es konnte jederzeit Besuch kommen. Den PC nach Hause zu tragen, würde schwierig sein. Er hatte sich heute schon zu auffällig verhalten. Seine Ausrede beim Pförtner am Morgen war allerdings gut gewesen, er musste das Spiel nur durchziehen. Konzentration, verdammt! Da läutete sein Handy.

»Sie lebt.« Noch bevor Franz nachfragen konnte, hatte August schon wieder aufgelegt. Als die Nachricht zu ihm durchgedrungen war, schleuderte er das unbrauchbar gewordene Handy gegen die Wand. Das Biest war eine Katze!

*

Clara ging durch den Volksgarten. Die untergehende Sonne tauchte den Himmel in leuchtendes Pink und Türkis und ließ die Figuren auf dem Parlament in beinahe gleißendem Gold erstrahlen. Es war warm und windstill. Der Theseustempel in reinem Weiß. Jemand hatte mit schwarzer Farbe *Stop Beginning!* auf den glatten Stein gesprüht. Clara dachte an ihr totes Kind und ging an den Rosen vorbei, die noch immer blühten, als käme in diesem Jahr kein Winter. Clara war mit einem Mal erleichtert, dass sie noch keine Mutter war. Sie blieb kurz stehen, um diesem Gedanken nachzuspüren. Es hatte einfach nicht geklappt, das war alles. Sie näherte sich dem Rathausplatz, vor dem sich hunderte Menschen versammelt hatten, um in das illuminierte Zirkuszelt zu strömen.

Clara überquerte den Ring, sah den Clowns zu, die auf Stelzen gehend zum Eingang wiesen, und betrachtete, wie als überdimensionale Schmetterlinge gekleidete Frauen Programmhefte verkauften. Sie blickte sich um, sah aber keine Kinder. Dabei fühlte sie sich erstmals stark genug, ihren Anblick zu ertragen. Ein Zirkuszelt ohne Kinder? Vielleicht war der Zauber für Familien nicht mehr leistbar.

*

Die Sonne ging gerade unter und hüllte die Baracken in rotgoldenes Licht. Sie saßen um zwei Tische und stießen auf Abdullahs Vater an: »Zum Glück bekommen deine Geschwister täglich zwei Halbliterflaschen vom erstklassigen *Good&Food* Wasser geschenkt. Damit sie bei der Arbeit nicht umfallen.« Abdullahs Vater war schon ein wenig betrunken: »Die Hälfte heben sie für die Kinder auf. Siehst du, wie gut sie jetzt wachsen? Sie gedeihen ganz wunderbar, seit sie *Good&Food* Wasser trinken dürfen!« Alle lachten und Akono begann zu singen: »Afrika ist ein Riesenarsch, so groß, das siehst du doch. Und weil Pretoria am Arsch ist, ist *Goodfood* gern sein Loch!«

»Sei still, Akono!«, herrschte seine Großmutter ihn an.

»Aber warum? Das singt ihr doch auch immer!«

»Ja, aber nur, wenn ihr Kinder nicht zuhört.«

Taio und Zola schwiegen. Sie waren zu schnell gealtert. Abdullah schenkte ihnen noch mehr vom Obstler ein, den er mitgebracht hatte, und prostete ihnen zu. Ein Eiswagen von *Good&Food* fuhr vorbei. Die Kinder schauten zu ihrem reichen Onkel, aber Taio winkte ab: »Lasst uns bloß mit dem Scheiß in Ruhe!« Er wandte sich zu Abdullah: »In der Fabrik gibt es keine Kantine. Das Einzige, das wir zu essen bekommen, ist das Eis des Hauses.«

»Aber die Verkäufer verdienen nur auf Provision. Das sind doch auch arme Teufel«, erwiderte sein Vater und steckte den Kindern ein paar Münzen zu: »Die auch Familien haben, die sie ernähren müssen.«

Abdullah schaute ins Windlicht, über dem die Mücken tanzten. Er hatte vorher vier Kilometer gehen müssen, um zum Wasserhahn zu kommen, den die Moschee den dreitausend Bewohnern der Siedlung zur Verfügung stellte. Während sie Wasser in die Kanister eingelassen hatten, hatten die Kinder ihm vom See erzählt, der neben dem Haus von Tante Saba lag. Saba, die erst morgen kommen konnte, hatte in eine kleine Nachbarstadt geheiratet und arbeitete dort als Lehrerin. Sie hatte immer als Klügste der Familie gegolten. Doch das half ihr nichts, wenn sie sich jetzt duschen wollte. Nachdem die dort ansässige Mine beschlossen hatte, ihr Abwasser in den nahen Fluss zu leiten, war das Grundwasser stellenweise wie Batteriesäure.

»Darum hat sie jetzt immer Ausschlag.« Abdullah hatte die zwei vollen Kanister zurückgetragen und sich gewünscht, die vor ihm herlaufenden Kinder bereits jetzt nach Wien mitnehmen zu können. Dass dort auch schon gegen Wasserflüchtlinge gehetzt wurde, war ihm nicht bekannt.

*

Als Sahra die Augen öffnete, war es dunkel. Sie wusste nicht, wo sie war. Erschrocken wollte sie auffahren und nach Ercan rufen, aber der stechende Schmerz an ihrem Kopf drückte sie in die Kissen zurück. Was zum Teufel war los? War sie bei den Grauen Wölfen? Sahras Augen weiteten sich. Dann musste sie stillhalten, kein Lebenszeichen von sich geben. Ihre Augen gewöhnten sich an die Dunkelheit. Über ihr war eine helle Stange. Und ein dunkler Kasten mit Lichtknöpfen. Der Ständer neben ihr, mit der dunklen Schnur, kam ihr vertraut vor, meine Güte, sie lag in einem Krankenhaus. Sahra schloss die Augen und versuchte, sich zu erinnern. Sie war im Palais Epstein gewesen, hatte eine Rede gehalten. Danach hatte es geregnet, auch als sie mit dem Auto gefahren war, hatte es geregnet, wohin war sie unterwegs gewesen? Sie gab sich einen Ruck, streckte den Arm aus, hangelte nach den Lichtknöpfen und rief nach dem Personal.

*

Die Votivkirche ragte schwarz in den dunklen Himmel. Jugendliche fuhren mit ihren Skateboards an Clara vorbei oder lagen in der Wiese des Sigmund-Freud-Parks. Plötzlich war sie sich nicht mehr sicher, mit wem sie sich im Hotel gerade unterhalten hatte. Wenn Mike es schaffte, alle zu täuschen, wie konnte sie sich sicher sein, dass er es nicht auch eben getan hatte, um sie abzulenken? Es wäre klüger von ihr gewesen, sich an der Befragung der Konservativen zu beteiligen. Clara zog die Jacke fester um sich und erinnerte sich an die Abscheu, mit der Sahra immer von ihm gesprochen hatte. Was hatte sie ihm gerade vom Fall erzählt? Alles. Als ihr Handy läutete, hoffte sie, dass es nicht Aca war. Pech gehabt.

»Sahra ist aufgewacht!«

»Kann ich zu ihr?«

»Ja.«

»Habt ihr etwas herausgefunden?«

»Nein.« Clara suchte nach Davids Nummer und schrieb ihm ein SMS, dass es wieder spät werden würde.

*

»Sahra, du hast im Frühling das Vorwort für den Bericht über die Wasservorkommnisse bei Maria Zell geschrieben. Wir gehen davon aus, dass diejenigen, die dir das angetan haben, etwas damit zu tun haben.« Sie erinnerte die Politikerin an die Verbindung der Privatfirma zu *Good&Food*. Sahra bestätigte den Verdacht, den sie selbst auch hegte, seit sie im Netz die Fotos aus der Schweiz entdeckt hatte, die eine Verbindung zwischen Herrn Aigner, dem Junior-Chef von *Good&Food*, und der Politik herstellten: »August Aigner ist ein Freund des konservativen Abgeordneten Franz Haböck, dessen Parteikollegin mich kurzfristig aus einer Arbeitsgruppe geworfen hat. Die Fotos sind keine Beweismittel, aber immerhin Hinweise.«

»Was macht Franz Haböck genau?«

»Er ist ein Emporkömmling, von dem niemand so recht weiß, was er im Parlament eigentlich tut. Mehr kann ich dir zu ihm nicht sagen. Er hat keine Ecken und Kanten, ist humorlos und gänzlich visionsbefreit.« Clara rief Aca an. Warum hatte ihr Mike nichts von Haböck erzählt?

»Kümmere dich sofort um einen gewissen Franz Haböck, Aca. Er ist ein konservativer Abgeordneter und hat direkte Verbindungen zu *Good&Food*.« Sie legte auf.

»Was ist mit dem Vertrag?«, fragte Clara, wieder an Sahra gerichtet.

Sahra seufzte und schloss die Augen: »Ich war so knapp dran, aber dann war er einfach weg.«

»Wo hast du ihn gefunden?«

»Ich war unterwegs zum Umwelt-Ausschuss. Da ich mein Handy einem Update unterzog, erreichte mich die Nachricht nicht, dass wir in einen kleineren Raum umgezogen waren. Der Außenhandel brauchte den großen Sitzungssaal. Also stolperte ich in den Empfangssalon, wo ich gar nicht hingehörte. Der Raum war menschenleer. Alles wies darauf hin, dass die Verhandler gerade in der Cafeteria oder beim Rauchen waren. Ich weiß nicht, was mich ritt. Vielleicht mein Unmut, dass Außenhandel immer noch als wichtiger erachtet wird als Umweltschutz, vielleicht mein Unbehagen, dass an den Wänden Bilder der ehemaligen Nationalratspräsidenten hingen und nur eine einzige Frau abgebildet war, vielleicht war mir auch einfach nur langweilig. Ich ging am Tisch vorbei und sah mein Foto über einem Interview, das ich Tage zuvor gegeben und längst wieder vergessen hatte. Ich blieb also stehen, hob die Zeitung auf und… und fand den Vertrag.«

»Warum hast du ihn beachtet?«

»Es war das hochwertige Briefpapier und die Unterschrift des konservativen Abgeordneten neben der meines Feindes.«

»Deines Feindes?«

»Ich mag den Chef von *Good&Food* nicht besonders. Seine Interviews sind widerlich. Und seit ich auf die Bürgerinitiative gestoßen bin, war ich noch misstrauischer. Noch am selben Abend traf ich eine alte Freundin, eine Journalistin, die in der Türkei…«

»Was habt ihr entdeckt?«

»Wir mussten lange recherchieren und stießen dann auf ein Netzwerk von Firmen, die offensichtlich zu einem Deal bereit waren, den wir nicht ganz durchschauten.«

»Hast du das schriftlich?«

»Ja.«

»Du hättest Mike Grossmanns Mails lesen sollen.«

»Der Macho-Arsch kann mich kreuzweise...«

»Er hätte dir sagen können, dass das Netzwerk von *Good&Food* gesteuert wird, um die kommende Nationalratswahl zu sponsern.«

»Wie bitte?«

»Wo sind die Unterlagen der Firmen?«

»In einem Ordner in der Löwelstraße. Sobald ich hier raus bin...«

»Sahra, es eilt!«

»Dann bring mich hier weg.« Sie sahen einander kurz an, nickten entschlossen und machten Sahra bereit für den Aufbruch.

*

»Wir haben sie bald!« Clara ließ sich erleichtert aufs Bett fallen.

»Wen?« David hob seinen Blick vom Buch.

»Amtsgeheimnis.« Sie richtete sich auf und küsste ihn. Dann sprang sie auf, lief zum Kasten und holte sich ein frisches Nachthemd heraus: »Ich geh mich duschen.«

Viel zu früh und gegen eine hastig gesetzte Unterschrift hatte sie Sahra aus dem Krankenhaus geholt und mitten in der Nacht in der Löwelstraße abgesetzt, wo Ercan schon auf sie gewartet hatte. Obwohl sie alle Räume untersucht hatten, blieb der Vertrag verschwunden. Die Unterlagen der Firmen lagen jedoch kopiert in ihrer Tasche. Sie würden Mike morgen helfen, alles auf eine Karte zu setzen und den Umweltminister in sein Vertrauen zu ziehen. Was eine Staatskrise auslösen konnte.

*

»Wie hat das schon wieder passieren können?« August hatte sich, entgegen ihren ursprünglichen Abmachungen, auf dem Spielplatz im Türkenschanzpark mit Franz getroffen, wo sie keine Kameras vermuteten.

»Sie lag da wie tot, verdammt!«

»Da hätte man vielleicht noch einmal nachschauen können?« Der Geschäftsmann fuhr sich betont langsam durchs Haar.

»Mach doch selber!« August sah Franz kurz mit einer hochgezogenen Augenbraue an und nahm sich kopfschüttelnd eine Zigarette aus der angebotenen Schachtel.

»Heute übernachtest du in einem Hotel.«

»Was?«

»Die Polizei hat den konservativen Klub durchkämmt und lästige Fragen gestellt.« Franz sah ihn entgeistert an.

»Warte mal, worum ging es noch einmal? Ach, ja, um einen verschwundenen Vertrag.«

Franz sackte in sich zusammen. Jetzt war es draußen. Er würde das Hotel für eine ganze Woche buchen.

»Ich sag dir jetzt, wie es weitergeht.« Er drehte das Feuerzeug ein paar Mal zwischen seinen Fingern, ehe er es anknipste: »Du erfindest einen Skandal über die Schneider, um sie so weit zu schwächen, dass sie endlich aufgibt.«

»Und dann?«

»Machen wir eine Fälschung.«

»Welchen Skandal? Ich kann doch nicht einfach einen Skandal vom Zaun brechen!«

»Donald Trump bricht einen Skandal nach dem anderen vom Zaun, das wirst du wohl auch zustande bringen. Betrachte es einmal so: er kann in einer einzigen Rede dreiunddreißig Mal lügen und wird trotzdem Präsident der Vereinigten Staaten werden.«

»Niemals.«

»Wollen wir wetten? Wenn dir das nicht gelingt, besuch ich dich zu Hause. War lange nicht mehr dort. Die Ställe sollen mittlerweile flächendeckend modernisiert worden sein, hab ich gehört.«

»Machs doch selber!«

»Ich mach mir die Finger anderweitig schmutzig, schon vergessen? Ich den digitalen, du den analogen Teil?«

»Ja.«

»Apropos, wie weit bist du mit Grossmanns Laptop?«

»Während einer Sitzungspause erledigt.«

August legte seinen Kopf schief: »Schwierigkeiten gehabt?«

»Äh… nein. Alles in Ordnung.«

»Gut.«

*

»Bist du dir sicher?« David stellte ihr den Kaffee ans Bett.

»Ja. Warum nicht?« Clara streckte sich unter der Bettdecke.

»Mit einem Kind ist es mit der Nachtruhe aber vorbei.« Sie schlug endgültig die Augen auf und zog ihn zu sich herab: »Dann machen wir eben einen Mittagsschlaf.« Während er sich an ihre

Brüste schmiegte, fiel ihr auf, dass sie keine Ahnung mehr von seinem Leben hatte: »Wie geht's in der Redaktion?«

»Das Übliche. Und bei dir?«

»Na ja, ich bin erstmals in leitender Funktion tätig, tauche in staatlichen Abgründen und muss bei jedem Schritt darauf achten, dass ich die Presse nicht aufscheuche.«

»Redest du deshalb nicht mehr mit mir?«

»Ja. Deshalb.« Clara richtete sich auf, nahm einen Schluck Kaffee und streichelte Kiwi, die aufs Bett gesprungen war und sich zwischen ihre Beine gelegt hatte. Es würde ein langer Tag werden.

*

Aca hörte aufmerksam zu. Die Unterlagen der Firmen waren ein Anfang. Er griff zum Kugelschreiber: »Wann trifft der Grossmann den Umweltminister?«

»In einer Stunde. Danach sollten wir den Minister überwachen.«

»Um ihn zu schützen?«

»Exakt.« Gähnte Clara.

»Wo wohnt er?«

»Er hat eine kleine Dienstwohnung im achten Bezirk.«

»Ich schicke das Technikteam hin, während sie miteinander reden.«

»Bring bitte die gesamte Mannschaft in Bereitschaft und kontaktiere die Polizei in Brüssel. Der Minister hat oberste Priorität.« Aca nickte während Clara ergänzte: »Das Gespräch findet im *Kanzleramt* statt. Das ist ein Lokal.«

»Hat der Minister danach noch weitere Termine?«

»Wissen wir nicht.«

»Gut, dann müssen wir schnell sein.« Sie erhoben sich gleichzeitig.

»Und wenn der Umweltminister keine Beweise liefern kann?«

»Er muss.«

»Hoffentlich überlebt er das Ganze.« Claras Mutter rief wieder an, aber sie hatte jetzt keine Zeit.

*

Abdullah nahm das Plastikbesteck aus der Schutzhülle, nachdem ihm das Essen auf den Klapptisch gestellt worden war, und sah aus dem Fenster. Afrika lag unter ihm wie ein warmes, verwundetes Tier. Behutsam hob er den Deckel und roch an dem dampfenden Eintopf. Wieder und wieder hatte er Akono vom Fliegen erzählen müssen und ihm versprochen, ihn eines Tages nach Wien mitzunehmen. Das würde er auch machen. Wenn der kleine Mann acht Kilometer weit ging, um ihm eine Wasserflasche zu bringen, konnte er seinem Neffen auch ein Studium finanzieren. Lächelnd nahm er die Fernbedienung und ging zu dem Film, den er sich vorher ausgesucht hatte.

Er musste funktionieren, sobald er in Wien Schwechat gelandet war. Gut funktionieren. Im Parlament ging es, so wie es gerade aussah, noch immer um Leben und Tod. Dafür musste man Urlaube abbrechen. Bevor der Film anfing, wurde ein Werbespot ausgestrahlt, in dem um Spendengelder für Afrika gebeten wurde.

»Charity ist die Rauchpause des Kapitalismus.« Brummte Abdullah und begann zu essen.

*

Der Umweltminister sah Mike entgeistert an: »Und Sie sind sich sicher, dass auch Signore Ricci hinter der Sache steckt?«

»Ziemlich sicher. Er hat es schon vor Jahren versucht, ist damit aber nicht durchgekommen...«

»Es hat ihn damals fast seine Karriere gekostet.«

»Mittlerweile haben sich die Rahmenbedingungen geändert.«

»Das können Sie laut sagen.« Der Minister schaute finster auf seine Würstel und dachte nach: »Und es reicht, wenn ich Ihnen die Tonaufnahme zukommen lasse?« Mike schob ein flaches Aufnahmegerät unter die Zeitung, die vor ihm auf der weißen Tischdecke lag: »Die Kommissarin hat mir versichert, dass sie als Beweismaterial durchgeht. Vorausgesetzt, der Inhalt stimmt.« Sie schwiegen wieder. Das Lokal leerte sich langsam.

»Wann können Sie ihn treffen?«

»Heute noch.«

»Fliegen Sie zurück?«

»Nein, er ist gerade in Wien. Die Verschärfung des Tones zwischen der Türkei und Österreich muss intern besprochen werden, außerdem scheint hier sein Liebhaber zu wohnen.«

»Wo findet das Treffen statt?«

»Im *Lokal III.*«

»Ich werde in der Nähe sein.« Mike schickte ein SMS an Clara.

*

Clara und Aca saßen an ihrem Schreibtisch und starrten gebannt auf den Stream, den Mike gerade eingerichtet hatte. Sein Handy war auf dem Fensterbrett platziert und der Minister würde sich so setzen, dass das Fenster in Signore Riccis Rücken lag. Aca sah auf die Uhr: »In acht Minuten müsste es losgehen.«

»Ich hoffe, der Akku reicht.«

»Willst du einen Kaffee?«

»Gerne.« Clara streckte sich. Dann betrachtete sie den Raum, in dem ein überlanger Tisch stand, flankiert von schweren Holzstühlen. Schlanke Mikrofone standen herum, die für große Sitzungen gedacht waren. Heute würden sie nicht notwendig sein.

In dem Moment, als Aca mit zwei dampfenden Tassen zurückkam, öffnete sich die massive Türe und der Minister betrat den Raum, schaute kurz in Richtung der Kamera, bat Signore Ricci den richtigen Stuhl an und setzte sich ihm gegenüber: »Ich weiß, dass es ein großes Risiko ist, einen harten Kurs gegen die Türkei zu fahren, aber wir können den Umgang mit Regimekritikern...«

»Eure Regierung wird einen neuen Flüchtlingsstrom nicht überleben.« Der italienische Akzent des Lobbyisten kam gedämpft aus Claras Rechner. Sie hatte auf volle Lautstärke gestellt.

»Keine Sorge, die Westbalkanroute wird gesperrt bleiben.«

»Gut für uns, schlecht für euch.« Lachte der Minister.

»Wir brauchen Geld. Die Maßnahmen, zu denen wir uns bei der Klimakonferenz in Paris verpflichteten, kosten viel.«

Clara hielt den Atem an. Der Minister begann, auf den Punkt zu kommen.

»Ja, Geld brauchen wir alle. Zu dumm, dass du Umweltminister bist. Da fällt kaum etwas ab, Caro mio«, schmeichelte der Italiener.

»Ich meine es ernst. Der New Deal, den der Kanzler ankündigte, muss in Schwung kommen, um eine vorgezogene Nationalratswahl zu verhindern, und das wird nur mit Investitionsspritzen gehen.«

»Jetzt sag bloß nicht, dass du Mitleid mit deinem Koalitionspartner hast.« Aca äffte den gehobenen Zeigefinger des Italieners nach. Es entstand eine lange Pause. Clara begann mit den Beinen zu wippen. Doch der Signore schaute sich im Raum um, beugte sich dann vor und begann mit leiser Stimme zu sprechen. Sie hörten gar nichts mehr. Clara presste ihr Ohr an den Lautsprecher ihres Rechners und seufzte: »Niente.«

*

Um sich das Warten zu verkürzen, setzten sich Clara und Aca in den *Roten Bären*. Er stocherte in der serbischen Bohnensuppe, sie hatte sich für die verdauungsschonendere Scholle mit Petersilkartoffeln entschieden.

»Denkst du, dass es klappt?«

»Der Minister kann nur so weit gekommen sein, weil er ein Meister seines Faches ist, also ja.« Sie schwiegen.

»Ich hätte niemals gedacht, dass ich den Streit ums Wasser noch miterleben würde«, dachte Aca laut nach, während Clara ihr Handy überprüfte: »Mike Grossmann hat die Aufnahme des Ministers.«

»Gut, die Technik ist in seiner Wohnung platziert und die Zivilbeamten haben das Haus umstellt.«

»Der Minister ist also geschützt.«

»Ja, das andere Team ist mittlerweile in Maria Zell.«

*

»Franz, da stimmt etwas nicht!« August klang genervt.

»Ich hab alles vorbereitet. In einer Stunde kann es losgehen.«

»Unser Hausfreund hat der Polizeitussi geschrieben, dass er das Beweismaterial im Kasten hat.«

»Welches Material?«

»Sag du es mir.«

»Wo… was hat der Grossman heute gemacht?« Franz begann zu schwitzen.

»Erst war er in der Parteizentrale, dann im *Kanzleramt*, dann im Parlament. Erst Klub, dann Cafeteria, dann kurzer Abstecher ins *Lokal III* und dann wieder Schreibtisch.«

»Er war im *Lokal III*?«

»Ich hab den Zeitplan der Direktion überprüft, der Umweltminister hatte dort kurz danach eine längere Unterredung mit Signore Ricci.«

»Heilige Scheiße!«

»Ich organisiere mehr Personal.«

»Wie lange wird das dauern?«

»Ist schon unterwegs.«

*

Sie saßen in der Sonne. Zwei Hunde wurden durch den Grete Rehor Park geführt. Außer ihnen saß niemand auf den Bänken. Clara hielt sich das Diktiergerät so ans Ohr, dass es aussah, als würde sie telefonieren. Mike saß neben ihr und las scheinbar in der Zeitung. Die Männerstimmen waren bestechend klar zu hören.

»Weißt du, wie viel Geld du aus dem Deal schlagen kannst?«

»Erzähl es mir, Dottore.«

»In Michigan ist es gelungen, dass *Good&Food* nur 250 Dollar für 400 Millionen Liter Trinkwasser bezahlen muss. Und du weißt, um wie viel sie einen Liter verkaufen.«

»Ja. Was hat Österreich davon?«

»*Good&Food* weiß, dass Europa andere Umweltstandards hat, und wird bei der Lizenzvergabe entsprechend zahlen.«

»Was heißt entsprechend?« Jetzt hörte Clara nur ein Kritzeln. Der Signore musste eine so aberwitzige Summe aufgeschrieben haben, dass der Umweltminister in heiteres Lachen ausbrach.

»Jährlich.« Ergänzte der Lobbyist.

»Was?«

»Es rentiert sich trotzdem für den Konzern. Österreichisches Trinkwasser erzielt am internationalen Markt Höchstwerte. Außerdem schafft *Good&Food* Arbeitsplätze in strukturarmen Regionen. Das wird deinen Leuten gefallen.«

»Der New Deal zum Anfassen.« Clara schnaubte. Sie wusste, dass die Rechte des Landes gerade dabei war, in ländlichen Gebieten neue

Zustimmungsrekorde aufzustellen. Da nützte es nicht, zu wissen, dass die Menschen, die von Abstiegsängsten geplagt waren, eins und eins nicht zusammenzählen konnten und nicht abschätzen würden, was der Deal mit dem Konzern langfristig für ihre Lebensqualität bedeuten würde.

»Und, wie geht es weiter?« Der Umweltminister war wieder sachlich geworden und lauschte dem Italiener, der von seinem eigenen Projekt sehr ergriffen war. Clara lauschte bis zum Schluss und gab Mike das Diktiergerät zurück:

»Damit musst du in die Medien.«

»So ist es. Informierst du Sahra? Sie soll sofort eine parlamentarische Anfrage formulieren.«

»Warum?«

»Es ist nur fair, dass die parlamentarische Arbeit von ihr ausgeht. Das bin ich ihr schuldig. Die Medien werden sie sonst ignorieren, weil ich Klubvorsitzender bin und sie nur eine angeschlagene Abgeordnete. Ich gehe wieder ins Hotel *25 Hours* und warte, bis die Anfrage unterschrieben und eingereicht wurde. Clara, wir sind richtig gut.«

»Ja«, lächelte sie verschmitzt.

*

Sie fand die Abgeordnete in ihrem Büro in der Löwelstraße. Ihr Kopf war noch eingefascht und ihre Stimmung am Nullpunkt: »Klar stelle ich die Anfrage, aber ich bin mir nicht mehr sicher, ob ich die dafür erforderlichen Unterschriften meiner Kollegen bekommen werde.«

»Warum nicht?« Sahra drehte den Bildschirm und klickte mit der Maus auf die Übertragung. In die gestrige Spätausgabe der staatlichen Nachrichten war ihre Parteichefin eingeladen worden, die eine besorgte Miene zeigte: »Ich kann mir wirklich nicht vorstellen, dass Frau Schneider in die Machenschaften des kleinen Glücksspiels verwickelt ist, das gerade erst mit unserer Mithilfe verboten wurde.«

Der Nachrichtensprecher nahm ruhig einen Zettel von seinen Unterlagen und las mit leicht aufforderndem Unterton: »Es kann nicht sein, dass meine Partei alles verbieten will, was Spaß macht. Diesem Diktat werde ich mich nicht beugen.« Er blickte auf und sah die Politikerin beinahe traurig an: »Wie werden Sie mit einer Abgeordneten umgehen, die solche Mails versendet?« Sahra drehte ab: »Ich muss kurz spazieren gehen.«

»Soll ich dich begleiten?«

»Nein. In einer halben Stunde werde ich mich hinsetzen, um deine Anfrage zu verfassen.«

»Kannst du nicht vorher schnell...«

»Nein.«

Clara setzte sich auf eine Bank im Volksgarten und lenkte sich am Handy ab, um die Wartezeit zu überbrücken. Es war zwar ehrenhaft von Mike, dass er Sahra den Vortritt überließ, aber auch äußerst lästig. Wann war Redaktionsschluss? Kurzentschlossen klickte sie sich in das *Tagesblatt*, die Zeitung, in der David arbeitete. Hier wurde Sahras Mail bereits breit diskutiert. Sie scrollte weiter und fand ein Bild von Mike. Unter der Headline »Plan A für Machos«. Mit etwas mulmigem Gefühl drückte Clara auf das Filmchen, und konnte augenblicklich nachvollziehen, was Sahra gerade durchmachte. Mike saß an seinem Schreibtisch, was sie an der Literatur in seinem Rücken erkennen konnte, und beschimpfte junge Frauen, die, statt an den Erhalt der Nation, nur an ihre eigene Karriere dachten. Es musste sich um ein Übungsvideo handeln, das der Theissl angefertigt hatte, um an Mikes Überzeugungskraft zu feilen. Dieser warf sich ins Zeug, wetterte gegen seine Kolleginnen im Nationalrat, scheute sich nicht, alle Schauspielerinnen des Landes zu beschämen, und sich mit diebischer Freude als der Orang-Utan des Hohen Hauses zu präsentieren, der sich in seiner Argumentation völlig verausgabte. Claras Handy läutete: »Ja?«

»Der Bürgermeister von Maria Zell hat alles abgestritten.«

»War klar. Und die Leute von der Bürgerinitiative?«

»Sind entsetzt darüber, dass alles gelöscht wurde, was sie ins Netz gestellt haben.«

»Wie bitte?« Claras Finger flogen über die Tastatur. Sie konnte die Homepage nicht mehr abrufen.

»Haben sie keine Ausdrucke mehr?«

»Doch, aber...«

»Unsere Leute sollen alles mitnehmen, was sie in die Finger kriegen können!«

*

Sahra ging in den Supermarkt an der Freyung, zählte resigniert die Pflaumen in den Sack, da es in diesem Herbst keine Zwetschken zu geben schien, und legte ihn in ihre Handtasche, da sie vergessen hatte, sich am Eingang einen Einkaufskorb zu schnappen. Dann nahm sie Brot von der Theke und ging zu den Kühlregalen. In ihrem Kopf, der noch ein wenig schmerzte, war nichts als schwarze Watte. Wenn sie versuchte, einen klaren Gedanken zu fassen, kam ein Schwall von Anschuldigungen mit, die sich an ihren Synapsen festsetzen wollten wie klebriger Honig. Honig, sie brauchte noch Honig. Und Marmelade. Wusste nicht, für welche sie sich entscheiden sollte und griff nach zwei Gläsern.

Während sie an der Kassa stand und wartete, nahm sie ein Magazin und blätterte darin. Wie konnten Menschen sich nur wünschen, in die Medien zu kommen? Warum arbeiteten so viele verbissen an dem kleinen Stück öffentlicher Aufmerksamkeit, das ihnen ihre Existenz bestätigte? Das Fallbeil stand immer in Reichweite. Sahra legte das Magazin zurück, die Waren auf das Fließband, packte sie wieder ein und zahlte. Als sie das Geschäft verlassen wollte, verstellte ihr ein Sicherheitsmann den Weg: »Zeigen Sie mir bitte Ihre Einkäufe.« Sahra murrte und öffnete ihre Tasche.

»Und jetzt die Rechnung.«

»Die hab ich nicht genommen.« Der Sicherheitsmann ging zur Kassa und Sahra rief ihm hinterher: »Ist es jetzt üblich, Menschen in ihrer Mittagspause zu belästigen?« Er kehrte zurück und betrachtete den Kassenbon: »Nur, wenn sie ein Produkt nicht zahlen.«

Sahra warf ihm einen entnervten Blick zu: »Ich hab alles gezahlt.«

»Alles, außer der Sanddorn-Orangen-Konfitüre.«

»Wie bitte? Das kann nicht sein!« Er hielt ihr das Zettelchen hin, das sie eilig überflog. Es stimmte. Die Erdbeerkonfitüre hatte die Kassa erfasst, die zweite...

»Bitte, das wollte ich nicht! Das kann nur aus Versehen passiert sein! Ich werde natürlich den noch offenen Betrag...«

»Kommen Sie bitte mit.«

Sahra brach fast in Tränen aus, spürte die Blicke der Neugierigen auf sich ruhen und hoffte, dass es sich dabei um Politikverdrossene handelte, die sie nicht erkannten.

Es war bald klar, dass sie nicht nur 100€ Strafe zahlen musste, sondern auch eine Anzeige riskierte. Der Sicherheitsmann wartete nur noch auf den Geschäftsführer, der das entscheiden würde. Sahra hatte aufgehört, sich zu rechtfertigen und verarbeitete stumm den entwürdigenden Moment, in dem ihre Daten aufgenommen wurden. Der Geschäftsführer kam, betrachtete sie von oben bis unten und ließ sich den Fall erklären. Dann nahm er seufzend den Kassenbon und studierte ihn: »Da steht sie ja.«

»Was?« Der Sicherheitsmann sprang auf.

»Hier. Das *K* ist die Abkürzung für Konfitüre, Sanddorn-Orangen wurde zu SaOr.« Er überreichte Sahra das Corpus Delicti: »Einen schönen Tag noch, Frau Abgeordnete. Ich entschuldige mich vielmals und werde Ihnen selbstverständlich sofort einen Geschenkgutschein für die Unannehmlichkeit ausstellen lassen. Herr Winkler!« Der Angesprochene eilte aus dem Hinterzimmer.

Sahra wischte ihre Tränen weg und drückte sich an die Löwelbastei. Claras Anruf nahm sie nicht an. Jetzt nur noch die dämliche Anfrage formulieren, um Unterschriften betteln und dann raus aus der Stadt!

*

Abdullah las seine Order noch einmal, bevor er den Gurt entsperrte. Er stieg aus dem Taxi, nahm seine Reisetasche aus dem Gepäckraum und zahlte. Er setzte seine Sonnenbrille auf, blickte sich um und war eigentlich ganz froh, wieder da zu sein: saubere Straßen, renovierte Häuser und gut angezogene Menschen, die nicht nur einer geregelten Arbeit nachgingen, sondern auch krankenversichert waren. Sie hatten ja keine Ahnung, wie gut es ihnen ging. Er sah auf die Uhr, überquerte die schmale Straße und ging zur Hinterseite des Burgtheaters, um sich die neuen Szenenfotos anzusehen. Sie musste längst da sein. Zu spät kommen war nicht ihre Art. Er ging ein Stück weiter und sah die Panzer, die das österreichische Bundesheer neben dem Theater abgestellt hatte. Die Heeresschau zum Nationalfeiertag konnte nicht, wie sonst üblich, am Heldenplatz stattfinden, da dieser eine Baustelle war. Abdullah beschloss, sich die Panzer morgen anzusehen, da sah er sie aus dem Haus eilen. Er nahm seine Sonnenbrille ab und grüßte freundlich.

»Der Vertrag«, keuchte Sahra Schneider, »er ist einfach auf meinem Tisch gelegen!«

»Schön.« Murmelte Abdullah, der nicht wusste, worum es ging, und stieg mit ihr in den verdunkelten Dienstwagen.

*

Clara fuhr mit der Straßenbahn ins Präsidium zurück und rief Aca
zu sich ins Büro:

»Wir haben den Vertrag.«

»Halleluja! Wo war er?«

»Sahra hat ihn unter einem Stapel Zeitschriften gefunden.«

»Aha. Wo?«

»In ihrem Büro.«

»Unter einem Stapel Zeitschriften in ihrem Büro.«

»Genau.«

»Und Menschen wie Sahra Schneider entscheiden Staats-
angelegenheiten?«

Statt einer Antwort gluckste Clara vor Vergnügen.

Aca setzte sich und starrte auf den Ausdruck, der auf Claras
Schreibtisch lag. Sie stützte sich stehend mit beiden Armen auf die
Tischplatte: »Ich denke, dass er ihr heute zurückgegeben wurde.«

»Sehr aufmerksam.«

»Mike Grossmann hat das Diktiergerät, wir den Vertrag und die
Unterlagen.«

Aca schaute Clara, die ihre Arme ausgebreitet hatte, um ihn zu
umarmen, nachdenklich an. Als sie seinen Ernst sah, ging sie noch
einmal alle Fakten durch, warf ihren Kopf zurück und sah ihn triumphierend an. Aca blieb jedoch ruhig und fragte zögernd: »Und
die Putzfrau?«

*

Als Clara das Präsidium in der Berggasse verließ, begann es bereits zu dämmern. Sie stieg in den D-Wagen und schaute aus dem Fenster. Der Ring zog gemächlich an ihr vorbei. Die Panzer und anderen Heeresfahrzeuge neben dem Burgtheater gefielen Clara nicht. In der aufgeheizten Stimmung waren sie nicht unbedingt ein Symbol der Zuversicht, Baustelle hin oder her. Sie stieg beim Parlament aus, das auf einem großen Plakat den morgigen Tag der offenen Tür ankündigte, schlenderte durch den Grete Rehor Park und am Justizpalast vorbei, der bald ordentlich zu tun bekommen würde. Mike hatte ihr die Zimmernummer geschickt.

Sie betrat die Lobby des *25 Hours*, ging zum gläsernen Lift, der sie an der Außenfassade in die Höhe fuhr, und schaltete ihr Handy aus, als ob sie sich damit unsichtbar machen könnte.

Als sie das Zimmer betrat, saß Mike in einem der stylischen Sessel und schrieb. Er deutete ihr, dass er gleich fertig war. Sie setzte sich ihm gegenüber und sah aus dem Fenster.

»Sahra hat mir gerade gemailt, dass die Anfrage durch ist.«

»Gut, dann werde ich mich morgen früh bei der Presse melden.«

»Kannst du nicht jetzt...«

»Nein, jetzt will ich feiern.« Er legte den Laptop geöffnet auf den Boden und machte eine Flasche Rotwein auf. Der Kerl hatte Nerven. Clara schüttelte den Kopf und wollte sich schon erheben, als er ihr ein gefülltes Glas hinhielt: »Morgen ist ein großer Tag, Frau Kommissarin.«

Clara nahm das Glas und roch daran. Der Wein war schwer und würzig. Warum nicht? Nach dem ersten Schluck spürte sie Müdigkeit in sich aufsteigen, lehnte sich zurück und ließ ihre Gedanken schweifen:

»Es ist nicht lustig, sich vor Augen zu halten, was passiert, wenn die Wasserversorgung international ausgeschrieben wird.«

»Nein. Und das unter dem Vorwand, die wichtigste Ressource, die immer knapper wird, zu schützen.« Er goss sich selber ein und schwenkte sein Glas.

»*Good&Food* findet es lächerlich, dass das Recht auf Grundwasser ein Menschenrecht ist«, meinte Clara.

»Ja, obwohl sie sich auf ihrer Homepage mittlerweile dazu bekennen. Das ist aber nichts als Marketing. Sie behaupteten jahrelang, dass Wasser ein Lebensmittel ist, das seinen Preis haben muss.« Er zuckte mit den Schultern.

»Den *Good&Food* bestimmen wird, wenn die wichtigsten Quellen dem Konzern gehören.«

»Und die Preise werden steigen, dafür sorgen der Klimawandel und die aufgehende Schere zwischen Arm und Reich.«

Sie stießen schweigend an.

»Das Konzept ist geschickt ausgedacht. Mit dem Argument der Fairness lädt der Konzern uns alle herzlich ein, Lizenzen zu kaufen.«

*

Der Dienstwagen hielt vor der Hütte. Sahra hatte beschlossen, die nächsten Tage in den Bergen zu verbringen, bis sich der Sturm in der Stadt gelegt hatte. Sie musste endlich zu Kräften kommen. Ercan war einverstanden gewesen. Er wusste, dass Kian eine zusätzliche Belastung für sie war, auch wenn sie das nie zugeben würde. Sie teilte ihm per SMS mit, dass sie gut angekommen waren, und stieg aus. Der harzige Duft der Bäume und die frische Luft ließen sie erleichtert aufatmen. Tausende Sterne in der kühlen Herbstnacht. Es roch schon nach kommendem Schnee. Die Vorräte würden für mindestens drei Tage reichen. Bücher, die sie schon lange lesen wollte, warteten auf sie. Und sie würde spazieren gehen, viel essen und der Stille lauschen. Es würde ihr nicht leichtfallen, der Politik den Rücken zu kehren, aber was war schon leicht? Abdullah ging an ihr vorbei, trug die Koffer zur Hütte und sperrte auf. Er war seit seiner Rückkehr aus Afrika noch stiller als sonst. Sahra folgte ihm.

*

»Hast du das Diktiergerät?«

»Natürlich. In meiner Tasche. Eine Kopie ist auf dem USB Stick.« Mike zeigte mit seinem Kopf zum Bett.

»Ich hab den Vertrag, die Unterlagen der Firmen und die Schrift-stücke der Bürgerinitiative dabei.« Clara beugte sich zu ihrer Tasche und reichte ihm die Unterlagen. Mike strich alles glatt, betrachtete den Vertrag und schüttelte den Kopf: »Kaum zu glauben, wie lange ich dieses Blatt Papier vermisste. Ich freue mich auf morgen. Hilfst du mir, den Bericht zu formulieren, mit dem ich morgen raus gehe?«

Sie beugten sich über die Unterlagen, tranken Rotwein und freuten sich auf die Aufdeckung der Fakten, die nicht nur in den aktuellen Wahlkampf eingreifen würden.

*

»Wir sind fast da. Sie haben uns nicht bemerkt.« Franz hatte sich seine Bergschuhe gelockert, sprach über die Freisprechanlage und surfte mit seinem Blick auf den Leitplanken, die bergauf führten.

»Das sehe ich.«

»Was ist mit dem anderen?«

»Der wartet noch ein bisschen.« August klang zum ersten Mal seit Tagen wieder aufgeräumt.

»Können wir uns auf ihn verlassen?« Stille.

»Was ist, wenn sie gemeinsam das Hotel verlassen?« Hakte Franz nach.

»Werden sie nicht. Sind eingeschlafen.«

»Wie bitte?«

»Dafür, dass es kein normaler Rotwein war, haben sie zu viel davon getrunken.«

»Mach sie fertig, Jäger.«

»Ja. Du sie auch, wise ass.«

*

»Ich werde noch einen Spaziergang machen.«

»Soll ich Sie begleiten, Frau Schneider?«

»Nein, das ist nicht nötig. Ich bin gleich wieder zurück.« Sahra schlüpfte in ihren Anorak, setzte eine Wollmütze auf und streifte sich die norwegischen Handschuhe über. Sie prüfte die Batterie der Taschenlampe und verließ die Hütte.

Abdullah verfolgte durchs geschlossene Fenster, in welcher Richtung ihre Lampe verschwand, und ging durch die Wohnstube, die behaglich nach Holz und Lammfell roch. Die Lebensmittel waren verstaut, noch war es kalt. Er warf zerknülltes Zeitungspapier und schmal gehackte Holzspreißel in die obere Klappe des Ofens, schloss sie, nahm die Streichhölzer von der Ablage, öffnete das untere Türchen und zog die Lade heraus. Der Behälter für die Asche war leer und das Papier durfte reichen. Er hielt die kleine Flamme an die alte Regionalzeitung, die sofort Feuer fing. Das Prasseln wurde stärker, aus den Kreisen der abnehmbaren Herdplatten stieg weißer Rauch. Das Ofenrohr war wohl lange nicht geputzt worden.

Abdullah stand auf und öffnete das Fenster. Da sah er einen sich nähernden Lichtkegel unter der Bodenwelle, der plötzlich stehenblieb und von der Dunkelheit verschluckt wurde. Abdullah runzelte die Stirn. Er griff zu seinem Revolver, warf schnell noch ein großes

Holzscheit in den Ofen und lehnte die untere Klappe an. Um in der Dunkelheit besser sehen zu können, löschte er das Licht und hoffte, dass Sahra die Taschenlampe mittlerweile ausgeschaltet hatte.

*

August Aigner saß, wie immer, in der Bibliothek des Parlaments. Mit der Begründung, eine Doktorarbeit über die parlamentarische Arbeit in der Ersten Republik zu schreiben, hatte er sich als Student getarnt und nicht nur Zugang zum Intranet des Hohen Hauses. Geld hatte hierbei keine Rolle gespielt. Geld hatte noch nie eine Rolle gespielt. Da die Bibliothekarinnen dem jungen, höflichen Mann mittlerweile vertrauten, war es ihm, mit dem Verweis auf eine Zwischenprüfung am nächsten Tag, gelungen, zu bleiben, obwohl diese sich längst verabschiedet hatten. August starrte gebannt auf sein iPad, das ihm nicht nur das Hotelzimmer zeigte, in dem sich der Grossmann mit der Coban befand, er saß quasi auch auf der Stirn des Mannes, der sich der Hütte näherte, in der die Schneider schlief. Noch.

*

Das Rascheln im trockenen Laub kam näher. Abdullah ahnte einen Schatten, hörte sein Handy in der Hütte läuten, stand hinter einem Baum und dankte Allah dafür, dass Sahra nicht auf sich aufmerksam machte. Er durfte nicht versagen, denn es gab sonst niemanden hier, der sie beschützen konnte. Eine dunkle Gestalt löste sich mit vorgehaltener Waffe aus dem Unterholz und lief zu seinem Dienstwagen. Abdullah hielt den Atem an und zielte, wartete, bis der andere sich aus der Deckung wagte. Da hörte er Schritte. Er kannte ihren Gang, der sich von hinten der Hütte näherte. Konzentriert kniff er die Augen zusammen, aber es war unmöglich, zu erkennen, ob der Fremde sich noch beim Auto versteckte. Längst konnte er bei der Hütte sein, ohne dass Abdullah ihn gesehen hatte. Abdullah riskierte den ersten Schritt und lauschte. Keine Reaktion. Leichtfüßig flog er hinter dem Baum hervor und duckte sich hinter das Auto, wo niemand mehr war. Er umrundete es vorsichtig. An der rechten Seite der Hütte – ein Geräusch. Abdullah schlich links um das Auto herum, lief zur Hütte und näherte sich der rechten Kante, dann rief er laut nach Sahra, sprang zur Seite und schoss.

*

Clara schlug ihre Augen auf. Sie lag auf einem Sofa, das mit hellem Samt bezogen war. Durch das geschlossene Fenster hörte sie zünftige Marschmusik. Sie griff sich an den Kopf, stöhnte und richtete sich vorsichtig auf. War sie tatsächlich noch immer im Hotel? Ihr Blick blieb an Mike hängen, der sich voll bekleidet quer übers Bett gelegt hatte. Clara bezwang ihre Kopfschmerzen und lief leise ins Bad, um sich das Gesicht zu waschen. Wie um alles in der Welt hatte sie einfach einschlafen können? Sie musste David anrufen. Soweit sie sich erinnern konnte, hatten Mike und sie die Vorbereitung zur

Pressearbeit fast abgeschlossen. Wann war sie eingeschlafen? Die Erinnerungen zogen sich widerspenstig vor ihr zurück. So müde konnte sie doch gar nicht gewesen sein. Clara trocknete sich notdürftig ab. Warum hatte sie nicht darauf bestanden, alles sofort zu melden? Sie schaute in den Spiegel und begann wieder, an ihrem Urteilsvermögen zu zweifeln. Wer war Mike? Was wollte er von ihr? Warum hatte er sich nach dem Durchbruch Zeit gelassen? Er kannte alle wichtigen Medienvertreter, die auch um Mitternacht gierig nach seiner Story gegriffen hätten. Sie hätte nie zulassen dürfen, dass er nicht sofort reagierte. Sie ging in das Zimmer zurück und betrachtete ihn. Der Anblick des Politikers war befremdlich, etwas passte hinten und vorne nicht zusammen. Clara fühlte sich immer unbehaglicher und wusste nicht genau, warum.

Da sah sie das feine, rote Rinnsal, das über das rechte Ohr floss. Clara erstarrte. Sosehr sie seinen Brustkorb auch beschwor, er regte sich nicht. Das winzige Einschussloch an der Sutura squamosa erklärte, warum. Das fahle Gesicht von Mike verwandelte sich in eine Maske. Das leichte Lächeln gefroren. Die Hände in ihrer letzten Geste. Panikartig erfasste Clara den ganzen Raum. Mikes Laptop war verschwunden. Ihre beiden Taschen auch. Jemand hatte ihre Geldtasche auf den Tisch gelegt. Und einen Zettel. Clara stürzte hin und hob ihn auf. »Hör auf, Clara«, war das Einzige, das darauf stand. Sie wendete das Blatt. Auf der Rückseite war eine Nahaufnahme von Mike und ihr, wie sie sich über den Hoteltisch beugten. Wer zum Teufel hatte dieses Foto ... Mikes Laptop. Die Kamera. Natürlich.

Clara riss ihren Blick los und sah aus dem Fenster. Der verdammte Himmel war so blau. Und die Marschmusik böse. Sie spürte den toten Mann in ihrem Rücken wachsen, drehte sich blitzschnell um, doch da war sonst niemand. Sie spürte, wie ihre Knie nachgaben, und hielt sich an der Tischkante fest. Da standen sie, die beiden Weingläser, noch halb voll, dazwischen die Flasche. Elende Schweine! Clara sah den triumphierenden Mike im gepolsterten Stuhl sitzen. Hörte wieder den vollen Klang ihrer Gläser. Er war ehrlich gewesen. Er hatte tatsächlich nur feiern wollen. Auf seinen Sieg anstoßen, auf den er jahrelang hingearbeitet und für den er alles riskiert hatte. Dass er auf die Schlagzeile seines Lebens mit einer Kommissarin angestoßen hatte, zeigte nur, wie einsam er gewesen war. Clara riss sich los vom nächtlichen Mike mit dem Rotweinglas, ignorierte den toten Mike am Bett und lief zu ihren Schuhen, wollte weg, weg auf den Gang, weg zum Lift, weg auf die Straße, weg zu David. Verdammt, er war ermordet worden, während sie schlief. Clara hastete in ihre Schuhe und riss die Jacke vom Haken. Sie musste alles melden. Sofort. Mit Aca telefonieren, eine Großfahndung einleiten, eine Pressekonferenz einberufen, sich mit Sahra beraten... Sie stützte sich am Türrahmen ab und hielt die Luft an. Mike war tot und gegen *Good&Food* hatten sie jetzt nichts mehr in der Hand.

*

Die Rettung hatte den schwer Verletzten ins Tal mitgenommen. Der Polizist, den Sahra auf der Dienststelle angetroffen hatte, hatte seine Kollegen sofort verständigt, doch das Auto, mit dem der Unbekannte gekommen war, blieb verschwunden. Die Spurensicherung untersuchte die Waffe des Fremden und hatte seine Fingerabdrücke bereits nach Wien geschickt. Es war vereinbart worden, den Vorfall noch geheim zu halten, um die Ermittlung nicht zu behindern, bis Clara übernehmen konnte.

Doch diese hatte nicht abgehoben, obwohl Sahra es wieder und wieder probiert hatte. Irgendwann hatte sie dann die Schlaftabletten von Abdullah akzeptiert und war eingeschlafen, während er sie nach Wien zurückfuhr.

Jetzt lag sie in ihrem Schlafzimmer und Ercan brachte ihr das Frühstück ans Bett: »Hast du Clara schon erreicht?«

»Nein, aber ihren Kollegen. Er ist schon auf dem Weg zu uns.«

»Weiß er über alles...«

»Ja, er ist vollständig im Bilde. Hat noch in der Nacht mit Abdullah gesprochen.«

»Komm, du musst ein bisschen essen.«

»Gib mir erst mein Handy.«

»Willst du nicht...«

»Nein. Ich muss mit Clara reden.«

*

Nachdem Clara an der Rezeption unter dem vorläufigen Siegel der Verschwiegenheit den Tod des Klubvorsitzenden gemeldet hatte, rief sie Aca an und erzählte ihm alles. Sie versprach ihm, an der Rezeption auf ihn zu warten, ließ den Kaffee stehen, den man ihr brachte, und weigerte sich, dem Hotelbesitzer weitere Auskünfte zu geben. Es war zu viel. Benommen verließ sie das Hotel, zog sich fröstelnd die Jacke zu und näherte sich dem Parlament. Blieb stehen. Diesem Druck war sie nicht gewachsen. Sie entsperrte ihr Handy mit zitternden Fingern: »Aca, wenn wir weiter ermitteln, werden sie mich töten.«

»Clara...«

»Wir müssen die Sache fallen lassen.«

»Bist du verrückt?«

»Wir haben keine Beweise mehr, es ist alles weg und... der Umweltminister wird sich hüten... die Sache ist gelaufen!« Sie begann zu weinen.

»Clara, wo bist du?«

»Auf dem Weg in die Innenstadt. Ich muss mich bewegen.«

»Geh bitte ins Hotel zurück.«

»Nein.«

»Dann warte davor auf mich.«

»Du kannst mich mal.«

»Clara... ich bin gleich da... Weißt du eigentlich, was heute Nacht noch passiert ist?«

»Nein!«, erwiderte Clara und ging wie ferngesteuert Richtung Straßenbahn, ohne vom Boden aufzusehen. Da erzählte Aca vom dritten Versuch, Sahra Schneider umzubringen.

Clara war im Grete Rehor Park angelangt, ließ sich auf eine Bank fallen und starrte geradeaus: »Und was machen wir jetzt?«

»Erhol dich erst einmal von deinem Schock. Ich bin sofort bei dir.«

*

Auf der linken Rampe des Parlaments hatte sich eine lange Menschenschlange gebildet. Das Volk wollte am Nationalfeiertag wissen, von wo aus es regiert wurde, und hoffte auf ein Selfie mit Prominenz. Clara wurde von der Menge angezogen, wollte mit ihr verschmelzen. Nicht nachdenken, sondern nur die Nähe des Hauses spüren. An die Gerechtigkeit glauben. Sie ging zum Hintereingang, zog ihre Dienstmarke aus der Geldtasche und wurde durchgelassen. Während sie durch die Gänge ging, spürte sie durch den Nebel ihrer Gedanken den lebendigen Mike neben sich, der das Haus nie wieder betreten würde. David, sie musste David anrufen. Da hörte sie Musik. Sie folgte der Melodie, die durchs Hohe Haus klang, und stand mit einem Mal in der Säulenhalle. Weiß gekleidete Musikerinnen spielten Geige, andere sangen. Clara setzte sich auf das rote Ledersofa, das von den zwei goldenen Chimären gehalten wurde, und starrte in den Saal. Sie hatten so viel Zeit verloren. Ihre Schläfen pochten, als wehrten sie sich gegen ihre wunden Gedanken. Langsam erhob sie sich und blieb unentschlossen stehen. Der Plenarsaal. Vielleicht fand sie dort eine Erklärung. Sie machte sich auf den Weg, spürte den weichen, roten Teppich unter sich, der jede Spur schluckte und ihr auch jetzt das Gefühl gab, etwas Besonderes zu sein. Und das war sie auch. Was sie wusste, würde in den nächsten Tagen das ganze Land bewegen. Doch das hatte nichts mit der drohenden Privatisierung des Wassers zu tun. Clara blieb stehen und ließ den Plenarsaal auf sich wirken, bevor sie ihn betrat.

Conny saß auf dem Stuhl der ersten Nationalratspräsidentin und stellte sich vor, einen Ordnungsruf zu erteilen. Sie bereute bereits, dass sie den Vertrag gestern doch auf Sahras Schreibtisch gelegt hatte. Es war eine Kurzschlusshandlung gewesen, ihre kleine Angst vor dem großen Spiel. Vielleicht brauchte sie einfach noch mehr Zeit. Der Plenarsaal war weitgehend leer. Für die vereinzelten Gäste war sie ein Niemand. Noch. Eines Tages würde sie es allen zeigen. Da sah sie Nadja, die lachend hereinkam und drei Freundinnen ihren ehrenvollen Arbeitsplatz zeigte. Conny fluchte, stand schnell auf und verschwand durch die geöffnete Türe, die direkt zum Bundesrat führte.

Clara ärgerte sich über die affektierte Stimme der jungen Frau, die so tat, als würde ihr der Saal gehören. Sie betrachtete sie näher. Sie kam ihr irgendwie bekannt vor. Clara ging entschlossen durch die Reihen, setzte sich auf einen der alten, dunkelbraunen Lederstühle und schloss die Augen. Während sie mit seinem leichten Linksdrall spielte, hörte sie all die Menschen herumgehen, die sich gegenseitig zeigten, wer hier wo seinen Platz hatte. Lachen in der Hinterreihe. Das kühle Leder. Sie öffnete die Augen. Die junge Frau, die mittlerweile mit ihren Freundinnen in der ersten Reihe Platz genommen hatte, hatte die Putzfrau vor dem Parlament gefunden. Sie war diejenige gewesen, die die Polizei gerufen und von Aca verhört worden war. Was machte sie hier? Clara sank in den Ledersessel zurück. Der Mord an der Ukrainerin hing mit der Wassergeschichte eng zusammen, wie genau, würde ungeklärt bleiben. Sie musste zurück ins Hotel. Dass sie hier saß, war mit nichts zu rechtfertigen, aber das war auch schon egal. Eine Trompete spielte den ersten Takt der österreichischen Bundeshymne und riss sie aus ihren Gedanken. Der Bläser stand auf der Regierungsbank und trompetete die vertraute

Melodie in den Saal. Clara betrachtete das Rednerpult, Mikes Bühne, betrachtete die beiden Schauspielerinnen, die, auch in Weiß gekleidet, auf den Sitzen der Stenografinnen Platz genommen hatten, und schickte die Polizeiarbeit zum Teufel. Ein weiterer Bläser betrat den dunkelgrünen Marmorboden unter dem Präsidium und spielte getragen die zweite Zeile der Hymne. Alle Menschen lauschten jetzt gebannt. Auch die junge Frau, die auf dem Platz des Chefs der Rechten saß und Clara auf unerklärliche Weise unsympathisch war. Da erhob sich der Mann rechts neben ihr, hob seine Posaune und blies die Zeile, die in den letzten Jahren immer wieder für Kontroversen gesorgt hatte. Wie klein die Dispute Clara auf einmal schienen; und doch gründete die Republik auf ihnen. Die mehrstimmige Melodie, in die jetzt alle einfielen, steigerte sich zu einem dramatischen Crescendo, das so rau und leidenschaftlich in den Saal geschmettert wurde, dass eine der beiden Schauspielerinnen zu lachen begann. Als die Musik abrupt verstummte, erhob sie ihre bekannte Stimme, um von der Politik zu erzählen.

Nadja hatte sich bereits mit der Schauspielerin, die gerade sprach, fotografieren lassen und checkte nun ihre Kurznachrichten. Ihre Geschäftigkeit war speziell in der Freizeit zum Symbol ihrer Wichtigkeit geworden, mit der sie Familie und Freunde auf sicherer Distanz hielt. Ihr Herz machte einen Sprung, als sie die Nachricht las. Es war geglückt. Der Vertrag war in sicheren Händen. Sie machte ein Selfie mit ihren Freundinnen, denen sie wahrscheinlich bald als Abgeordnete gegenübertreten würde. Frau Ritter, mit der sie die Blutspendenaktion geplant und gemeinsam mit Thomas durchgeführt hatte, war sicher in Feierlaune.

Clara stand auf und ging. Nahm Abschied vom Zentrum der Demokratie und wusste, dass die Gewalt immer da begann, wo das

Wort endete. Nahm Abschied von der Säulenhalle, in der die Unwissenden mit Führungen unterhalten wurden. Nahm Abschied von der Cafeteria, in der noch immer die Tiefkühltruhe von *Good&Food* stand, und ging die prächtigen Treppen hinab. Vorbei am leichtfüßigen Hermes, der sie verspottete, vorbei am bärtigen Zeus, der unzählige Male seine Macht missbraucht hatte, und vorbei an der großen Hera, die wenig zu melden hatte. Sie ließ den Parlamentsbrunnen hinter sich, während sie mit Aca telefonierte, der sie in der Berggasse erwartete und ihr ihre kurze Pause verzieh. Sie schlug die Richtung zum Präsidium ein und ließ sich von der Menge treiben, die zu den Panzern strömte, die längst von Kindern erklommen worden waren.

*

Ercan hatte sie zum Sofa ins Wohnzimmer getragen, nachdem Sahra mit Herrn Petrovic von der Kripo gesprochen hatte, und sie mit einer dicken Decke zugedeckt. Danach hatten beide ihre Handys ausgeschaltet. Das Duftöl verströmte den Geruch von Amber. Kians Hotelzimmer hatten sie für eine Woche im Voraus bezahlt.

Sahra richtete sich auf, schob die Wärmflasche unter ihre Füße und trank einen Schluck heißer Schokolade. Die drei Mordversuche würden ihr die Chance geben, sich in der Öffentlichkeit zu rehabilitieren. Wenn die Partei das noch zuließ. Unter dem Schock der vergangenen Nacht regte sich bereits ihr Widerstand. Da Clara unerreichbar geblieben war, hatte sie Ercan gebeten, ihr heute noch einen Blumenstrauß in die Berggasse zu schicken.

»Willst du nach Italien fahren, canê min?« Rief er aus der Küche, wo er gerade Dolma mit frischem Rindfleisch und dicken, grünen Bohnen zubereitete. Sie schloss die Augen und sah das Meer vor sich, in dem sie, ganz im Süden, noch würden schwimmen können. Beinahe beschwingt stand sie auf und ging in die Küche, umarmte ihren Mann von hinten und sah ihm beim Kochen zu. Dann drehte sie das Radio auf, in dem gerade ein Hörspiel zum Nationalfeiertag zu Ende ging. Es folgten die Nachrichten und im ersten Beitrag die Bekanntgabe von Mikes Tod. Sahras Knie gaben nach. Ercan fing sie auf und hielt sie fest. Sie löste sich aus der Umarmung, schleppte sich an seiner Seite in ihr Arbeitszimmer und setzte sich. Während er mit der Polizei telefonierte, formulierte sie den Antrag auf einen Untersuchungsausschuss. Und rief ihre Chefin an. Mit ihrem Wissen und Claras Unterstützung hatte sie eine Chance auf den Vorsitz.

*

Franz Haböck packte seine Sachen in eine große Schachtel. Jeder Griff war eine Demütigung und das Gedudel der Staatskünstler im Hohen Haus unerträglich. Die würden schon noch sehen, was sie nach der kommenden Wahl erwartete. Doch das Streichen der Subventionen würde ohne ihn stattfinden müssen. Der Befehl im Morgengrauen war eindeutig gewesen. Sein Versagen in den Bergen war mit nichts zu entschuldigen. Ja, er hätte mitgehen müssen, und ja, danach nicht einfach abhauen dürfen. Mit der großen Welt war er fertig. Sie hatte ihn ausgespuckt wie einen faulen Fisch.

Seine Mutter hatte er bereits kontaktiert. Sie freute sich über seinen unerwarteten Besuch am Feiertag und hatte das Handy auf Lautsprecher gestellt, damit ihn seine Geschwister, die schon am Hof versammelt waren, unter lautem Gejohle begrüßen konnten. Der Kuchen war gebacken und sein Vater war sofort aufgebrochen, um noch ein paar Flaschen Most vom Nachbarn zu holen. Der Sohn, der zum letzten Mal zu Weihnachten bei ihnen gewesen war, weil er immer Wichtiges zu tun gehabt hatte, musste gefeiert werden. Sie wussten noch nicht, dass er heute für immer kam.

Sein Rücktrittsschreiben hatte August persönlich für ihn verfasst. Der soeben verstorbene Killer, der mit ihm in die Berge gefahren war, wog schwerer als der Elefant, den der Aigner vor zwei Jahren illegal geschossen hatte.

Um den Konzern musste er sich keine Sorgen machen. Er würde sich vorläufig zurückziehen, andere Wege einschlagen, und erst einmal das Ergebnis der kommenden Nationalratswahl abwarten. Künftige Politiker würden wahrscheinlich in keinen Erklärungsnotstand kommen, wenn das Wasser plötzlich privatisiert wurde, da unbeliebte Änderungen gewohnheitsmäßig der EU in die Schuhe geschoben wurden. Franz schloss die Schachtel und fuhr seinen Rechner runter.

*

Als Clara die Wohnungstüre aufsperrte, wusste sie, dass sie als Kronzeugin noch viel zu tun haben würde.

Die Sarabande in D-Moll von G. F. Händel klang leise aus dem Wohnzimmer. Kiwi lag schlafend auf dem Vorzimmerteppich. Die Geiger setzten wieder ein, während Clara die Schlüssel in die Schublade legte, sich ihre Schuhe auszog und weiterging. David saß im Wohnzimmer vor seinem Rechner. Sie blieb im Türrahmen stehen, lehnte sich an das weiße Holz und verschränkte ihre Arme schützend vor ihrer Brust. Er blickte auf und sah sie lange an. Clara schüttelte nur langsam den Kopf.

»Es ist nicht deine Schuld, dass er tot ist«, war das Einzige, was er sagte, als er näher kam und sie in seine Arme nahm.

Danksagung

Als ich mich im Jänner 2017 hinsetzte, um »Wassermann« in der verbliebenen Ferienwoche zu schreiben, stand ich noch unter dem Eindruck des Präsidentschaftswahlkampfes. Zu diesem Zeitpunkt war noch keine Rede vom Plan A, die Medien berichteten kaum über die Grauen Wölfe und es war weder vorauszusehen, dass eine Parteichefin zum Glücksspiel interviewt werden könnte, noch, dass ich in die Politik gehen würde.

Die danach folgenden Ereignisse fügten sich nahtlos in die Geschichte ein, die ich wiederholt überarbeitete, um der Nationalratswahl, #metoo und meinem eigenen Arbeitsalltag den angemessenen Raum zu geben, während in der Geschichte alles auf seinen Platz zu fallen schien.

Ich bedanke mich bei Lily Esina für die Berichte aus der Osttürkei, die den Grundstein zu »Wassermann« legten und bei meinem Mann, Peter Glawischnig, der dem Manuskript nach dem ersten Durchlesen seinen Titel schenkte.
Alfred Noll versicherte der stets nervöser werdenden Verlagsinhaberin Karoline Cvancara, dass sie mit keiner Klage rechnen müsse. Ihr ist mein besonderer Dank geschuldet und auch ihrem Humor, mit dem sie meinen Weg in die Politik begleitete.

Stephanie Turnheim lieferte mir Zusatzinformationen zu den Grauen Wölfen, während ich so frei war, Brigitte Hornyik in die Geschichte einzubauen. Ich bedanke mich besonders bei Robert Frittum, dessen Führungen durchs Parlament ich genoss, sowie bei allen ParlamentarierInnen, die mich inspirierten. Johann Auer danke ich für den Elan, mit dem er das Manuskript lektorierend umkrempelte.

Vielleicht verstehen meine Kinder jetzt besser, warum ich manchmal so müde nach Hause komme.

www.wieser-verlag.com